倉田タカシ

母になる、石の礫（つぶて）で

HAYAKAWA SF SERIES J-COLLECTION
ハヤカワSFシリーズ Jコレクション

早川書房

母になる、石の礫（つぶて）で

The Mothers on The Pebbles
by
Takashi Kurata
2015

Cover Direction & Design Tomoyuki Arima
Illustration Hirotaka Tanaka

目次

1　母になる

今回の調査では、一一種の家庭用プリンタと七種の出力サービスをテストしました。

つよい力のくわわる部品を出力物でおきかえることには、じゅうぶん慎重にならなくてはいけません。いまだに基準がつくられていないこの分野について、計測にもとづくデータを示すことには、大きな意義があると考えています。

サンプルとして、ベビーカーの折りたたみ機構につかわれる金属部品をえらびました。厚みのある、中空でない出力が必要ですし、薄くなっているところにかなり大きな力がかかります。

――商品テスト誌、二〇一三年

1

「――そうか、母になるんだ。なに産むの？」

やってきた船には、〈斜めの魚〉と名がついていた。

〈霧〉はこれで暮らし始めて一年ほどたつのだという。

乗り込んだキャビンのなかで、俺は網に両腕をひっかけ、伸ばした足先をながめた。

いまそんな話をしなくてもよかったな、と後悔しながら霧の腹に目をやり、それから下位視界に意識を向け、計画域に描かれた予定航路の白い線をながめる。ばかばかしく大きな〈巣〉のなかで、最短のコースをとりながら、いくつもの隔壁を貫いて〈針〉の住むところまで続いている。だが、予想の所要時間ではたどりつけそうな気がしない。

モーターの回転音が中と外から聞こえてくる。船内からは空調機の高い響き、船外からは推進機の低い唸り。

左の足指で右の足の爪をいじりながら、霧の質問に答えた。

「母を産みたいんだよ」

「どっちの母を？」と霧。

「どっちの――」

思わぬ問いに口ごもる。

そっちの母のことは、正直、まるで念頭になかった。

「どっちでもいい」

そう答えてから、すこし考え、でも、と付け足す。

「できるなら、母よりも精度の高い母を産めるような母を産みたい」

「もういちどいってくれる？」

「母自身よりも、精度の高い母を、産めるような母を、産みたい。……俺は」

ふふふ、と霧は笑い、できたらすごいね、といった。


小さな船を想像していたから、広さに面食らった。

中身はぜんぶ出してきたよ、めちゃくちゃに散らかってたから、と霧は溜息まじりにいう。

〈斜めの魚〉は、四人が乗るにしても大きすぎた。二人ではいっそう持てあます。

船の外殻は、引き延ばされた紡錘体の形をしている。回転楕円体のキャビンが格納され、その内側はキャンバスや網でこまかく仕切られ、小部屋がつくられている。仕切りを留めるために、発泡素材に包まれた梁（はり）が内部の空間に組みあげられている。これが先端から後尾まで螺旋（らせん）を描くような構造になっていて、船名の「斜め」はここからきているらしい。

キャビンの中心には大きな空間があり、そこで俺と霧は目的地への到着を待っていた。推進装置はふたつのダクテッドファンで、これがびっくりするほど遅い。べつに不便じゃなかったよ、いままでは、と霧。これで、自分の住む区画のなかを頻繁に行き来していたらしい。

後知恵でいうなら、空気があれば母が移動するのに推進剤を浪費しなくてもいいし、酸素が含まれていれば内燃機関を使うこともできる、ということになる。だが、〈巣〉の内部を与圧すると決めた本当の理由は、なにもない空洞に住むのが嫌だった、ということのような気がする。あとになってつくづく思い知ったのは、空気抵抗は思っていたより厄介だということだった。

「あたしのみたいな母は難しいよ。あんまりないかも、〈虹〉に助言できることは」

「でも、ずっと母を産んでるだろ」

「なんでいま母になろうと思ったの、そもそも」

「うん……」

きちんと説明できるほどには、心の中で整理ができていないことに気がついた。

キャビンのなかで出力中の母をぼんやりと眺める。菱形の骨組みで裏打ちされた出力域のカバーが、もう体を丸めた人間ほどの大きさにまで広がっていた。霧によれば第五世代。母は、四本の長い緩衝肢で船内に機体を固定している。角を落とした多面体の組み合わせからなるフォルムで、色はつや消しの白、あちこちに黒くふちどられた接続口や表示面。標準的な自律機械のデザインをそのままなぞっている。仔との外見上の違いは出力域の有無だけだ。そういえば、こういうもののデザインに凝ることを俺もやめてしまったな、とふと思う。

ジィィィィ、と小さな焼結音が耳にとどく。

「完全積層でやってんの？」

「普通そうでしょ、こういうのは。強度が必要だから。でもこれはちょっとケーシングが薄いかもね」

「保(も)つ？」

「一〇〇時間くらいなら余裕」

「研磨は？」

「なし。時間がかかるだけで無駄」

この大きさの母だから、たぶん積層面を長いほうの軸と直交させてるんだろう。時間はかかるけれど、構造を考えれば多分そのほうがいい。ただ、高速で回転する部位があるのに研磨なしで出してしまうのには、正直ちょっと不安がある。

「第五世代で大丈夫かな」

「大丈夫だよ」

そう答えて、霧は声に笑いを含ませ、

「あんたに精度のことを訊かれたら、あたしは必ず『大丈夫』って答える設定になってるから。そういう定型応答システムだから」

俺は口を開き、なにもいわずに閉じた。

すこしの間のあと、もう一度開く。

「出したいんだけど……」

「ああ、食べるもの？　ちょっと待ってて。いまこれ産んでるから」

「母ひとつしかないの？」

「無駄に重くしたくないでしょ」

　こんなふうに長い移動の必要が生じたのは何年ぶりだろうか。

〈針〉からの応答は、まだ一切ない。

　船のカメラから航法表示に渡される船外の映像は、ほとんど真っ暗だ。この区画はさしわたしが四〇キロほど。壁には投光設備が点在し、その周囲だけがぼんやりと照らされている。船のライトに照らされた円錐形の空間を、ときおり塵芥の塊がよぎる。外気温は摂氏マイナス四〇度。

「ここにはもう母はいないんだっけ」

　表示を確認すると、いくつかの仔が壁の保全にあたっているほかは何もない。

「針はもうあれを見たのかな」俺は気がかりを口にする。

「どうだろね。ぜんぜん返事ないね」

　こちらからのメッセージをまったく読んでいないというわけではないらしいが、返事はめったによこさない。斥候（せっこう）の仔から送られてきた映像にタグをびっしりつけて添付したし、現在の受信情報も見られるようにアクセス権を渡してある。大声でわめくような緊急度でメッセージを飛ばしているんだから、見ていないはずはない、と思いたい。

　三人に送ったが、けっきょく返事をよこしたのは霧だけだった。〈41〉がなんらかの反応をかえすとは思っていなかったけれど。そもそも、今どこに居るのかさえわからない。もう五年ほど、だれも41の姿を見ていない。声も聞いていない。

　とりあえず針には直接会いにいくことにし、相対的にいちばん遠い霧が住処（すみか）を船につくりなおして、俺を拾いに来たのだった。

　母が出力完了を知らせる。

　出力域の端にあるファスナーが四方に開いて、まだ温かいジェットエンジンが出てきた。

　噴射口に頭がすっぽり入るほどの直径で、腕ひとつより少し長いくらい、中央がややふくらんだ、灰色のなめらかな円筒だ。材質はほとんどがセラミックだろうか。比較的最近のレシピらしく、数少なく簡素な接合突起と、小さく一カ所にまとめられた各種コネクタ。ノズルの形をみる限り、ベクトル調整の自由度はあまり高くなさそうだ。コネクタの横に浅い刻印で並べられたアイコンによると、レシピはエアロモナド社が権利放棄した基本設計に三回の改良が加えられたものらしい。

　吸気口には塵芥をふせぐ網状のカバーが追加されている。速度が制限されてしまうが、ごみくずだらけな〈巣〉の内部空間を飛ぶならこれは外せない。

　目を近付けると、光の当たる角度によって、表面にうっすらと積層形成の筋が見える。第五世代の精度だ。もっと上の世代なら、時間短縮のためにピッチを粗くした出力でもこういう筋は出ない。

　近寄ってきた二体の仔に、もぎとるように奪われた。機械らしいデリカシーのなさだ。仔はすぐに気密扉を抜けて、取りつけ作業を始める。

「燃料どうすんの？」

「これは炭素系の汎トナーをそのまま使えるんだって。粉体でも流体でも」

「へえ」

「エアロモナドのレシピは規格統一前のだけど、その後の改良で、低精度の出力にも対応できるようにしたみたい」

　華奢（きゃしゃ）な作業肢をたわませながら母はトナータンクを取り外し、仔の差し出したものに付けかえると、可食性出力のために内部の再構成を始めた。くしゃくしゃ、ぱきぱき、キリキリキリ、というおなじみの音。

　なに食べたいの、と霧がたずね、母の制御を許可してくれた。

　当然のことながら、この船も、中に搭載されたデバイス群も、霧の〈計画域〉からしか操作できない。俺たちは〈巣〉のシステムを四つに分けて、それぞれの計画域として使っている。いま、この船は俺の占有区画を通過しているけれど、その内部システムは霧の計画域の一部だ。好きなように母を使えないストレスが、焦りをさらにつのらせる。

　こちらの下位視界に広がる共有エリアに、霧が自分のところから窓をひとつ開き、メニューがあらわれる。

　自分の持っているレシピをこの母の出産能力と突き合わせてみる。俺の母では出せないレシピがいくつもアクティブになっていて、驚いた。

「これ、出力できんの？　スパイスは代用？」

「本物だよ。予備出力で。スパイスを産める母を産んだから」と、得意げな顔。

「どうやって？」

「種子植物の遺伝データを見つけたの、アーカイブを漁って。もう、ほんとに大変だったよ。説明きたい？　長くなるけど」

　長いならいい、と俺がいうと、霧は鼻から小さな笑いをもらす。

「余裕ないね、あいかわらず」

これにしよう、と、こちらが決めるまえに、勝手に選ばれてしまった。エンジンが起動し、頭を刺すような響きが船外からとどいた。予期していたよりもうるさい。ノズルから出ていく燃焼ガスが船体に運動エネルギーを注ぎはじめると、加速するキャビンの網に慣性を奪われた体が不快を訴える。

「最初からこれにしといて欲しかったよ」

「そこまで急がなくてもいいかなと思ったんだよね」

状況をわきまえぬ物言いに腹が立つが、霧ではどうしようもない。

更新された予想到着時刻は一・三時間後。ゲートをいくつも通らなければいけないから、実際にはもっとかかるだろう。一八〇キロの旅程だ。

四人の巣。その端から端までの移動。

七年でここまで大きくなった。

〈軽石(パミス)〉の質量は半分になった。

——でも、なんのために？

料理は、レシピにない白いレース状の包みに入って出てきた。霧が勝手に設計データを足したらしい。なにかの数式から描きだされたのだろうと思わせる、複雑で再帰的な構造だ。網のようなパターンがねじれながら内側に巻き込まれ、枝分かれしつつ裏表が何度も逆転する。いくつかの筋がまとまって湾曲しながら太さを増し、茶色に焼けた料理本体の皮になめらかに融合している。つまんだ指の間で、細かい部分がぼろぼろと崩れてあたりに粉を散らした。

食べられないものを出力するのは時間の無駄だ、と思ったこちらの顔を読まれたか、「外側のも食べられるからね」と霧が指さした。「澱粉と糖。きれいでしょ？」

しばらく進路を変える必要がなさそうなので、空気抵抗とエンジンの加速を釣り合わせ、いちおうの等速直線飛行にしておいてから、食事を始めた。空気に粗密があるせいで船体がぶれるので、料理を持つ仔がそちらに座標をそろえようとしてひっきりなしに空気を噴射するのが落ち着かない。

ひとくち齧ると、白い包みは歯ごたえも味もほとんど残さず口の中で消えてしまった。褐色の皮はざっくりと固く、中には温かいスープにからめられた肉と野菜が入っている。よく知ったつくりなのに、たしかに食べたことのない味がする。舌が驚きを脳に運ぶが、じっくり味わうだけの精神的な余裕がない。

これも基本的には単面積層だ。皮とその外のケースを積層焼成しながら、予備出力された加熱処理ずみの具を充塡していく。俺たちの持っている可食性出力のレシピはほとんどが母星由来なので、それらに、無重量状態での出力と食事に対応させるためのアレンジを加えてある。とくに液状の部分について、粘度をかなり高めに、出来上がりの温度はすこし低めに。手のなかの料理をながめていたら、十代のころ、わざとこの変更を元に戻して、どれだけ熱いままで食べられるかを競い合ったことを思いだした。

〈始祖〉たちは、自分たちが食べないので、俺たちの食事にほとんど気を払わなかった。母星でもろくなもん食ってなかったんだろ、と針はいったものだ。〈友だち〉が食べているものがうらやましくなって、ライブラリの閲覧可能領域から見つけ出してきたレシピ群だ。

霧は、層をなす皮の間から黄色い球になって膨らみだしたスープを、唇でちょっとずつ口の中へたぐりこむ。皮を少しちぎり、スープに満たされたところへそっと押しこんで、顎を動かしながら、こっちを見た。

「すごく難しいよ、たぶん。あんたが考えてるような母を産むのは」

「難しいのはわかってるよ」

「そうじゃなくて。生体にあんまり期待しないほうがいいよってこと。全然ちがうものだから」

「でも、母で出力するのは一緒だろ？」

「みんなすぐ死んじゃうし、産ませるものをコントロールできないし。生きた母は難しいよ、すごく」

「いま出力してるのは母？」

「そう」

そういって霧が自分の腹を軽く叩く。

「なにを産むやつ？」

「とくに決めてない。ただの実験。R&D」

霧はトナータンクを体にふたつ付けている。骨盤を囲むように、半円の形に湾曲した容器が左右に分かれ、背中側で身体のコネクタに接続されている。表面はふわふわしたクッション素材に包まれている。片方のタンクが汎細胞で、もう一方が膠質(にかわしつ)などの補助的な素材だと説明してくれた。聞くうちに、以前にも同じことを聞いたと思い出す。

霧の子宮のなかには母があり、その母がいま母を産んでいる。もう少し正確にいうなら、子宮のなかで母が産んでいるのは、その隣で育つ母の一部になる機械的要素だ。

産むほうの母は第三世代だから、産まれる母は第四世代ということになる。

まんまるに膨らんだむきだしの腹には、腹骨の網目模様が浮き出している。正三角形を組み合わせた多面体としてつくられている、軟骨の丸い籠。呼吸にあわせてわずかに伸び縮みする。

見ていると、俺たちが子供のころに入れられていた籠を思い出す。手足を繋がれて、ひとつの栄養管を分け合い、のびのびと動けるのは計画域のなかだけだった。三歳ぐらいまでそうやって育てられていたんじゃなかっただろうか。針がよく、体の場所を入れ替えてくれとだだをこねていた。

おそらく二年ぶりに見る霧の姿に、とくに変わったところはない。短めにカットさせて柔らかい棘のようにした金色の髪、細い素材の複雑な編み目でつくられた服、記憶と同じ大きさの腹。

船に乗り込んだとき、向こうはこちらを見て「ふん」と小さな声を出し、あとはなにも訊かなかった。

「針にはあんたから説明してね。あたしは、あんたみたいにうまく声に危機感をにじませられないから」

そういって、ふふふと笑う。

「説明もなにも、送ったデータの通りだよ」

「正直、それほど危険だとは思えないんだよね。まあ、あたしの判断なんか当てにならないと思ってるんだろうけど」

41をどうしよう、と俺はきいた。

「データは送ったんでしょ？　ほんとにやばいと思ったら向こうから連絡してくるよ」

2

いつもは、それを光の輪として眺めている。

観測で確認されたものしか表示されないとはいえ、それでも二〇〇万はある星の群れが、木星軌道と火星軌道に挟まれたドーナツ状の空間をぎっしりと埋めている。軌道運動を表示させれば、圧縮された時間の流れに乗って、粘りを帯びた重力圏にゆっくりと渦を巻き、外側は遅く、太陽に近いものほど速く、いくつかはそこをとびだして、太陽のそばへ漂い、また戻ってくる。木星の軌道に沿ってはトロヤ群と呼ばれるふたつの弧があり、木星がひろげた大きな腕のように、輪と一緒に回っている。

それが、計画域のなかで模式的な表示として見るアステロイドベルトの姿だ。

だが、これを実際の寸法に変えて表示させれば、ひとつひとつの光点は消えうせてしまう。母星が青い球になって浮かび上がってくるところまで表示域の縮尺を拡大しても、準惑星あつかいのセレスさえ見つけることができない。

混み合っているようでありながら、ただの真空とほとんど違いはないのだ。石くれたちはあまりに小さく、あまりに隔たっている。

その隔たりを頼りに、俺たちはこの輪をつくる小惑星のひとつにひっそりと暮らしてきた。

〈軽石(パミス)〉と呼んでいるのは、調査の結果、内部に空洞がたくさんあることがわかったからだ。組成が軽石と同じというわけではないが、期待したほど炭化水素や希少元素の含有量は多くなかった。そのことへの失望が命名に込められているといえなくもない。

俺たちの巣は、この〈軽石(パミス)〉に長さ三〇〇キロの係留索(テザー)で繋がれ、あらかじめ岩塊にあたえた回転に対して静止軌道をなすような、ごくごくゆっくりとした速度で廻っている。岩塊の内部では今も仔たちが掘削をつづけ、係留索(テザー)を通じて巣に各種の元素を送り込んでいる。小惑星の表面は、手を付けぬままにしてあった。活動の詳細を観測されぬようにという意図だ。結局、そんな用心が無駄になるほど、巣そのものがばかでかく育ってしまったのだが。

発電パネルや光合成パネルも、同じように繋がれ、小惑星のまわりをめぐっている。四二〇万キロ離れた〈始祖〉たちのコロニーとおおむね同じような構成だ。

小惑星そのものに居住区を置かないことについても、始祖たちのやりかたを真似ている。小惑星は脆(もろ)く、採掘のために強度が失われて崩壊するおそれもある。離しておくのが無難だろうと始祖たちは考えたのだ。

すべての施設が、可視光を挟んであらゆる波長の電磁波を、可能な限り反射しないように作られている。

だが、そうしたところで、人間がここにいることは隠しようがない、と思う。

近くに母がある、と航法表示が告げる。船の近傍にその姿がプロットされている。

その母に随伴するタンクからトナーの補給をすると霧がいい、俺は船の速度を落とさなければいけないことにやきもきする。

やがて、ライトの先にその一部が現れた。

赤外線の投光がその姿をくっきりと浮かび上がらせ、加工された映像が俺たちの下位視界に現れる。この母は環境出力型としては小ぶりのもので、いちばん長いところで四〇メートルほど。空間描画方式で出力された金属メッシュ部材の、もろく複雑な寄せ集めだ。トラス構造が輪をなす外周に取り付けられた数十のダクテッドファンが騒々しく推力を与え、きしむ機体を回転させる。キン、キン、カン、と、力の集中したあちこちの接合部がずれて打ち合うときに出す音が、薄い船殻をとおして響いてくる。

機体の回転につれて、むきだしの出力面がこちらに見えてきた。多角形の枠として畳まれた出力域カバーの中心に、たくさんの出力ヘッドや作業肢が関節を折り、複雑に入り組みつつも整然と重なり合っている。

母は、予想していたよりも古びていた。

付着したトナーがあちこちに筋をのこし、黒ずませている。自動清掃の及ばないところにはぶ厚く層をなしてこびりつき、ひび割れ、振動ではがれた細かいかけらが周囲に漂う。出力ヘッドや作業肢の回転軸では、潤滑材がリングに沿って漏れ出し、暗緑色の小さな玉になって並んでいる。

金属メッシュには補強がいくつも当てられていた。そこかしこで、応力にくじけた箇所が切り取られ、接ぎ直され、さらにつぎはぎを加えられている。部材の単位でも、組み上げた全体としても、強度が最大になるように計算された構造を持っているはずだが、ときに、その設計を精度の不足が裏切ることがある。

ファンに小突かれて回転するにつれ、不均等にかかる力のつくりだすひずみが、波になって母の全体をめぐっていくのが見えるようだ。計画域で眺めたシミュレーションを、つい意識のなかで現実に上書きしてしまう。いま目の前でとつぜん粉々になってもおかしくないような気がしてくる。とても壊れやすい。ここにあるすべてのものが。

母とほとんど同じ大きさのトナータンクがいくつか、すこし先の空間にぼんやりと輪郭をあらわしていた。両端が半球になった太い円筒形で、表面には強度を高めるためのハニカム構造があり、大小のリブがある。外殻そのものはとても薄い。三つの仔がとりついて、それぞれ六本ほどの作業肢で力を分散させながら、慎重に加速を与えていた。

建築に特化した設計で産まれた第三世代の大きな母たちが、当初の計画にしたがって、いまも巣の拡張を続けていた。止めるべき理由をだれも持っていなかったとも、それについて考えることを放棄したともいえる。どのみち、希少元素を採るために掘削は続ける必要があるから、建設に使うためのトナーもどんどん産まれてくるのだ。

自律性を高く設定した建設エージェントにすべてまかせて放置していた。隔壁の増設や新設空間の与圧について、時おり許可を求めてくるのを深く考えずに承認し続けていたら、いつのまにか巣は手に負えないほどの大きさになっていた。いちども訪れたことのない領域がいくつもある。

気密ゲートを抜けると、船体がぱきぱきと音を立て、耳におかしな感覚があった。

「酸素濃度は？」俺がたずねる。

「わかんないけど、ちょっと足りないかも」

計測表示によれば、気圧は三六〇ヘクトパスカル。人のいない区域については、五〇〇ぐらいが本来の設定値だったはずだ。どこかから空気が抜けているのか、巣の構成素材に吸着されてしまったのか。建設エージェントが、使っていない区画の保守よりも増築を優先しているということだろうか。

そういうことを放ったらかしにしすぎてしまった。

「エンジン、やばくない？」

「標準大気の組成なら二〇〇までは平気らしいんだけど……」

推力はやはり減っている。航法コンソールの上で、到着予定時刻がずるずると遠のきはじめた。

「さっきのところよりも障害物が多いね」

計画域のなかで、船の先端からひろがる色つきの円錐に、飛行の妨げになりそうな物体がいくつもマークされる。船がこまかく進路を変更するたび、俺たちはあわてて網にしがみついた。

霧が船のサーチライトをあちこちに動かし、区画のなかを見ようとする。数キロほど先に、大きく複雑な構造物がいくつかあるらしい。

「ここは何に使ってたの？」と霧がきく。

「なんだったかな……ああ……」

カメラからの映像を眺めているうちに、構造物が意味を取り戻した。

〈都市〉だ。

「ああ、わかった。街か」

出力された都市計画の一部だった。長い長いケーブルで巣の隔壁に係留されている。

観測レーザーがひとわたり撫で終えて、船の位置から見られる構造物の精細な輪郭が、出力に失敗したプロトタイプのように計画域のなかに立ち上がった。

周囲を四角く断ち切られた、ゆるやかな凹凸をもつ大きな面が、模式化された惑星の地表だ。片面には出力物としての強度確保するためにトラス状の骨組みを沿わせ、もう一方の面には、いくつもの〈建物〉を垂直に生やしている。〈建物〉は、どれもその内部空間を一定間隔の〈床〉によって薄切りに分割され、垂直の壁でさらに細かく切り分けられている。

出力スケールは〈実寸（ライフサイズ）〉だ。母星の人間がちょうど暮らすことのできる大きさ。もちろん、ここに重力があればという話だが。

霧がそれを回し、感嘆の声をあげる。

「うわあ……懐かしい。こんなの出してたんだね。もっと近くで見たいな」

「いいよ、見なくても。古いし、壊れてるし」

そもそも、そんなことをやっている時間はない。

これを見られるのは恥ずかしかった。どうせなら、こっちじゃなくて計画のほうを見てほしい。ここに放り出されているのはとても古いスケッチで、ほんの断片でしかない。全体を出力するには空間も資源も、精度も足りない。

霧のポインタが構造物をなぞる。

「これが〈地面〉でしょ？　母星の街だよね、〈友だち〉用の。まだ作ってたの？」

「いや、今は違うものを作ってる……というか、作ってた。これはすごく古いデータだよ。まだコロニーにいたころのやつ」

いつこんなものを出力していたのだろう。どうしても思い出せない。

「なにを作ってるの、いまは」

「都市だけど、重力を前提としてないやつ。……最近は作ってないんだけど」

「見せてよ」

そんな暇はない、と内心いらいらしながら、少しはましに見えそうないくつかを、計画域にひろげてみせた。

一万人を収容できる想定の、球状の施設の集合体。

反射率の違う素材を組み合わせて隅々にまで太陽光が行き渡るように工夫した、集積度の高いプライベートスペースの複合物。

交通機関をすべて真空中に出すことによって与圧空間の節約を図った共用施設群。

想定の規模は大きいが、どれも、繰り返しの多い単純な構造だ。おおまかなプランでしかないので、細部はほとんど作られていない。自分が建物とおなじ縮尺になって中に入ったとしても、調度のたぐいは何もない、がらんどうの空間だ。

霧は、しばらく真剣な顔でそれを眺めた。

「で、こういうのはやめて、あたしみたいな母になるの？」

「そう思ってたんだけど……」

母星の動きがあって、それどころではなくなってしまった。いまだって、こんなものを見せている場合じゃない。

「この先どうしようと思ってるのか知らないけど、これを続けたほうがいいよ。変にぶれないほうがいい」

「そうかな……実現の可能性がないものをいじってても意味がないような気がして」

出力できないものは幻でしかない。計画のデータや不完全なプロトタイプの出力ばかりが増えていっても、なんの未来もない。そのことから眼をそらしていられなくなってしまった。

「でも、あんたも、将来のことを考えてやってたんじゃないの？　すぐには実現しなくても、いつかここに沢山の人間が暮らすようになるのを見越して、ってことでしょ？」

「霧だって、本気でそんなこと思ってるわけじゃないだろ」

「もちろん思ってるよ、本気で。長期的にはそれを視野に置いて、あたしはこういう実験をやってるんだよ」

俺は霧の腹を見た。


通知音が響く。到着まであと一〇分。

「針、もう、すぐそばまで来てるよ。霧ちゃんとボンクラにかわいい顔みせて」

まだひとつも開かれた形跡のない呼び出しのスタックに、霧がさらにひと声を重ねる。

待ってみるが、やはり返答はこない。

「でも、霧だって、そっちの母を産むつもりはないんだろ？」

「いまは正直、自我のあるものを産む気にはなれない。できる環境もないでしょ。始祖が41たちを育てたみたいなやりかたで成長させるにしても、何年もかかるし。でも、考えてはいるよ。長期的な計画として」

俺は、なんと答えるべきかわからず、計画域のなかで自分のつくった街をぼんやりといじる。

「やっぱりさ、精度にこだわりすぎなんだと思うよ、虹は」

共有された下位視界のなかで、霧のポインタが他の街を無造作に回し、拡大縮小を繰り返して眺めまわす。精度のことを霧がわかってくれたことがない。

「母星の母なら、きっともう単原子の精度で産めるようになってる。ここでやってることにほんとに意味があるのかって思うんだよ」俺は壁を睨みながらいう。

「生体だと、精度はあんまり関係ないかな。厳密にはいろいろあるけど、だいたいは細胞サイズの話だから。いまは遺伝子をいじってないし」

「そういうもんなの？」

「そんなに細かいことはやってないよ、そういう意味では。あたしの巣を見てみる？」

あいまいな唸りしか返せなかった。好奇心と焦りがせめぎあう。

「あんまり興味ないか、他人（ひと）のことには」

「だから、そうじゃなくて……」

もう時間がないかもしれないのだ。

今すぐ、何もかも捨てて逃げなければいけないのかもしれない。

計画域を見れば、それがある。俺たちの存在をおびやかすものの写し絵が。

3

遠い隔壁に、船のサーチライトがぼやけた円を投じる。近づくにつれ、その円が次第に小さく、明るく、はっきりした輪郭を持つ。壁のテクスチャが見えてくる。目の粗い建築用トナーの結合が畝をなすうえにポリマーが厚く吹き付けられて、経年劣化による深いひび割れがトナーの隆起をなぞるように縦横に走る。針がいるはずの区画へ通じるゲートを前にして、俺たちはやや途方にくれていた。下位視界には、ゲートの向こうに設置されたカメラからの映像がある。先に隔壁へ仔を飛ばしておいて、起動させたものだ。巣の通信網はあちこちで寸断され、直接の操作にしか応答しなくなった機器が多い。

映し出された向こう側の空間は、なにかの残骸のようなものでぎっしりと埋められ、ゆっくりと渦巻いていた。

事故を思わせる光景だった。

物体はどれもはっきりした形をとっていない。ささくれだった突起が赤外線ライトの投光にでたらめな影を描き、いっそう輪郭をとらえにくくしている。大きさは、数十メートルから数センチ。その間のすべてのサイズが揃っていた。

こまかい塵の動き方をみるに、与圧されてはいるようだ。

大きなものが、カメラの視界をほとんど覆うように近づき、ゆっくりと向きを変える。

表面には大小の穴が無数に穿たれている。

顔だ。

人間の頭部を、長さ一〇メートルほどに拡大して出力したものだ。

内部構造もある程度つくられているらしい。頰にあけられた穴からは歯列らしきものが見え、そこにもまた大小の穴が開いている。鼻の脇がえぐられたところからは、複雑な曲面をなす鼻腔の空洞が見える。両目があるはずのあたりには、黒々と底の見えない大穴が眼窩のように開いている。爆発で吹き飛ばされたのか、ほとんど消え失せた後頭部のまわりを、古代の彫刻風に様式化された頭髪がわずかに縁取っている。

もうひとつ、大きな物体が視界にあらわれた。

これは手だ。手首から先だけしかないが、さらに指が、親指の付け根だけを残してすべて齧り取られたように無くなっていた。手のひらには深く皺が刻まれ、指の付け根は別々の向きへ曲げられ、この手が劇的な表情をつくっていたことを想像させる。

見えている物体は、どれもプロトタイプらしい。

おそらく単面積層の、単一素材による出力。ポリマーのように見える。大体おなじような薄い灰色をして、表面には艶がない。ざらざらとした質感が、かなり低い精度で出力されていることを想像させる。

中に発光体を仕込んでいるものがいくつかあるようで、遠方にもぼんやりとしたシルエットが漂っている。

観測レーザーを介して計画域のなかに立体化してみると、もっと形がわかりやすくなった。

あらゆる形状の断片があった。

母星の建築物、母星の有名な彫刻作品のようなもの、高さの強調された地形データらしきもの、母星の生物、切断された生物の一部、ディフォルメされた生物、生物の骨格。人体の一部。臓器。なにかの部品としか形容しようのない、複雑で規則的な形状。

子供のころ俺たちにあてがわれていた計画域の共有空間が、まさにこんな感じだった。みんなが好き勝手に作りかけては放りだした出力不能のオブジェクトがでたらめに散乱していたあの空間が、そのまま丸ごと、それもやたらと大きなスケールで出力されたかのような惨状だ。

物体のほとんどに穴が開いていた。焼け焦げと火ぶくれがクレーターのような縁を残すレーザー痕もあれば、運動エネルギーによって穿たれたらしいささくれだった大穴もある。

こんな穴を開けられるぐらいの仕掛けとなれば、巣の外壁に穴をあけていてもおかしくない。そう考えると体の芯を冷たいものが通り抜けた。

「こんなふうになってたって知ってた？」

俺の小さな声に、霧も低く答える。

「知らなかった。たまに連絡は取ってたけど、こっちまで来たことなかったから。なにしてるのって聞いても、べつに、とかいって、教えてくれないし」

「入れないよね、これは……」

「ちょっと無理だね」

物体の密度は低いようだが、ひとつひとつがあまりにもでかすぎる。これだけの質量があったら、この船も無傷ではいられないだろう。

さしわたしおよそ三〇メートルほどの物体がカメラの正面にきた。ぐるりと回ったところで、これも人間の頭部をかたどったものであるらしいとわかる。

穴ぼこだらけのその面立ちに、記憶にある始祖のひとりがふと重なったそのとき、警報が鳴り、なにかが船にぶつかった。

衝撃に震えるキャビンに、気密扉が叩かれるくぐもった音が響く。

音声チャンネルから飛び出す叫びに、扉を通してわずかに届く生の声が重なった。

「あけろ！」


気密扉を通りぬけるよりも早く、簡素な気密服からするりと抜け出して、見えないスラスターに押されるようにふたつの身体が回転し、ねじれて重なり、また分かれる。ふたつしかないはずの身体が、一瞬、三つにも四つにも見える。

鏡面対称の双極ボディ。出力の不備で足を持たずに産まれた針は、かわりに、母に産ませた自分の身体まるごとの複製を、腰の先に逆さまにくっつけている。

大出力のユニバーサルジョイントがふたつの骨盤をつないでいる。質量の集中する部分がふたつ、全体の重心から離れた場所に対称に割り振られているので、それをいつも巧みに使い、身のこなしはとても鋭い。

四本の手で軽やかに梁をたぐって、あっという間に近くまで来ると、俺たちにはできない身のひねり方で、片方の体の向きをこちらに合わせる。

「遅(おせ)えよ、おまえら」

卵の輪郭をもつ眼のない顔が、口をとがらせてこちらを見すえた。

ふたつの顔のどちらにも眼と眉毛がない。頬から額(ひたい)まではなめらかな皮膚でつながっていて、眼窩があったことを示すほんのわずかな窪みだけが残り、そこに薄くそばかすが散っている。赤い巻き毛を頭の左右に無造作にたばねている。

「やるんだろ?」

「なにを?」

「武器はどうする?」

「なに、武器って」

「あたしんとこに沢山あるよ」

呑みこめていない俺にむかって、ふたつの口が交互にしゃべる。

「始祖のとこに行くって、そういうことだろ? やるんだろ?」

「違うよ、これからどうするかを相談するんだよ」

「なんだそれ。寝言かよ」

「向こうは来てもいいっていってる」

「連絡とったのかよ!?」

「だから、メッセージにもそう書いただろ……」

「相談なんかしねえよ! バカかおまえ!」

最後の一言はふたつの口から同時に飛び出した。

「なんであいつらと一緒になにかする義理があんだよ？」

「だって、俺たちだけじゃどうしようもないだろ？　協力しないと――」

「あいつらになにを期待してんだよ！　そもそもさあ、おまえは単に〈原母〉が欲しいだけだろ？

あれで出力したいんだろ？　奪えばいいじゃねえかよ！」

そこで体をくるりと回し、もうひとつの頭をこちらの頭の向きに合わせる。

「霧、おまえさあ、おまえはなんで行くことにしてんだよ？　ぜんぶ忘れたのかよ」

「――あっ。ごめん。だめだ。出る」

そういって霧が体を引き、背後のネットにしがみついた。

その額にぎゅっと皺が寄る。

「なに？　出力すんの？」

俺はあわてふためく。

「そういうスケジュールなら、さきにいっといてくれよ！」

「ちがう。出力エラー。アボーション。心停止で自動キャンセルになった」

ふっと息をもらし、霧は身をすくめるように縮める。

額や頬に小さな汗の玉がうかび、たちまち大きくふくらんだ。肌の出ているところが透明な球にびっしり覆われたようになり、それらがすぐにくっつきあって広がり、薄い汗の膜になる。

「ううん」とうめく。

針が腰を折って胴体を並べ、ふたつの顔を霧に寄せた。

「痛い？」と声を揃える。

「今回のは痛いな」

「なんで？」

「接合がうまくいってなかったんだと思う。機械部分が変なふうに内壁に当たってる。というか、たぶん、刺さってる」

モニタを確認したらしき間のあと、うん、とひとつ頷く。「刺さってる」

「それすごく痛いんじゃないの？」

すごく痛いよ、と押し出すような声で霧は針に答えた。

「なんで麻酔しないの？」針がつづけてたずねる。

「麻酔はあたしの常用薬とぶつかるから、使ってない。だめなの、吸収が阻害されちゃうから」

「そのいつもの薬で楽になんないの？」

「楽にはなってるんだよ、もちろん。でも、単に多幸感をもたらすだけで、痛みそのものを鎮めるわけじゃないから……」

「なんで出力の準備ちゃんとしておかないんだよ……」

ぼやく俺の頭を針が右手ふたつでひっぱたいた。

「もっといたわれよ、バカ！　こういうときに気遣ってやれないからおまえは駄目なんだよ」

「だって、時間が無いんだよ！　こんなことやってる暇ないのに」

「おまえが勝手にそう思いこんでるだけだろ」

「ごめん、いまあたし仲裁してる余裕ないから、自分たちで仲直りしてね……あと、もうちょっと離れててくれる？」

まばたきが、瞼のまわりの汗を飛び散らせる。

額に深く皺を刻んで、また絞り出すような声をあげ、目をきょろきょろとさまよわせると、仔がひとつ、個人占用のアイコンを光らせながら近づいてきた。

「針、手伝って。ちょっとだけ。虹はあっち向いてて」

霧が履いていたのは、細かい皺のある柔らかい生地でつくられた、膝丈のパンツだ。足を開き、液体の浸みができている股のあたりを霧は両手でつかむと、いっきに引き裂いた。

ほとんど同時に、針が俺の頭をぐいとひねった。つまり、一方の両手で腰をつかみ、もう一方の両手で頭を回した。「遅いんだよ！」

突き飛ばされ、すこし離れて網に停まり、壁を眺める。

声だけがきこえてくる。

「えっ、そこ切んの？」

「切らないと出せないから。すぐ治るよ」

なんのために仔を呼んだのか、そこでやっと気がついた。

「ここ折れそうだけど」

「いい、いい、気にしないでそのまま引っ張って……」

小さな音とともに、空気にぱっと血の臭いが散った。

針が小さく驚嘆の声をあげる。

霧は深く長く息を吐き出した。

「もういいよ、こっち向いても」

すでに仔が霧の下半身に新しい服を着せつけ終えていた。止血パッチらしい盛り上がりが足のあいだに見える。腹はすこし小さくなっていた。

霧が腕に抱いているのは、室内作業用の仔に、小さな人間の手足がいくつもついたようなものだった。

全体の三分の一ほどは、人間の下半身にそっくりだ。男性器はない。子宮への入り口はある。腹にはすこし角ばった盛り上がりがあって、これもあらかじめ機械的な母を内蔵しているらしい。へその緒がつながったすこし上あたりから、胴体はややこしい平面で構成されたコンポーネントの集合体になっていた。回転軸がいくつかあるようだ。ぬめりをおびた白っぽい素材は、ポリマーかコラーゲンか、どちらにもありそうな質感だ。

トナータンク用の大きなコネクタがあるほかに、丸い開口部が六つあり、そこから人間の腕が突き出している。足にくらべるとかなり長い。指も長い。

ちいさな頭部はすべて機械で、カメラとセンサの繊細な集合体だ。

力のない関節がゆらゆらと揺れるそれを、霧は吸水スポンジで丹念に拭いている。

向きを変えると、腹の接合部がほとんどはがれてしまっているのがわかった。補強用の部品だろうか、背骨にそって白い棒が突き出している。子宮の壁に刺さっていたのはたぶんこれだろう。仔がへその緒を切り、胎盤を運び去る。あとにいくつか赤い玉が残った。

針はふたつの方向から母を眺めている。ひとつの口は好奇心に結ばれ、もうひとつの口は小さな驚きに開いていた。

戻ってきた仔がモーターを唸らせ、空中に残った赤い球を吸い取っていく。

「生物学的に自然な最終段階までは育てずに、小さめのサイズで出力しようと思ってたんだけど、今回はうまくいかなかった。難しいな……」

そう話しながらもときおり痛みにしかめられる顔に、針がスポンジを押しつける。

「これ、なんでこんなに手が多いの？」

訊きながら、もう一方の針がひとつの手をつまみ、指で押した。「やわらかいね。かわいい」

霧も、小さな足の裏を撫でながら、

「卵割の段階で四つ子にしてるの。すぐにひとつ削除して三つ子にして、しばらくそのまま育てて、胚子期までできたらまた介入して、阻害子の段階的な投入をやって、一種の無脳症にする。でも、視床下部と下垂体だけは残しとく。遺伝子からいじるアプローチは、いまはもう全然やってない。やっぱり、発生の側で操作するほうが色々やりやすいし、予想外の悪影響が出にくいから。発育の促進と抑止を使い分けて、必要なところだけが育つようにして、二〇日目ぐらいで胎児期に入るから、そうしたら、いらない部位を削除して、中の母で予備出力しておいた機械系のコンポーネントを神経端に接続して、全体の組み上げをやる。ここで鉗子(かんし)を出力しすぎるとあとで癒合しちゃって面倒だから、気をつけないといけない。でも出すんだけどね、必要だから。生育と内部出力のタイミング合わせはそれほど厳密じゃなくてもいい、ことがわかった、最近。発育接合のために部位ごとに細胞外マトリクスを用意するんだけど、これの設計が一番難しいのよ。使えそうなレシピがロス・パラモス研のアーカイブにあったんだけど、適合条件がけっこう厳しくて……ああ、みんな興味ない？」

産まれそこねた母をいじる手を止め、俺、針、針、と、三つの顔を見わたす。

霧は性交を終えたときのようだった。

「あとで食べようね、これ」

霧の顔は紅潮して、汗ばんだ頬に髪がはりつき、性交を終えたときのようだった。

「かわいいと、食べるのがもったいなくなるよな」針はまた母の指であそぶ。

「とっといても腐るだけだよ」と霧。

子宮はちゃんと育ってたんだけどなあ、と母に顔を寄せてつぶやく霧に、針がきいた。

「どうすんの、これから？」

「これは、機械部分をまず全部とって……」

「そうじゃなくて、もっと長期的な話だよ」

「あたしの巣を見においでよ。なにやってるか見せてあげるから」

そこで俺をちらりと見て、

「はいはい、もちろんこれが一段落してからね。そんな顔しなくても大丈夫だよ、わかってるから」

「おまえ、ますます余裕のない感じになってんな」

針の言葉に気を悪くしつつ、俺はたずねる。

「針はどうしてた？」

「生きてたよ」

「なんでメッセージに返事しないんだよ」

「ゴチャゴチャうるせえな。――そうだ、あたしの母みる？」

ひとつの手が腰のうしろにまわり、なにかを取り出した。

にぶい光沢をもつ、角ばったポリマーの物体。巣にひしめきあっていた例の残骸と同じ色だ。

全体は平面の組み合わせで構成されているが、曲面でつくられているところもあり、手で握るために指の形にくぼみがある。そこを中心にながめると、〈銃〉に似たものであることがなんとなくわかった。

じっと見つめる俺たちに、針がレシピを開いてみせた。共有の計画域に、針がもっているのと同じ物体があらわれる。

針がイメージをいじり、母の外装を非表示にすると、握る手の前方にある大きなユニットの中に、小さな仔がぎっしりと並んでいる。〈銃弾〉と呼ぶべきだろうか。ひとつひとつが母の制御をうけつつ自律し、飛びながら進路を調整できる。母の内部で出力され、蓄えられている。

計画のなかでデモンストレーションが始まり、母が仔を発射する。

仔は動く標的にむかってカーブを描きながら飛び、白い光の玉になって消える。

弾頭に高温を発する爆薬が仕込んであり、大きな破片をほとんど飛び散らせずに対象を破壊できる。自分たちが暮らしているような場所では、破片による二次的な被害が敵味方を問わず致命的なものになりうる。環境そのものをやみくもに破壊するような武器では意味がないのだ。そう針が説明する。

「死を産む母」

得意げにいい、現実のそれを構えてみせる針。

母であるまえに、それは兵器だ。

そんなものを身に着けるという考えがそもそも恐ろしかった。絶対に触りたくない。

「実際に使うところを、おまえらに見せてやりたいな」

親指の当たるところにある大きな機械的ボタンを軽く押すと、なめらかな表面の一部が発光する表示域に変わり、内部機構の動作音がかすかに聞こえてきた。

後端についている伸縮性の部品が針の手首を囲み、輪になって締め付ける。

手首に固定される部分と発射機構は別々になっていて、手の向きとは無関係に狙いをつけて発射することができるらしい。こまかい手の動きを相殺するように発射機構が動くので、そこだけが中空に固定されているような錯覚をもたらす。

霧が腕に抱く母に、針は自分の母を向けた。

共有領域に開かれている窓から、母の射撃管制システムをこちらも見ることができた。自動的に人体を識別する機構があるらしいことが、照準画面からわかる。いっとき、霧を標的として認識したあと、とても人間とはいえない母の姿にとまどったように何度か照準を合わせ、また外す。

「それで試してもいい？」

「針……」

霧は溜息をついて口許を固め、動かない母を胸にそっと引き寄せた。

「これはだめ」

「なんで？　かわいいから？」

「食べ物を無駄にしないで」


警報が鳴った。

4

三つの顔がさっとこちらを向いた。

俺が体をびくりと動かしたからだと、一瞬のあとで気がついた。警報音は俺にしか聞こえていないのだ。

なに、どうした？　と針がひとつの口でたずねる。

「仔がやられた……！」

声がうわずってしまった。

「なんの仔？」

「偵察に出してたやつ」

「ああ……？」

二人の落ち着いた反応にまた腹が立つ。いまここで、正しい危機感を持っているのは俺ひとりだけなのだ。ふくらんだ怒りを、しかし不安が棘のように刺し、しぼませてしまう。

針が、逆さになっているほうの半身をこちらに伸ばし、俺の両腿を強く叩いた。痛かった。

「おたおたすんな、みっともねえから。記録は？」

黒い矩形（くけい）が、計画域で三人が共有する表示領域に現れる。

そのなかで小さな白い光が膨らみ、止まる。

俺が開いた、仔からの映像だ。最後のフレームは画面全体がノイズで覆われ、下端が少し欠けている。

俺がいそがしくポインタを操作して、短い映像を時間方向に引き延ばし、光学情報のレイヤーを切り替え、並べる。

ふたつの仔を、一〇キロほど離して飛ばせていた。

ひとつめが目標を観測し、それを後続のふたつめが監視する。

先行していた仔の崩壊を最後まで記録するまえに、あとから続いた仔の映像は途切れていた。ほぼ同時にこっちも破壊されたらしい。

「レーザーかな」

「だろうね」

「表面温度が均一に上昇してる」

「レーザーの径が仔より太いってことか」

「小口径で走査（スキャン）したんじゃないの、観測用のやつみたいに」

破壊された時点で、構造物までの距離は二〇〇〇キロ。大きく距離をとったまま通り過ぎ、情報収集するつもりだった。

仔は十分に小さく出力してあったし、形状も表面のコーティングも反射を極限まで抑える設計だ。通信も絞りに絞った赤外線レーザーで、途絶ぎりぎりの低出力でやっていた。まさか見つかるとは思っていなかった。

精度、とまた頭に引っ掛かった。

「あーあ……」

針が溜息をつき、とつぜん爆発した。

「ったくよう！ ちょっかい出さなきゃ放っとかれてたかもしれないのに！ ぜったい敵対行動と見なされてんだろ！ どうすんだよ？」

腰の接合部をVの字に曲げて、並んだふたつの顔がこちらを睨(にら)んだ。眉のあったあたりが壮絶にけわしい隆起をおびて、真ん中に深い皺が刻まれている。目がないのに、なぜかいつも視線の方向はちゃんとわかる。かわりの視覚機器をどこに仕込んでいるのかは、誰にも教えてくれたことがないのだ。

「あんまり気にしてないんじゃないかな、向こうは。こっちがなにかやろうとしても簡単に吹っ飛ばせると思ってるよ」

そういう霧の眉も、いつになく気づかわしげな角度に寄せられていた。

「とっくに見つかってるでしょ、ここも、始祖のところも。もう何年も前から」


長さ六キロの岩塊だったものが、いまは数千の人工物だ。

解像度の足りない拡大映像のなかで、用途のわからない巨大な構造物の群れが、ところどころで意味ありげな陣形をなしつつ、全体としてはまったく無秩序に広がっている。見られたところでなにも困ることはないという風情で、太陽光を反射し、構成部材の組成を晒(さら)している。

いまや、巣の近傍に配置された観測機からしか、母星からやってきた機械たちの様子をうかがうことはできなくなってしまった。観測機は、そうたくさんは置かれていない。微少元素の不足のためだ。

母星からの機械群は、遠方から見てひとつのシルエットになるほどではないが、小惑星群そのものに比べればはるかに高い密度で集い、おおむね球の形に空間を占めている。そして、その境界を印すように、まったく同じ形をした数百の物体が、直径一七〇キロほどの球面に沿うように並べられていた。

長い棘のような、黒い円錐体。全長は約二三〇〇メートル、底面にあたるところの直径は三〇〇メートルほど。

〈棘〉たちは、最初にここへやってきた物体と、まったく同じ形状だった。

五日前。

到着は一瞬のできごとだった。観測情報を周到に引き伸ばし、時間方向にも空間方向にも大きく広げて確かめないと、全貌はわからなかった。

結局、まったく減速しなかったのだ。

最終的な速度は毎秒三六キロ。ソーラーセイルのたぐいを使っていたらしき形跡はない。見つけたときには加速の気配はなかった。

減速しないので、太陽系外を目指しているのではないかとも思った。だが、計画域に白い線で描き出された物体の予想軌道は、アステロイドベルトをめぐる小惑星のひとつが進む軌道と交わっていた。減速せずに進むなら、ちょうどぴったりと命中する。岩石を蒸発させて組成を調べるため、というなら衝突も筋が通るが、それにしては物体が大きすぎる。

この時点でほかの三人には報せを送ったが、霧からさほど興味もなさそうな返答がきただけで、あとの二人はまったくの無反応。

母星からの物体は、小惑星の長軸にぴったりと進行方向を合わせて、衝突した。

あとは、記録映像のなかではほんの一〇コマほどの出来事だ。詳細は想像するしかない。

物体の先端が、小惑星に触れた瞬間に閃光を放った。崩壊しつつ、小惑星のなかへ突きこまれ、岩を割っていく。物体の携えてきた運動エネルギーが小惑星を打ち砕き、溶かし、気化させている。

全長の三分の二ほどが小惑星と混ざり合ったところで、後ろの端が大きく広がり始める。本体が衝突によって速度を減じるのに対して、後ろの部分は前方へ進み、広がりながら小惑星をベールのように包み、伸びていく。完全に小惑星を包みこみ、円筒状になって、その先端が少しずつすぼまっていく。

すぼまったベールの端から、光の筋が噴き出す。プラズマ化した岩石らしい。全体としては進行方向にむけて噴射するロケットのようになり、目に見えて速度が落ちる。

「なんでこれで壊れないんだろな……」

「壊れてるけど、素早く再生してるってことかな」

後からやってきた四つの小さな物体も減速する。衝突の少し前に本体から分離していたものだ。壊れやすい機器がこちらに格納されているということだろうか。進行方向側の面が光を放つが、それ自体の噴射ではない。小惑星を包んだ物体から、四本の細くぼやけた光条が延びているのがかろうじて見える。レーザーか、プラズマそのものを命中させて速度を取り除いているらしい。

一群は、結局、小惑星の本来の軌道から三〇キロほど外側にずれた新しい軌道に落ち着いた。

そのときにはすでに出力が始まっていた。

四つの機械が本体にとりつき、そっけない円筒だったそれぞれが、複雑な構造をその表面にみるみる育てていく。

「速えな……」

「そうだね」

黒く四角い板状の物体が、グリッド状にどんどん並べられていく。集光パネルかと思ったが、その面が太陽のほうを向いていない。

それがまだ増え続けているうちに、中央近くにあるものから、なにかが沁み出すように姿を現しはじめた。

黒い板は出力面だった。

時間を早めた出力シミュレーションのように、すでにどこかに存在する物体がなにかの界面をとおりぬけてきただけであるかのように、吐き気をもよおすような非現実感をともなって、出力面から物体が姿をあらわす。

産まれているのは仔だと思ったが、違った。すべて母だ。完全に出力される前に、それ自体もどんどん仔を出していく。複雑な形の作業肢を何本も備えた仔が、産まれる途中の母から産まれ、分離して、スラスターを光らせ、格子状に隊形を整えながら高速で離れていく。

ぎらぎらと赤外線を放ち、可視域にまで熱を漏らしながら、円柱状の物体が小惑星を包むベールから分離する。トナータンクだ、と直感した。溶けたままの、あるいはまだ気体のままの岩石を中に封じている。それが仔によって運ばれ、母が近づき、接続したかと思う間もなくオレンジ色に光る直線を産む。たちまち数キロの長さに延び、色を失う気配のないそれを仔が受け取り、運んでいく。

ふたつの仔が両端を無造作に小突いて操るが、資材はまるで撓まない。そのことがほのめかす剛性の高さに慄然となる。資材はつぎつぎと産まれ、空間に固定されて複雑な骨組みをなし、そのなかにたくさんの物体が配置されていく。遠いカメラは活動の細部を拾うことができないから、物体の出現する様子はまるで何もない空間に噴き出すかのようで、発砲素材が膨らむようにたちまち広がっていく。計画域にオブジェクトを配するようなたやすさで、現実の空間に建築が進行する。

「もうどうしようもないよ。逃げるしかない」

「落ち着けよ」と針。

「だってさあ、こんなのに勝てるわけないだろ？」

「落ち着けって」

「結論が早すぎるよ、虹は」と霧。

奇妙なことに、細部においては秩序立っているのに、全体としてはまったくなんの統一性もみられない。

集光パネルらしきものがあちこちに展開しているが、それらにもデザイン上の統一性がない。円もあり、矩形もあり、六角形の組み合わせもある。

「設計を統一する必要はないんじゃないの、べつに」

「そんなことより、あたしはあの長いのが気になってんだけど。あれ、どう見ても兵器だろ」

「41だったらなんていうかね。見てほしいな、これ」

「あいつほんとにまだ生きてんの？」

本来なら出力しえないはずのものが無造作に現実に出現させられている、という強烈な違和感がある。これもまた、印象としては、子供のころに俺たちが散らかした計画域の眺めによく似ていた。違うのは、そこに、はるかに大きな力のあることを感じさせるところだ。

宇宙船であろうものが、あちこちに姿を現しつつあった。噴射管と推進剤タンクらしき構造があるのでそう推測できるが、デザインはどれも根本的に異なっている。タンクの形や位置関係、噴射管の配置や大きさと、それぞれがまったく別の設計思想でつくられているとしか思えない。

輝く骨組みがするすると伸び、その籠にかこまれた内部の空間に、液体を注ぎ込むように明るい色のタンクが育つ。黒い船殻がかぶせられると、輪郭が背後の空間に溶け込み、ぼやかされる。

大きな閃光が物体の間にひらめいた。あらゆる波長のグラフ表示に鋭いスパイクが立ち上がる。制御された熱核反応のようだ。

「威嚇だろ。近づいたらやるぞっていってんだよ」

「なにか加工したのかもよ。熱を使って」

たしかに、閃光のあとには点々と物体があった。核爆発で蒸発しても不思議はなさそうなほどの距離だ。それらは素早く移動して、ほかの構造物にまぎれてしまった。

記録映像をふたりに見せたあと、俺は計画域にプロットされた構造物群を眺めた。それらは観測データが更新されるごとに変化していく。

思えば、ずっと計画域ばかりを眺めて過ごしてきた。そのなかで、現実化する見込みのない構想を延々と組み立てては壊してきた。

いまそこへ現実の物体が押し入り、無言の威嚇を放っている。数千の異物が、一刻の猶予も許さず決断をせまっている。大きな黒い指にむりやり瞼をこじあけられたような、望まぬ覚醒の不快と恐怖。

意識を船内へ戻すと、目の前で針が大きく伸びをした。

「そろそろなんか食わせろよ」

5

計画域のなかで、〈斜めの魚〉がゆっくりと回る。

ひとまわり大きく、そして、とてもとても不格好になった。

現実の船体にこれから追加される出力は、放射線遮蔽殻、全体を覆う金属メッシュの補強フレーム、メインスラスター、姿勢制御モーター、センサーポッド、大型の燃料タンク、呼気タンク、加速のあいだ体を保護するクレイドル。インテリアもほとんど入れ替え、完全な真空仕様にする。

コロニーで使われていた宇宙機のレシピをかぶせ、あちこち適当に撫でつけて収めただけの、がさつな出来だ。設計補助ソフトにほとんど任せきりにして、細かい調整はしていない。あの流線型の美しさはなくなってしまった。

せっかくのデザインを損なってしまうのが気になったが、霧は「いいよ、好きにしてくれれば」と、どうでもよさそうにいうのだった。

これから六〇〇ミリg（ジー）の加速に耐えなければいけないかと思うと、気持ちが翳（かげ）る。身体の中身が全部ひとつの方向に引っ張られて固まるあの感じが、とにかく嫌いなのだ。

「なあ、計画域どうすんだよ」

そう俺によびかけた針は、大きな保温フォームにくるまっていた。ベージュ色の皺をあつめた大きな塊から、額に不満を凝らせた二つの顔だけが突きだしている。身体が見えないと、そこに人間が二人いるような錯覚がうまれて、厄介者が倍になったようで少々げんなりする。

簡易テントは断熱性能が低く、どんどん熱が外気に逃げていってしまう。暖房の出力を最大にしても、気がつくと身体が小刻みに震えているほどだった。

俺も母に追加の服を出力させていたが、ひと皮かぶせたぐらいでは足りないようだ。

テントの布壁を通して、打撃音が聞こえる。予備出力されたコンポーネントの組み上げが始まっている。作業にあたる母が姿勢を変えるとき、いくつものダクテッドファンがそれぞれ小刻みに回転数を変え、複雑なリズムを奏でる。小さい仔がさえずる空気の噴出音は、だれかの指がテントの布壁を執拗に叩いているかのように響いてくる。大出力サーボの回転音は重く深く内臓を震わせる。

〈斜めの魚〉の改造がおわるまで、俺たちは巣の内壁に固定した簡易テントで待っていた。

「計画域は、あの船のシステムをそのまま使うよ」と俺は答えた。

〈巣〉のシステムにぶらさがることは考えていなかった。巣とコロニーの距離では、タイムラグがさすがに大きすぎる。

「もっとリソース増やしてくんないと、あたしの火器管制ができねえじゃん」

「ちょっと、やめてよ。持っていかないよ、兵器なんか」と霧が眉をひそめるが、

「持っていくに決まってんだろ。生き延びる気ねえのかよ」

針が持っていこうとしている兵器は、宇宙用の大きな母にぎっしりと詰め込まれているものだった。母は直線で構成された無反射の機体をもち、容積の半分以上が兵器庫で、自律式のミサイルがそこへ収まり、中心には長軸の方向に沿ってレールガンの砲身を内蔵している。

そんな物騒な母を、針は〈斜めの魚〉に同行させようとしているのだ。敵対的なふるまいにもほどがある。

「あたしが〈原母〉をぶんどってきてやってもいいよ」

馬鹿にしたように針がいうので、よけいなことするなよ、と俺も声を荒らげた。

こんなに俺ばっかりが状況を案じているのに、いったいなんだと思っているのか。

「だからさ、いっきに攻撃して、制圧して、欲しいもの持って帰ればいいんだよ」と針。

「全部めちゃくちゃに壊しちゃうでしょ、あんたに好き勝手やらせたら」

霧がもっともなことをいう。


「行かないとはいってねえよ」

食事をしていたとき、針がそういったのだった。声に不服をこめて、口の中には食べ物をいっぱい詰めて。

「あたしが行かないっつっても、おまえら二人で勝手に行くんだろ？　そういう大事なことをあたし抜きですんのは許さねえからな」

こちらに向きを合わせたほうの顔は、小さな骨に残ったひとすじの肉を齧(かじ)り、ちぎっていた。霧が産んだ失敗作の母を、霧の母に調理させたものだ。

声はもうひとつの口から出ていた。斜めにねじれた半身の先で、顔は向こうを向いている。

「だから、一緒にくればいいんだって」と霧。

「攻撃しないって約束してくれよ。そうじゃなきゃ俺たちだけで行くからな」

俺が念を押すと、

「向こうが何もしないならやらねえよ」

こちらを向かずに声が答える。

肉を嚙んでいたほうの顔が、脂に光る唇を開いた。

「あいつら、絶対に仕掛けてくるからな。なんにもしないわけがねえだろ。そのぬるい認識を改めてくれないと困るんだよ」

体が回り、もうひとつの顔がこちらを向いた。

「なんでここにいるか、忘れてんじゃないだろな」

「忘れてないよ、もちろん」

霧の声が、少しだけ平板になる。

「でもね、ここで一度話をしておいてもいいと思って。どっちも、ここでずっと生きていくんだからさ。母星のあれとも、ここで共存していく方法を考えないといけないんだよ」

「そんなの無理だろ」

「そうしないといけなくなるよ、たぶん。いやでも。あんたにもそれを覚悟しといてもらわないと困るんだけどな」

「現実をみろよ！　あれとどうこうする方法なんてなんにもねえよ！　やるかやられるかだろ」

「ごめんね、でも、ちゃんと考えておいてね」

針は答えず、肉にかじりつく。

霧がそれを見つめながらいう。

「ねえ、いま、向こうがどうなってるか見たくないの？　どうしてるか」

「どうでもいいよ」

「あたしは知りたいよ」


はじめての出力の記憶は、ひそかな罪悪感とともにある。

五歳の俺たちは、息を詰めて、身を寄せ合って、出力域が膨らんでいくのを見つめていた。

どうやったのか、もう細かいことは忘れてしまったが、倉庫の隅でクレイドルに接続されていた母のひとつを起動できたのだ。母には汎細胞のトナータンクがついたままになっていて、〈雲〉がよくわからぬままに母そのものの表示面からメニューを操作し、積層出力を開始させた。

やがて大きな〈肉〉がでてきた。ところが、加熱調理がされていないままだった。俺たちはがっかりしたが、それを分け合ってそのまま食べた。味付けはまったくなかったけれど、思いのほか美味しかったし、腹が満たされた。

そして、その場をずらかるまえにハノイがやってきて、全員こっぴどく殴られた。

あのころ、俺たちはいつも腹を空かせていた。

始祖たちは十分な栄養を与えているといって譲らなかったが、俺たちにはどうしてもそうは思えなかった。

俺たち〈二世〉の身体には、無重量状態に適応させるために、いくつかの改造が加えられている。足の先を手とおなじ形にするという外見上の加工もあるが、それは成長してからの外科出力だ。遺伝子レベルで加えられた変更のうちでいちばん大きなものは、骨からカルシウムの流出を防ぐための骨細胞の構造改変だった。おそらくはそういった一連の遺伝的改造の結果として、母星の人間よりも少し基礎代謝が高い。成長するにつれてこれが顕在化したらしい。

始祖たちがこのことに気づけなかったのは、すでに彼らの興味が〈新世代〉の設計に移ってしまっていたことのせいもあったのだろう。

十代になって、この〈肉〉をもういちど出力して食べてみたことがある。ひとくち噛んだとたんに、あのときの記憶が鮮やかによみがえった。なかなか突き止められなかったあの肉の正体は、人間の肝臓だった。あとでわかったのだが、あのとき雲がでたらめに実行させたのは、可食性出力ではなく、生体パーツの出力だったのだ。

俺たちが母を使うことを許されるまでには、長い時間が必要だった。

母に母を産ませることを俺たち二世がしていいことになるまでには、そこからさらに、長い長い交渉と諍い(いさかい)の年月を経なければならなかった。


「やっぱり寒いな。あたしも入る」

そういって霧が飛んでいき、針が文句をいうのにもかまわずごそごそと潜り込んで、保温フォームから見える頭は三つになった。

「針、あんたの機械のとこが冷たい！　よけて、もう少し」

「虹は入ってくんなよ！　もう満員だからな」

俺はというと、そんな声に応じる余裕もなく、計画域に心を沈ませていた。

「ねえ、あたしの仔があるでしょ、近くに」

霧が俺に顔をむけ、いった。

近くって？　と俺がきくと、

「41がいるエリアの近く。あれで隔壁の向こうを覗いてみる」

覗けるとこなんてないだろ、と針。41の占有区画にはカメラも用意されていない。

「穴をあけちゃえばいいよ」とこたえる霧。

顔をしかめて口をあけた針の顔ふたつに挟まれて平然と、

「いいよ、非常時なんだから。プライバシーがどうのとかいってられないよ」

計画域に窓がひとつ開き、カメラからの映像中継が始まる。

赤外線投光がぼやけた遠景をとらえ、それが回転し、傾く。仔が移動を始めている。

霧は保温フォームのなかで身をもぞつかせた。

「ねえ、これ、見た目ほどあったかくないね」


臓器はおおむね積層でつくられる。調整され、分化した汎細胞を結着材でまとめていくのだ。自然の発育を模倣して作るとなればとても時間がかかるが、その必要があるものは多くない。肝臓など、もっと単純化された構造で出力しても問題のない臓器もある。肺は、精度の高い母で出力するなら、自然のものより肺胞を小さく複雑に形成することで表面積を大きくでき、より高い効率でガス交換を行える。

俺たちの身体の中にも、より高性能な出力物に置き換えられた臓器がいくつもある。これも始祖たちによる実験の一部だ。

可食性の出力に使われるトナーは、一部に生体出力と共通のものがある。どちらも、調整した汎細胞を積層して〈肉〉をつくるのだ。可食性ならばそれに加熱調理が加わる。

初めての出力とは逆に、生体出力をするつもりが可食性になってしまったこともあった。霧が〈ひつじ（ラム）〉を産ませようとしたときだ。

コロニーには動物というものがいなかった。映像でしか見たことのないふわふわした生き物を実際に出力してみたいと、一二歳の俺たちは思ったのだ。

可食性出力の機構にはＤＮＡシンセサイザーが含まれていて、何種類かの〈肉〉の遺伝情報が用意されていた。これを汎細胞に導入し、所定のトリガーを与えてやれば、その肉のもとになった動物の胚をつくれるはずだった。

ようやく使うことを許されていた小さな母で、実験設備を予備出力し、霧は期待に胸おどらせて着手した。

ところが、実際にやってみると、うまくいかない。

細胞はひたすら分裂を続け、均質な塊として大きく育っていくだけなのだ。そのうちに分化と組織形成が始まるのではないかと、儚（はかな）い望みにすがって霧は栄養を与えつづけた。やがて、薄いコラーゲン質の保持体らしきものが肉塊の内部でねじれた格子の形に育ち、全体はゆるい螺旋に伸びていって、とうとう栄養管の形成が不十分なところから壊死がはじまった。

遺伝データは、可食性出力のために完全に書き直され、調整されたものであるとしか考えようがなかった。それは、どこまでも完全な工業製品だったのだ。

ラムとマトンのＤＮＡが別々にデータとして存在していることをまずおかしいと思うべきだったよ

な、と、結果を見た雲はいった。まあそんなにがっかりするなよ、といって、霧の頭をくしゃくしゃとなでた。

霧はとてもとても不機嫌になった。そして、このあと、遺伝学のライブラリを熱心に見るようになった。

「やっぱり、あたしも持っていく。母を」

そう霧がいうと、たちまち針が活気づき、

「じゃあ、あたしの火器管制にインターフェイスを統合しろよ！　どんな――」

「ちがうよ、攻撃するためじゃないよ」

そういいながら霧が保温フォームのなかで小突くかなにかしたのだろう、針はめんくらった顔になった。

「もうここには戻ってこれないかもしれないでしょ、もしかしたら」

その言葉をきいて俺の心が冷えた。テントの寒さが骨にくらいつく。

「――だから、大事なものは持っていく」

霧が子宮に母を入れたのは、こちらに来たあとだ。

それよりもずっと前、俺たちが第二次性徴を迎えたときに、医療システムはＸＸの性染色体をもつ霧、珠、針の生殖機能を不活性化させる処置を行った。母星ではそうすることが法的に定められているようで、その部分に関して、始祖もとくに医療システムの動作に変更を加えなかったらしい。霧はこの不活性化を解除して、ライブラリをあさり、自分の道具を目的に合わせて改造する方法をみつけだした。

針の子宮は、完全な形ではないらしい。あたらしいのを母に産ませたらどうかと霧が提案したことがある。針は、なにも出力するつもりはない、と一蹴した。


母は母を産むことができる。

母を、もっとも単純で理想的な定義で説明するなら、どんな機械でも産むことができる機械、ということになるだろう。

だが、実際には、母はそれ自体と同等の精度を持つ母を産むことができない。出力された機械は、かならず、それを出力した機械よりも出力精度が低いものになる。ミリ単位ではほとんど違いがわからないだろうけれど、ミクロン単位となればすでに歴然と違いが表れる。このことは、〈精度漸減の原則〉として知られていた。

同じ粒度の粉体トナーを使っていても、同じ物体を出力するのに、母が産むなら積層の数が一万だったところを、その母から産まれた母が出力すると、八千ほどになる。それだけ解像度が低くなっている。

この解像度の違い、精度の違いが、世代が進むほどに、あらゆる場所で致命的に作用する。

たとえば、回転する部品の表面に小さな突出があれば、それが傷をつくって、機械の耐久性を大きく低下させてしまう。

大きな構造物を作るときに必要な強度を得られないこともありうるし、電子回路の集積度にも大きな違いが出る。

霧がこちらの顔をうかがう。

「少し時間がほしいんだけど、あたしの持ち物をまとめるのに」

この期におよんでなにをいいだすんだ、と俺の顔には出てしまったのだろう。向こうはうんざりした顔になり、

「わかったわかった、じゃあ、あとから飛んでこさせるから。それならいいでしょ？」


母に母を産ませていって、どこまで世代を進められるかを試してみたのは、俺と雲だ。室内用の第四世代に自分と同じレシピの母を産ませ、その母にまた母を産ませ、と、続けていったのだ。

出力速度を決めずに産ませると、見たところの精度は、意外にもさほど落ちてはいないようだった。ただ、出力に要する時間はどんどん長くなっていった。

続けていくと、二五世代目にきたところで、とつぜん極端に精度が落ちた。ソフトウェア的な補正が限界に達したらしい。そこからは一気にだめになっていった。プロセッサの処理能力が下がりはじめると、出力ヘッドや作業肢の制御がてきめんに甘くなる。出力物の精度は加速度的な勢いで下がっていく。

ソフトウェアは勝手に機能を割愛するようになり、出力をどんどんシンプルにしていった。ヘッドの数もどんどん減っていく。計算機の集積度が低くなるので、プロセッサ部分が冗談のように大きくなっていく。

出力のたびに母は異様な姿になっていき、俺と雲は大笑いした。

記憶が正しければ、最終的に第四八世代までは見ることができたはずだ。

その出力の最中に、母とそれが産みつつある母が同時に火を噴いた。たぶん焼結機構が正しく動作しなくなってしまったのだろう。

ちょっとしたボヤ騒ぎになり、俺たち二人は殴られた。


俺たちの巣と、始祖たちのコロニーにある母は、どれも〈原母〉の子孫だ。

原母はコロニーにある。始祖たちが母星を脱出するときに携えてきた、たったひとつの母だ。これがこの世界における第一世代の母であり、いちばん高い精度をもつ母だ。

始祖たちはこの原母に自分たちの身体を出力させ、たくさんの母を産ませ、産ませた母に二世と新世代を出力させた。

コロニーに暮らしていたころも、始祖たちはこの原母を二世たちには使わせてくれなかった。

始祖たちがアステロイドベルトへやってきてから、三一年がすぎた。二年後に産まれた俺たち二世の三人と、その七つ年下の新世代である41が始祖たちのコロニーを離れてからは、七年になる。

始祖のコロニーにいたころにならって、俺たちの巣も母星の暦法をそのまま使っている。俺たちがテントの中で待っていたとき、時計が示していたのは協定世界時（UTC）で二一〇七年一〇月三日、一六時五七分。どの数字にもまったく意味がない。独立を考えていたころ、雲は、自分たちだけの暦法、自分たちだけの計時システムをつくるべきだと主張していた。ここへ来た俺たちは、結局なにもしなかった。

離れたあと、コロニーとの連絡は完全に途絶えている。観測からは、向こうの活動はまったくわからない。おそらく、あちらにとってのこちらも同様だろう。

一緒にやってきた41は、結局、さほど経たないうちに、姿をみせなくなってしまった。

俺たち二世もバラバラに暮らすようになり、お互いの姿を見なくなった。〈巣〉が育つのにしたがって、居住空間もどんどん離れていった。

俺たちは、ほとんど変わり映えのしない仔の映像をながめた。そろそろ隔壁に到着する。

針が保温フォームのなかで居心地悪そうに身じろぎしつつ、ひとつの顔を霧にむけた。

「41はさあ……もうほっといていいんじゃねえの」

「なんで？」霧が針をにらむ。

「だって……」

「あんたこそ忘れてんじゃないの、どうやってここに来られたかを」

でもさあ、と針は口をとがらせ、

「それはさ、あいつなりの勝手な考えがあったからだよ。あたしたちのことを考えてしたわけじゃ——

——」

いつもの展開になることを予期したのだろう、針はそこで口をつぐんだ。

霧は硬い声でいった。

「戻ってこられない可能性があるんだったら、絶対に一緒に連れていく。——本当に、もう二度と会えなくなるかもしれないんだよ。いいと思ってるの、それで？」

母星は母を〈門〉にしようとしているのだと、ビューダペストはよくいっていた。自意識をそなえた人体を出力できるようになれば、母を一種の移送システムとして使えることになる。母は遠く離れた世界を繋ぐ通路になる、という。

人間の身体そのものを母に産ませることは、現在でもそれほど難しくない。母星の母が現在そなえているであろう精度があれば、一度にまるごとの人体を出力できても不思議ではない。だが、はたして母星の母が意識をそなえた人間を出力することまで出来るようになったかについては、始祖の間にも見解の相違があった。

ニューロンの配置を精確に再現することはとても難しく、よりまっさらな脳を出力しても、そこに人格をやどすことは不可能だろうと思われた。

ビューダペストは、それについても自分たちが母星より先に実現してみせると豪語していた。

自分たちは、〈人間〉（ヒューマン・ビーイング）の一種ではあっても、〈人〉（マン）ではない、といつも感じていた。〈人〉とは、いつの日か始祖たちが母に出力させるはずのなにかのことだった。始祖たちは、そのためにここへやってきたのだ。

母星は、始祖たちによれば、イノベーションを圧殺する暗黒の社会だった。人類が次のステージへ向かうための研究の道が閉ざされ、始祖たちは迫害をうけ、脱出を余儀なくされたのだという。

俺たち二世も、41がそのひとりである〈新世代〉も、『〈人〉（マン）計画（プラン）』の申し子であり、あたらしい人類を産み出すための重要な礎（いしずえ）であると聞かされて育ってきた。

子どものころの俺にとって、〈人〉は、いつか自分たちを滅ぼしにくる恐ろしい存在だった。いまになってもなお、夢にみることがある。

新世代が産まれてからは、その恐ろしいイメージはやや薄れた。

そして、計画は、新世代たちの相次ぐ死を境に迷走しはじめた。

とりあえず41は置いていこうよ、と俺もいう。

霧が冷たい視線をよこすが、こっちだって譲れない。時間がないのだ。

「そうだよ、はやく出発したいんだよ！　あいつは自分でどうにかできるだろ？　なにが起こってるかはあいつもちゃんと分かってて、そのうえで俺たちを無視してるんだよ」

ここにきてから、41が俺たちに背を向けているという印象はずっと変わらなかった。一応はひとつの場所に暮らしていながらも、あいつはほかの三人を無視しつづけてきたし、その振る舞いにこちらへの侮蔑を感じることも少なくなかった。そのことへの反感は、こちらにもある。

コロニーにいたころだって、つねに〈新世代〉たちとの折り合いは悪かった。

あたしも母から産まれたかった、と幼いころの針はよくいっていた。

俺たち二世は、厳密には母から産まれたといえない。

母の出力域に予備出力された人間の子宮のなかで生育され、取り出されたのだ。母星における人間の出力方法とほとんど同じだ。母が直接に産んだ体を使っている41とはそこが違う。

俺たちを出力した子宮を産んだのは〈原母〉ではなく、第二世代の母だ。幼いころの俺はそれが不満だった。

子宮は臓器なのだから、原母と第二世代ほどの精度の差が問題になるはずはない。細胞は大きいので、積層のピッチに違いは生じないし、もし違ったとしても、子宮としての機能に不備が出たりはしない。今はそれがよくわかっている。けれど、心のどこかで、幼少期の思い込みを今も引きずっているのかもしれない。

両目を無しにすることと、身体をふたつにすることを、針は一度にやった。一四歳のときだ。慣れるまではちょっと恐ろしかったことも確かだけれど、それが針の本来もつべき姿なのだと、ふしぎと納得させられるところもあった。

ふたつめの身体は、原母によって出力されたものであるらしかった。ビューダペストが特別にはからったのだ。これが、俺はとても羨ましかったものだ。


アステロイドベルトには、いまや、完全に時代遅れのテクノロジーしかない。

〈支援グループ〉からの送信が途絶えてから五年が経った。

始祖たちは詳細を明かさなかったので、通信途絶の理由はわからない。グループの運営資金が底をついたという説を雲はとなえていた。ビューダペストたちがかつて経営していた企業の隠し資産をそれにあてていたというのだ。母星の軍隊にアジトが殲滅されたのだと針はいい張った。

実際のところ、これがコロニーにとっての技術的な生命線だった。俺たちには構成人数も母星における所在地もわからないこのグループが不定期に送ってきた情報のおかげで、母星の技術革新に追従することができていたのだ。

計画域の基底ソフトウェアも、母の統御システムも、母星で使われていた標準的なものをそのままここでも使い、支援グループから送られてくるアップデートを適用してきた。

だから、それができなくなったときの衝撃は大きかった。

すでに俺たちは〈巣〉に移っていたから、始祖たちが俺たちに傍受されるのを防ぐために送信方式を変えさせたのかもしれないと疑った。やがてはっきりしたのは、母星からは一切の送信が途絶えたということだった。それまでは、支援グループからのもの以外にも、いろんな通信を傍受できたのだ。

だが、母星は電波的に不可視の存在になってしまった。


それに先立って、〈ブレイクスルー〉の衝撃もあった。

大きな技術刷新が母星で起こったのだ。

母星の母は、出力ヘッドや作業肢を持たなくなった。

かわりに、〈機能性表面〉と呼ばれるものが出力の中心になった。微小な出力機構が膜状に配置されたもので、これを持つ母を、コロニーの母に産ませることは不可能だった。精度の問題だ。

母星からのレシピは、この〈機能性表面〉を前提としたものになった。コロニーにあるものより高性能な仔の設計が送られてきたとしても、母星でそれを産ませることはできない。

これ以前にも、ここの母で出力できるようにレシピを翻訳しなければいけないものはあった。母には、もともと、レシピを解釈して母自身がもっとも効率的に出力できるような手順を構成する機能がソフトウェアとして備わっている。それを使って、精度の低い母をどうにか母星の技術に追従させてきたのだ。もはやそれもできなくなった。

俺たちはあらゆることから取り残され、ただ年月だけが過ぎ去っていた。

針がきく。

「どうする?」

「とりあえずドリルでやってみる」

隣に頭をならべた霧が答える。目はふせられ、意識が下位視界に向けられているとわかる。

画面のなかで、仔が作業をはじめる。カメラのまえに作業肢がひとつ伸びていく。

火花が散り、画面がゆらいだ。

仔の機体がくるりと回る。壁面に機体を固定していた数本の作業肢が先端を失っているのが見える。

一瞬、隔壁からなにかの機械が突き出しているのがカメラにとらえられ、画面全体が白くなり、黒くなった。

〈通信途絶〉の表示が計画域にあらわれた。

霧は保温フォームから体をとびださせ、信じらんない、と怒鳴った。あたしの仔を撃ったよ、あの馬鹿!

怒りが顔に血を呼び込む。

「あいつ——なに考えてんの!?」

声が裏返った。

「でも、おまえが先に壁に穴をあけようとしたじゃん」と針。

「だからって、やっていいことと悪いことがあるでしょ!」

緊急呼び出しを霧は立て続けにいくつも送る。やはり反応はない。

霧は何度か深く息を吸い、内側からの声をきくように目がさまよい、眉が不安定にゆらぐ。表情から憤りが薄れていき、深い懸念だけが残った。

それから、通常回線用の音声メッセージをひとつ作り、ふきこんだ。

「データは見たでしょ？　きっと自分でもいろいろ観測してるよね。——あたしたちはコロニーに行くよ。本当にもう会えなくなるかもしれない。あんたはそれでかまわないかもしれないけど、心配してるよ。あんたのことを。——あたしたちみんなが」

針がちいさく口をひらき、とじる。

メッセージが送信され、ほんの数瞬ののち、41からの通話が開かれた。

霧が小さく息を呑む。

41の声がとどいた。

「行け」

ただ一言のあと、接続は切れた。

沈黙のなか、針が霧の足先をそっとつかむ。

霧は深くため息をつき、

「生きてることはわかった、とにかく」

そういうと、俺にむかって頷いた。

「行こう。あたしたちだけで」

ばん、と圧搾空気の開放される音が響き、いっときの間をおいて、テントの布壁が勢いよく内側へふくらんだ。

2

石の礫（つぶて）で

軌道のむこうにある奈落のように、私は、南の海のことを永らくそう考えていたものであった。

そうして、私は、私の航海を、沈落にむかって急いでいるのだとしか思えなかった。海は、爪哇と、スマトラ島とのあいだの、陸と陸との溝、つなぎようのない間隙であった。目をつむった海、くらい海は、私たちを、翻弄し、まるで、他人の血液が突如、私の血管に流れはじめ、他人の内臓がこっそりと、私のからだにとりつけられて活動しはじめたように、急にいっさいが勝手ちがいになって、方角の見当一つつかなくなってしまったのであった。そのくらやみの蒙昧のなかを、たくさんの島嶼や、燈火もない陸地が流れていった。

――金子光晴『マレー蘭印紀行』

1

聞け！

何度でも聞け！

聞いて覚えろ。

おれたちの脱出を。輝かしい勝利を。おまえたちの起源を。

始まりは一台のミニバンだ。

なんの飾りも文字もない、ただの四角い中古車だ。外から見りゃ、なにひとつ変わったところはない。左のドアにちょいとへこみがあるだけだ。法定のマーカーを発信し、法定速度を遵守して、海沿いの道を走っていく。四車線のまっすぐな州道だ。道をはさんで、木とおなじ数のカメラがある。

周囲の交通に完全に溶け込んでなけりゃいけない。どんな小さな違反をやらかしてもいけない。不審な熱を漏らしちゃいけない。おかしな通信を傍受されちゃいけない。だが、もちろん、急がなきゃならなかった。

このミニバンには一三人が乗っていた。

ひとりの運転手と、一ダースのおれたちだ。脳だけになったおれたちが、小さな生命維持装置に繋がれて、緩衝剤にくるまれて、チタンの容器に収まってた。チタンの容器はスイカの皮にくるまれて、スチレンのカートンに押し込まれてた。錆びたバケツや、ぐにゃぐにゃに湿気ったパルプ容器に詰め込まれてるやつもいた。解体される家の地下室からでてきた、半世紀まえのガラクタを運んでいるってのが建前だ。スキャンされりゃ一発でばれる偽装だが、一応の体裁を整えてはおいたってことだ。

精神としてのおれたちはといえば、全員が助手席に座ってた。

一二人の身体がひとつの座席に仲良く重なって、肌理のおかしな身体感覚を着込んで、ドライブを楽しんでたってわけだ。配電ケーブルみたいにほぐされたおれたちの神経端にチクチクとまやかしの皮膚や目玉や耳を送り込んでいた信号の群れは、標準の車載センサがつくる運転制御用の入力空間から拝借したデータをちょいとひねってフィクションを足したやつだ。あのマッピングのひどさは、いまでもたまに夢のなかで思い出す。なんでそうなったのかはわからんが、車が路を曲がるときに急に左右がひっくりかえったりするんだ。

運転手は、ときどきこっちを向いて喋る配慮すら見せてくれた。黙っていてくれたほうがありがたかったが、気のいいやつなんだ。このあとで何がおこるか、詳しいことは知らされていない。おれたちがどこかへずらかる途中なのは知っていたが、どれだけ遠くへ飛んだか、あとで知らされてそりゃあ驚いただろう。

ああ、運転手という言葉を説明する必要があったか。これは人間だ。べつに、自動車の運転をするわけじゃない。自動操縦を監視する人員が最低一人は乗っていないと、一般車は公道を走れないってことだ。看板が必要だったんだ。こいつの調達もたいへんな仕事だったんだぜ。

おれたちのもうひとつの視界には、矢印がいくつもあった。おれたちが行こうとしている場所に向かってるものがほかにもあったってことだ。いくつかはおれたちの必要としているもので、残りはおれたちに面倒をかけるかもしれん何かだ。有人機に、遠隔操作の無人機に、あれやこれやの自律機械。どれもまだ、おれたちの存在には気づいていない。ただの定期監視だ。

車が目指していたのは、まだ地図にない海辺の古びた小屋だ。

このころ、猫よりもでかい不動の物体が地図に載らずにいられる時間は、どれだけ辺境だろうと、最長で六時間ほどだった。だが、六時間てのは大した時間だ。そんだけありゃいろんなことができる。この小屋は建てられてからまだ二時間しか経ってなかった。地図に載った建物にはすべてタグがついているからな、中でなにか企みごとをやろうとしてもすぐにバレちまう。ほんの一瞬でもシステムの先をいく必要があったんだ。

夜明けまでは、まだ二時間ほどあった。

あのころは、まだ沢山の人間がシステムにかかわってた。睡眠サイクルですら、まだセキュリティホールとして使うことができたんだ。不審な建物を見つけるのはまだ人間の役割で、その目は、この僻地（へきち）ではしょっちゅう大事なものを見逃してた。少なくとも、そうであってくれることをおれたちは期待してたわけだ。

車が小屋に滑り込むと、運転手はおれたちに幸運を祈り、裏口から消えた。

裏口の戸が閉まったところで、三〇本の腕が一瞬にして車の外装をひっぺがした。

改造は二七分で済んだ。たぶん世界記録だっただろう。

出来上がったこいつは、日用品（エブリデイ・オブジェクト）のややこしいパズルだった。部品として使われたのには、登山用品もあったし、ダイビング用品もあったし、テントの部品や、子供の知育玩具に使われる電子機器もあった。翼面になったのはヨットの帆だ。この近辺に配達されても不自然じゃない物品を選ぼうとすると、どうしてもお遊びの道具で占められることになっちまった。だが強度にはまったく問題ない。いちばん高価なやつで揃えたからな。

代用品を調達できない要（かなめ）の部品については、おれたちは公共の出力サービスを利用した。あのころ、プリンタは、個人が所有するやつのほうが厳重に監視されてたんだ。

六三の別々な出力サービスで出力された、一見まるで無関係な部品たちだ。どれも偽の用途で申請され、形態解析にパスしてる。偽の継ぎ手や、偽のはめ込み穴の隣に、本来の継ぎ手や差し込み穴がこっそりつけられてた。ものによっちゃ、現場でちょいと加工したやつもある。

あの時点では、そういった特注の部品が本当に正しいところに組み込まれたかどうかを監視するプログラムまでは、まだ作られていなかった。おれたちのやったことのおかげでその実装が早まったかもしれん。ははは。

こういうものを、イチから作るってことができなかった。すぐに当局に見つかっちまうんだ。だから、まったく無関係な物品を、別々なタイミングで、別々な場所から注文し、それらが偶然に、ある場所に集まるようにした。

たくさんのテロ組織がおれたちの手口を模倣した。だがおれたちのように上手（うま）くやれたやつらはいない。対策もあっという間に進んで、そういうやり方がそもそも通用しなくなった。おれたちはいわばゼロデイ・アタックに成功したわけだ。歴史のなかに開いた小さな窓を見逃さず、そこから飛び出してやったんだ。

反対側の扉から出てくると、車は、おれたちを中に収めたまま、おおむね流線型になっていた。うしろから長い腕が翼を差し出し、車の両側に取り付けた。

そのまま車はスロープをくだると、水の上に滑りだした。

俺たちは声を揃えて叫んだ。いけ！　いけ！　いけ！

その昔、『３Ｄプリンタ』と呼ばれていたものがあった。こいつらはほとんどが単一素材の単面積層で、プロトタイプに毛の生えたぐらいなやつしか出力できない、ショボい玩具（おもちゃ）だ。おれたちがここに持ってきたプリンタ、おまえたちにとっての『母』は、これの直接の子孫じゃあない。

マルチロールの自動工場がどんどん小型化し、集積されていく過程で、３Ｄプリンタの仕組みをその重要な一工程として取り込み、プリンタという名前を乗っ取ったのが、おまえたちの『母』の祖先だ。

はじめは、それはロボットをたくさん抱えた、でかいでかい工場だった。そのうちにそれひとつのでかいロボットになった。どんどん小さくなって、ガレージや地下室に置けるようなものになった。台所や書斎にも置けるようになった。

出自のとおり、本質的には、こいつは要するに小さな小さな万能の工場だ。だが、それを『プリンタ』と呼ぶ必要があった。日用品としての呼び名を与える意義があった。こっちから材料を入れればそっちから完成品が出てくる、そういう手軽な道具だってことをアピールする必要があったんだ。出力に不可欠なあれこれの基底材料を、なんでもかんでもひっくるめて『トナー』という古い言葉で呼ばせたのもそういう戦略からだ。そうやって売りだし、普及させたんだ。

技術革新の速度は、飛躍的に上がった。

ひとつ実験設備のレシピが出回りゃ、何万という個人の設備で追試がされる。設備のレシピも改良されるし、それがまたすぐに反映される。企業による基礎研究よりもはるかにでかい規模で、個人の集まりがどんどん開発を進めていった。

そして、自律性のある高性能な機械を個人がどんどん出力できるようになった。

人々がそれを何に使ったと思う？　おまえたちが仔を使うようにか？　ゴミを集め、体を洗い、服を着せ、髪を切る？　もちろんそれもある。だがそれだけじゃない。

心得の悪いやつらが、自分たちの利益を増やすためにこれを使った。

世界中が、隅々までぜんぶ戦場になった。あらゆる街路が、公共も私有もあらゆる土地が、機械どうしの争いで覆い尽くされた。破壊したり奪おうとする機械たちと、それを防ごうとする機械たちとの闘いだ。すごい眺めだったぜ。それまで人類がみたことのない光景だ。映画にだってそんなシーンはなかったはずだ。

すべての市民が銃をとった、と大昔なら書かれたところだ。おれたちの時代には、市民が銃を持つことは許されてなかった。かわりに、すべての市民が、自分の身を守るために無数の機械を産ませた。銃を出すなんてことは、とっくの昔に規制の対象になっていた。『薬室(チェインバー)』がその合言葉だ。爆発の力を使って物体に致命的な速度を与えるようなブツは、あらかじめ出力できないようにされていた。だが、その程度のことじゃなんの歯止めにもなりゃしない。

『悪い』やつらも、『正しい』やつらも、思いつく限りの裏技を使って、物体や人体を破壊するためのエネルギーを作りだしては、指向性をもたせて投げつけた。空からくるものを地面から打ち落とし、地面の下にもぐって近づくやつを、空高く吹き飛ばした。

昼も夜もなく、空気がずっとびりびりと震えてた。機械どもは容赦がない。休むってことを知らん。状況はあっという間にそこまで育った。あとからよたよたと法律が追いかけた。だが、もうとっくに手に負えない大きさになっているカオスを無理やりねじ伏せなきゃならんから、そりゃあもう手荒なことになった。

まず、プリンタはすべて登録が必要になった。あらゆる出力が監視されるようになった。プリンタが、出力の前にかならずレシピをしかるべき機関に送信して、お伺いを立てるんだ。よほどあたりさわりのないブツでなきゃ出力できないようになった。あるいは、安全な出力物として認可された公式のレシピか。

出力された自律機械も、登録が必須になった。あらかじめ法定のタグをつけて出力されるようになって、どこにいるか、なにをしているか、二四時間ずっと監視機構に報告しつづける仕様になった。

プリンタでプリンタを出力することは、個人のレベルではいっさいがっさい禁止になった。母を産めない母だぞ。想像できるか、おい？

それから、プリンタ狩りだ。

爆薬でドアを吹っ飛ばし、ゴム弾で人間をぶっ飛ばし、蜂の巣を煙でいぶすみたいに窓という窓から神経ガスを吹き込んだ。ありとあらゆる建物から未登録のプリンタを探し出し、潰していった。『すべて』が本当に『すべて』を意味する時代だ。やつらは徹底的にやった。そうできるだけのテクノロジーと物量がやつらにはあった。

死人が出たか？　――もちろん出た。

無実の人間が死んだか？　――もちろんたくさん死んだ。

おれたちには窮屈な世の中になってきた。度を超えた規制はイノベーションを殺しちまうんだ。人類をつぎの段階へ進めるためのブレイクスルーがどんどん遠ざかっていく。

おれたちの研究も足を止められちまった。

プリンタが生モノを出力できるようになったのは、ちょいと後になってからだ。それ以前に、もう、おまえたちのように、臓器を入れ替えたり、四肢を作り変えたりする人間はたくさんいた。いろいろと余計なことをな、たとえば、男の身体に子宮を仕込んで人間を出力できるようにするだとか、そんなことも法が許すようになってたんだ。

これが、プリンタでもできるようになったのは、大きなブレイクスルーだった。〈母〉への第一歩だ。

ところが、おれたちがやろうとしているようなことを法は許さなかった。古臭い優生学への偏見なんぞを持ち出しやがってな。責任のとれる年齢になってから体をいじるのはいいが、生まれたばかりのうちに改造したり、遺伝子をいじったりするのは駄目だといいやがる。馬鹿な奴らだ。それに、プリンタへの規制が、こっそりやることすら、とんでもなく難しいことにした。

おれたちは国を転々とした。このころにはもう、国境なんてものは、たくさんの足に踏まれて消えかかったアスファルトの白線みたいなもんだった。あらゆるものがその上を素通りして流れ出し、流れ込んでた。それでも、世界を覆いつくそうとする法の触手がとどかないところへ、辺境のさらに僻地へとおれたちは逃げ込んで、研究を続けてたんだ。だが、それもいよいよ限界になってきた。

世界はおれたちの頭の上で閉じようとしていた。

さて、東の空はだんだん明るくなりはじめた。

ついさっきまでミニバンだった、いまはでっかい翼をつけた珍妙な乗り物は、海の上をおとぎ話の船みたいに滑っていった。環礁にかこまれた内海で、波は静かだ。

もうずいぶんと前から、おれたちは太平洋を水槽にして、かわいい魚たちを育ててた。このとき、そのうちの一匹が飼い主をみつけて、挨拶をしにやってきた。長さはだいたい二〇メートル。海流をぐるぐると廻りながらプランクトンだけを食って、よくそこまで育ってくれたもんだ。

海水に溶けた希少元素とプランクトンとを材料に、そいつの体内のプリンタが、おれたちの脱出に必要なものを出力し続けていてくれた。二つの液体だ。混ぜ合わせると爆発的に燃えて、そいつに指向性を与えてやりゃ……わかるだろ？

おれたちの乗り物から腕が伸びた。プレゼントの包みを開くみたいに魚を開いて、頑丈なタンクを取りだした。カルシウムとコラーゲンで育った殻だ。すでにちゃんと空を飛べる形になってた。

そいつをしっかり腹にかかえこむと、乗り物は最後の準備にとりかかった。

仮初(かりそめ)の体を着たおれたちは、この乗り物の先っぽに重なって陣取ると、声をそろえて秒読みをした。現実にはありえない形で重なり合って、おたがいに抱擁しあってその時を待った。

ロケットが点火された瞬間、おれたちは歓声を上げた。現実じゃ絶対に出せないような大声だ。それがおれたちの共有する空間に響き渡った。

乗り物が、ロケットの加速をつくりものの刺激に変えて、おれたちの神経にも届けてくれた。その実感に心躍らせながら、おれたちはいっきに重力を振り切った。

するすると伸びる煙の向こうへ、おれたちの母星が遠ざかっていった。永久に。

そのころ、月でもちょっとした動きがあった。

大きなプロジェクトが月面では始まっていた。プリンタを使って、基地をまるまる出力させるというやつだ。

おれたちも一時は関わっていたプロジェクトが、実地試験の段階に進んでいた。やつらが目標に定めていたのは火星だ。立ち消えになっていた移民計画が、数十年ぶりに息を吹き返したんだ。

まだ〈ビューダペスト〉という名前を持つまえのおれが動かしてた会社は、この計画で使われるプリンタの開発を中心になってやっていた。

まずは、月の岩石を使って、居住空間やその他もろもろをオールインワンで産ませてやろうというのがこの実験だった。

おれたちが開発した最新版のプリンタは、がさつで堅牢な建造物と繊細な電子機器を一度にまとめて出力できた。もちろん、材料を採取するところから始めてだ。そういうプリンタを作れるようになったことも、プロジェクトの仕切りなおしを後押ししたんだ。

このプリンタのシステム上の脆弱性を、おれたちはよく知っていた。なぜかといや、おれたちが作ったものが土台に組み込まれていたからだ。おれたちはただ裏へまわって、隠してあった扉を開けばよかった。

地上からプリンタを打ち上げることも準備していたが、おれたちがまかなえる打ち上げ重量では、小さなものしか送れない。もっと大物を、もっと高性能のやつを持っていきたかったんだ。

ここが一番の賭けだった。

プリンタのひとつが、居住区の一部になるはずだったドームを出力しながら、こっそりと、だが素早く、別なものを出力しはじめた。ぴかぴかの、円錐の形をしたやつをな。

少し経ったところで、こいつは、ヤドカリが新しい家を下見するように、自分が出力したばかりのドームの中にそそくさと這いこんだ。これから内装の仕上げをしますという風情だ。

つぎの瞬間、ドームは宇宙へ飛び出した。ポン！

『発展途上国』という言葉がむかしはあった。

いまは小さく貧しいが、これから大きく育っていって、『先進国』と肩を並べるだろう、そういう希望を含んだ、礼儀正しいまやかしの呼び名だ。実際のところは、海の魚とおんなじで、こいつらが大きくなることはほとんどなかったんだがな。

だが、かつてそう呼ばれていたような国々は、もはやそんな空々しい呼び名すらふさわしくないくらいに死にかけだった。大国に吸収されるでもなく、地球をめぐる金の流れから取り残されてゆっくりと干上がっていくだけの、だだっぴろい荒野でしかなかった。

そういう国にもプリンタはもちろんあった。レシピはいくらでも手に入る。だが、トナーを手に入れることができなかった。条約に自国でのトナー生産を禁じられて、外国から輸入するしかなかったんだ。

このころは、すべてをトナーからつくりだすようなプリンタは主流じゃなかった。ちまちま積層するより、あらかじめ整形された資材や予備出力されたコンポーネントの組み上げで出力することのほうが多かった。そして、そういうコンポーネントや資材やトナーを作っていたのはプリンタじゃなかった。海岸線や露天掘りの岩肌にべったりと広がった、昔ながらのでかい工場がそれをやっていたんだ。

プリンタは文明に寄りかからなけりゃ成立できないものだった。しかるべきインフラがなけりゃ、ユーザは求めるものを得られない。荒野にぽつんとプリンタがあるだけじゃ、なんにも産ませることができない。そんなのは〈母〉じゃないとおまえらはいうだろう。ああ、そうだ。それはまだ母と呼べるようなもんじゃなかった。

水を与えるんじゃなく、井戸の掘り方を教えろといったもんだ。魚を渡すんじゃあなくて、釣り方を教えてやれ、ともな。出力物をただ与えるんじゃ意味がない、出力の方法を教えてやらなきゃいかん。持続性のない支援なんてものは、渡す側の人間につまらん自己満足を与えるだけのことでしかない。先人たちの大事な教えだ。

だから、おれたちは、母の産み方を教えてやった。

任意の環境入力から基底材料を出力できるようなプリンタのレシピは、極秘になっていた。火星への植民プロジェクトのなかでがっちりと守られ、あの地上でいちばんそれを必要としていた人間の手には届かなかったんだ。

それをおれたちはばらまいた。まだ規制が始まるまえだ。

プリンタは爆発的に数を増やした。

ある意味では、おれたちのしたことも規制の後押しになったといえる。

だからな、おれたちはお尋ね者だったのさ。

追われる身でなかったとしても、飛び出していたことに変わりはなかっただろうな。だが、迫害がおれたちの正しさを証明した。


攻撃可能な宙域におれたちが出ると、即座にやつらの礫(つぶて)が飛んできた。

熱核兵器だ、もちろん。まだ軌道上に残されていた古い兵器を、持ち主の国からやつらがずいぶん前に買い上げていたんだ。

四つの弾頭が順番に飛びだした。『バス』と呼ばれる古い仕掛けだ。本来は地上に向けられていたそいつを、軌道上で、おれたちに向けてぶっぱなした。それぞれの弾頭が一六ずつに分かれて、おれたちの想定航路を順々に突き通す狙いだ。

だが、おれたちのほうも準備ができてた。原母の出力域にはもう小さなレールガンが出力ずみだったし、そこから発射された小さな金属の塊が、おれたちとバスの中間地点にまで達していた。

ぜんぶの弾頭に、きれいに命中した。

核兵器を破壊するのに使われたものとしては、歴史上でいちばん安上がりな仕掛けだ。だがちゃんと動作してくれた。

おれたちにそれを見る肉眼はなかったが、カメラが撮った映像は、きれいだったぜ。超新星がいくつも生まれたような、色とりどりの閃光だ。これがおれたちの出発を祝う花火だった。

電磁パルスとガンマ線はすさまじかったが、機器は無事だった。

こうしておれたちは、地球の重力圏から、世界の網から、永久にずらかることができた。

停滞から逃れ、人類としての正しい歩みを踏み出すことができた。

おれたちの教訓とは、こうだ。

逃げろ。飛び出せ。技術の成熟を待つな。技術が追いついてきたとき、逸脱は均(なら)され、食われ、同化される。世界に足首を握らせるな。ビジョンをかかえて先へゆけ。

おれたちはみんな笑っていた。ありえない抱擁の重なり合いのなかで、声のない笑いが何もない空間に響きわたった。おれたちが見えない手でかかえた計画のなかで、ビジョンがどんどん膨らんでいく。豊かになっていく。計画から現実へ押しだされ、小惑星に根を下ろし、実るのを待っている。

おれたちを止めるものは、もう何もない。

はっはっはっはっ！　はっはっはっはっ！　はぁっはっはっはっはっはっ！

2

腐臭。

始祖たちのコロニーに着いて、なによりもそれに驚いた。

さほどきつい臭いではなかったが、居住区の空気は澱んでいた。以前もこんなふうだっただろうか。住んでいたころはこの臭いに慣れてしまっていて、戻ってきて初めて気が付いたということなのだろうか。

近づいていくにつれ、しばらくまえから観測によって推測できていたことが、確かな現実になった。コロニーと繋がっていた小惑星がなくなっているのだ。

だが、観測できる範囲にはとくに新しい構築物はない。コロニーそのものにも外見上の変化がない。もっと遠方になにか施設を作ったのだろうか。小惑星がなくなったことは、ただならぬ異変に感じられた。

〈斜めの魚〉は、居住区に隣接するサブドックに係留せよとの指示だった。なにかあったらいつでも飛び出せるように、俺たちはメインスラスターをすぐに噴射できる状態にして船を出た。

一緒に飛ばせてきた霧と針それぞれの〈大きな母〉は、コロニーから二〇〇キロほど離れたところに相対速度をほぼゼロにして待機させている。霧は、けっきょく〈斜めの魚〉の艤装完了までに自分の持ち物をまとめ、大きな母に搭載して一緒に出発させることができていた。針が同行させてきた大きな母は、例の物騒な兵器だ。観測によって気づかれているだろうことは間違いない。だが、到着しても、相手はそのことに言及せぬままだった。

即座に逃げられるように身構えておくべき理由が俺たちには二つあった。ひとつは始祖、もうひとつは母星。

巣から送られてくる観測データは、まだあの〈棘〉が球状の陣形を崩さず、動いていないことを伝えている。だが、その中の機械群は刻々と姿を変えていた。

これが流亡の始まりになるかもしれないという認識が、移動のあいだ頭を離れなかった。

仔に誘導されて入った部屋で、ふたりの始祖が待っていた。

空間はおおむね立方体では、壁からすこし浮かせたところに黒いポリマーの手すりが格子状に組まれている。

奥の壁からすこし手前の空間に腕を組んで体を伸ばし、マーセイルがこちらに向きを合わせている。その横の壁沿いに、片足で格子をつかみ、武器らしきものを持ったもうひとり。顔の表示を切っているが、体をみれば誰なのかは見当がついた。ハノイだ。わずかな動作にも威嚇が現れ、こちらの確信はさらに強まる。

簡素なテキストだけで交わされてきたここまでのやりとりで、誰が窓口なのかを向こうは明かさなかったが、きっとマーセイルがこの対面をおぜん立てしたのだろうと思っていた。ハノイがその護衛をすると強硬に主張したのだろう。なんのタイミングで動くか予想できないので、厄介だ。ビューダペストが姿を現さないのは、ちょっと意外だった。

ふたりとも、コンポーネントの構成はほとんど変わっていない。大半は本当に昔のままの部品なのだろう。ただ、手足を覆う感圧メッシュだけは、かなり印象が違っていた。以前のものより滑らかで、遠目にはひとつひとつのドットを見分けることができない。

三一年前にここに来てから、始祖たちのほとんどが体の基本設計を変えていない。到着してまだ間もないころに確立された簡素な機械的構造を、そのまま使い続けている。

当初、始祖たちは、静脈血を動脈血に変換する装置を脳につなぎ、あとは適当に神経の入出力を用意してやれば人間として生存していけると思っていたらしい。そんなに簡単なものではないとすぐにわかったようだが、最終的に始祖たちが選んだ構成には、そういう極端なミニマリズムから出発して、本当に必要なすべてが揃ったといえる段階の、ひとつかふたつ手前で止めてしまったような印象がある。

頭部は、前の半分しかない。脳がここにはないのだ。顔に相当するところだけが首のうえに取りつけられている。しかし、顔の形をしてはいない。ヘルメットのバイザー部分のように湾曲したディスプレイで、そこに計算機内で生成された顔面の映像がうつしだされている。それが本当にかつての本人を再現したものなのかは知る由もない。始祖たちが母星でどんな姿をしていたかは、〈支援グループ〉が送ってきた情報からも周到に隠蔽されていた。

遺伝上の性別さえ定かでない。全員が男（XY）だ、と針は断言するし、顔立ちも声も男性のものが使われているようなのだが。生殖器をつけているのを見たことはない。

腕と足にも、〈ふつう〉の人体にあるような組織はいっさい使われていない。ほぼオールインワンで出力された複合素材の体は、筋肉ではなく、通電によって伸縮するポリマー製の人工筋とサーボモーターで動かされる。肝臓や腎臓は汎細胞からつくられているはずだ。頻繁に出力しなおして取り替えていたという記憶がある。

膨らんだ腹部に脳が収められている。消化器官が必要ないのだからこのほうが合理的なのだ、と始祖たちはいう。

ものごころつく前からそうだったので疑いもせず育ってしまったけれど、こんな寄せ集めのつくりでいったいどうやって人間としての存在を成立させているのか、いまだによくわからない。だが、41をふくむ新世代たちの設計は、この技術の延長上につくられている。そして、だからこそ失敗したのだと、霧はいう。

部屋は、以前はなかったものだ。今回のために出力したのかもしれない。

41がいないことについて、マーセイルは何も訊かなかった。

ディスプレイに表示されるぼやけた顔はほとんど表情を変えず、瞬(まばた)きだけが生成画像に人間らしさを与えている。もっと精度を上げることができるはずなのに、解像度の低さも昔のままだ。すこし近づけば、すぐに光るドットの集まりにばらけてしまう顔なのだ。

「母はいくつになった？」

そうマーセイルがきき、俺は口ごもりつつ答える。

「わからない……数えてない。小さいのもいれると千ぐらいかな」

「持っていったのはいくつだ」

「環境出力型のやつは、第二世代が三つ。あとは小さいやつ、ほとんど第三で、少し第二」

「資源は足りているか？」

「足りてない。微少元素があまり採れないから、ほかの小惑星を掘ろうかと思ってた」

「私たちもそれは考えていた」

「でも、そっちには……」

始祖たちが故郷から持ち出してきた微少元素は、大部分がこのコロニーにある。そのことへの不満を口にしようとしたところで、マーセイルがそれを聞いていないかのように話題をかえた。

「私たちは星系外へ出ようと思っている」

「……星系外？」

「バーナードだ。太陽系から五・九光年と、比較的近傍にあり、地球型の惑星を持っていない見込みがかなり高い。つまり、あとから地球の連中がやってくる可能性が低いということだ」

星系外。

それはまったく予期していなかった。

五・九光年？　そこへ行くのに、いったい何百年かかるんだろう。

「寿命どうすんだよ」

同じことを考えたらしい針が、感情の定まらない声を投げた。

「延命の目処（めど）が立った」

「どうやって？」

霧がいつになく鋭い声できく。

「記憶を保持したままでの、脳組織の更新が可能になりそうだ。まだ少し時間がかかるかもしれないが、間に合うはずだ。脳以外の身体組織はすべて母に産ませることができるようになって、すでにかなりの年月が経っているが、これでようやく、不死が現実のものになる」

俺は、しばし言葉に詰まった。

話しぶりがあっさりしすぎていて、冗談にしか聞こえない。

「そんなの、母星ではとっくに実現されてんじゃねえのかよ」

針が嘲りを言葉に込めるが、

「そうだとしても困ることはない。いま手元にある技術を使ってどこまで行けるかが重要なんだ。すでにここにいて動き出しているのだから、我々のほうが状況に先んじている」

荒いドットの向こうで、マーセイルの笑みが強さを帯びる。

顔を消したままのハノイが姿勢をやや崩し、壁の格子から身を浮かせた。こちらへ向けた頭をすこし後ろへ傾げたのは、優越感の現れだろうか。

「私たちも母星の進出は予期していた。近傍星系への移住は、何年も前から計画していたんだよ」

マーセイルの言葉を追って、俺たちが一時的に共有を許されたコロニー側の計画域の表層に、始祖たちのレシピが展開された。

限りなく細目へ枝分かれする計画素子でぎっしりとうめつくされた視界のなかで、視点誘導の開始位置におかれているのは、巨大な恒星間宇宙船の設計セットだ。ためしに自分のポインタをあててみると、閲覧の許可がある。開くと、現れたのは、まさに始祖のスタイルとしかいいようのない、『目的』と大声で号令するような要素の構成だった。

アニメーション処理された宇宙船組み上げのプロセスは、始祖たちを知らなかったら、出力の仕方をわきまえていない子供の稚拙な計画だと思うだろう。これだけの規模のものを、こんなにあっさりとまとめられるはずがない。だが、きっとこれは可能なやりかたなのだ。最終段階を見るだけではわからないが、ここに展開されているだけの速度を実現できるような準備が、下位レイヤーで周到に計画されているはずだ。

宇宙船の完成イメージも、プロットされた航路も、始祖たちの熱狂に彩られている。重要なレイヤーはほとんど隠されていたが、閲覧を許された深度だけでも、始祖たちのコメントが無数にちりばめられていた。俺たちをはじめのうちは面白がらせ、やがていらだたせるようになった、あの独特の語調、内輪のジョーク。たとえば、「おれの光円錐は太い」というようなやつだ。

「資源には、カイパーベルトの小天体を使う。数百個に推力を与えて、先に星系外へ離脱させる。もちろん、速度はとてもゆっくりだ。そこへ我々が追いつき、資源を集積して恒星間移動環境を構築する。二年ほど前に、すでにベルトへ母を送りだしてある」

マーセイルの語りにも、さりげない調子の向こうに、仕掛けを明かす喜びと優越感が覗いている。エッジワース・カイパーベルト——冥王星軌道ほどの距離にある、アステロイドベルトに似た塵の輪だ。だが、あそこにあるのはもっと氷ばかりの天体なのではなかったか。

そして、小惑星が姿を消していることの理由がわかった。カイパーベルトへ送る母の原料としてすべて使った、とマーセイルは事もなげにいう。

「思っていたより母星の動きが速かったが、脱出船の準備はできている。わたしたちはまた脳だけになって、エネルギーと空間を節約する。こうすれば、恒星間宇宙船は一・三g（ジー）程度で加速できる」

片手を歓迎の形にさしのべて、

「おまえたちも、加わりたければ一緒に来るといい。ただし、わたしたちと同じように脳だけになる必要があるよ」

「体を捨てろってのかよ」

「一時的にだ。私たちはそうやってここへ来た。なにも怖いことはない」

体を捨てることを考えると、心におびえを感じた。感じることすべてが計画域からの入力になる。自分がそれに耐えられるだろうか。

霧は、ひとごとのようにたずねる。

「大丈夫なの、そんな未検証の技術を頼りにして」

「あやふやな計画に飛びついているわけじゃない。実行に移せるのは、出来るとわかっているからこそだ。だが、検証が済むまで待っていては手遅れになる。そのまえに飛ぶんだ。私たちがいままで何度もやってきたことだ」

ふと、心に黒い穴が開いた。

始祖たちは、俺たちを残して出ていくつもりだったのだ。

霧がさらにたずねる。

「木星や土星あたりに移るんじゃ駄目なの?」

「ひとつの恒星系には、思想の異なる二つの集団が共存できるだけの空間はない。わかるだろう。向こうがここで資源の獲得に汲々としているあいだに、われわれはべつの世界を確保する。先に遠くへ行ったものの勝ちだ。この宇宙においてどちらが適者であるか、一〇〇年も経たないうちに判るはずだ」

ディスプレイのなかで白い歯がひらめく。

「人類の生存に、地球型の惑星が必要ないことはあきらかだ。あちらの連中はまだ重力にこだわっているが、致命的な誤りだよ。私たちにはもう地球型の惑星を探す必要がない。母の使える資源があれば、どこにでも、いくつでも生存環境を出力できる。さあ、有利なのはどちらだと思う?」

「得意顔でしゃべってるけどさ、おまえら結局、正面から戦っても負けるから逃げるってことだろ?」

針が投げつけた冷笑の弾頭にも、マーセイルが気を悪くした様子はない。

「もちろんそうだ。勝ち目のない戦いなどするわけがない。我々はつねに裏をかく。優位性は物量だけで決まるものではない」

「技術だって、けっきょく母星から盗んだのばっかりだろ。自分たちだけで作れたものなんか、あんのかよ」

「時間短縮のためだ。まだ小さいコミュニティを育てるために不可欠なことだ。あの程度の技術革新を私たちが自力では成し遂げられないなどと、本当に思ってるのかね? われわれに必要なのは空間と資源だ。あとはすこしの時間があれば解決する。ここでやってきたように」

針の声にどんどん怒りが膨らんでいく。

「ここでやってきたことがいったいなんだと思ってんだよ。ぜんぶほったらかしで、置いといて、出ていくのかよ」

それに、〈原母〉のことも。二度と使うことができなくなってしまう。

「何人も殺しといて、なにかを作ったつもりでいんのかよ？」

針がいうのは、〈新世代〉たちのことだ。

五人が死に、41ひとりしか生き残らなかった。

マーセイルの表情は変わらない。

「新世代たちは、たしかに私たちの失敗だった。だが、無駄な犠牲ではない。未来の人類の設計に、重要な示唆を与えてくれた」

「雲と珠はどうなんだよ！　あれは無駄死にじゃねえのかよ!?」

〈二世〉はぜんぶで五人いた。雲、珠、針、霧、そして俺、虹。

「あれは、お互いにとって本当に不運な出来事だった。私たちもあれからたくさんの教訓を学ぶことができた。だが、不幸な事故ではあったとはいえ、ああいった反抗は、本質的には喜ばしいことだ。おまえたちをとても誇りに思っているんだよ。反抗こそが飛躍の原動力だ。我々だって、反抗によってここへやってきたんだから。そうして、おまえたちは、この七年間、自分たちのコロニーを育てて、立派にやってきた。もうなにも心配はない」

「勝手なこといってんじゃねえよ！　おまえらはただ放ったらかしにしてただけだろ？　あたしらがそのまま死んだってどうせ何とも思わなかっただろ」

「そうじゃない。信頼していたんだよ。私たちの与えたものがあればきっとうまくやってくれると信じていた」

「与えられたおぼえがねえよ。くれねえから持ってってったんだよ」

「そこに違いはない。だれも出自を選ぶことはできない。私たちだってそうだった。それでも、自分たちの力で道を切り開いてきたんだ。おまえたちはこれほど恵まれた境遇にあるんだから、泣き言をいう必要はないはずだ。テクノロジーに手厚く護られて、資源だって十分にある。なにをやったっていい。母星にこれほどの自由はない。そのことだけは間違いない。そうだろう？　おまえたちはこれを逆境と感じているかもしれない。それはそれでいいんだ。そういった認識こそがおまえたちを強くする」

「まあ、そうかもね」と霧。

「おまえらがなんの責任もとってねえじゃねえか。今までだって、なんにも責任とらずに生きてきたんだろ？　そういう奴らが集まって飛び出してきて、ここでも無責任にやり散らかして、ぜんぶ放り出してまたよそに逃げるのかよ！」

会話にやきもきしながらも、俺の意識は計画域をさまよい、始祖たちの作ったものをながめていた。始祖が自分たちだけで出て行こうとしていたことのショックがまだ尾を引いている。

視線誘導にうながされるままに計画素子を開いていくと、時系列にそって母星系脱出のプロセスが進行する。宇宙船はあっというまに恒星間をわたり、目的地へ到達したあとの細目にたどりついた。

下位視界に、〈都市〉が大きくひろがった。

向こうで母に産ませるつもりなのだろう、始祖たちの新しいコロニーだ。

恒星間移動のための船とは違い、まだ構想の段階でしかないが、数万人を擁するものとしてデザインされている。ボストンがおもな設計者として登録されていた。彼の専門は機械工学だが、始祖には都市系の専門家がいないからだろう。

デザインにはすでに承認が与えられていた。ここにも好き勝手なコメントがちりばめられている。

全体にも細部にも、大きな違和感があった。

ただ規模が大きいだけで、つまらないデザインだったのだ。そう自分が感じるということに驚いた。だが、それはたしかにつまらなかった。適当に施設を寄せ集めただけとしか見えず、空間どうしのアクセスが十分に考慮されているとはとてもいえない。移動機関は、ひどく単調に配されている。

自分なら、もっといいものを作れる。

それは痺れるような直観だった。

俺にやらせてほしい、と強く思った。

始祖たちの脱出に同行することが、急に新しい意味を帯びはじめた。行けば、自分のデザインしたあれを、現実の都市として出力することができる。

「何度でもいうが、おまえたちは自由なんだ。無謀な計画だと思うなら、一緒に来なくてもいい。おまえたちはもう自分で自分の面倒を見られるんだ。自由にやればいい。まだ時間はある。木星でも土星でも、十分に間に合うだろう」

「おまえらがちゃんと責任をとれっていってんだよ！　勝手に放り出すんじゃねえよ！」

「そこにこだわっていては先に進めないぞ。与えるべきものは十分に与えてある。おまえたちは愚かにもその一部を捨ててしまったが、残ったものを活用すれば、なんだってできる。私たちの母は、どんどん増えていくものなのだから」

「なんの自由もねえよ！」

「おまえたちは自由というものを勘違いしているんだよ。それは、身体的な自由じゃない。物理的な自由のことじゃない。そういう意味では、われわれはどこまでいっても不自由だ。だが、精神においては、ほんとうはおまえを縛るものは何もない。心を縛る枷をひとつずつ取り除き、精神の自由を発見していくこと、そうできることが自由なのだ。それが、すべての人間が生まれながらにして持っている自由だ」

ふと、マーセイルの話すことが心に沁み込んできた。

「おまえたちが、縛られていると感じているのはわかる。だが、その呪縛を解くための手は縛られていない。心のなかにあるその手を動かすんだ。おまえたちはあの二人ほど愚かじゃないはずだ。物理的な自由を求めて軽率な行動にはしるのではなく、心の自由と向き合うことができるはずだ」

マーセイルのいう〈自由〉が、自分を取り囲んでいた殻に、小さな穴をあけたような気がした。

自分の手がそこへ伸び、扉を引き開けるイメージが、あざやかに浮かびあがった。

俺は、大きく息を吸い込んだ。

3

視界の隅でそれは起こった。

うっ、と針が呻き、眼の前を、霧の体が右から左へすばやく横切る。

霧は手になにかを持っている。

それを見る俺の頭のなかで、たったいま焦点の合わないところで目撃した出来事が、すこしの間をおいて組み立て直された。

霧が針の背中に手を伸ばし、コネクタに固定されていたあの母をつかんで、引き抜いたのだ。

取り戻そうとする針を、両足で大きく蹴りのけた。まぐれか、狙ったものか、腰の接合部にかかとが当たり、針はうめいて、四本の手を泳がせながら反対方向へ飛ばされる。

霧も反動で飛んでいき、勢いが強すぎて壁に衝突するが、ねじれた姿勢で格子をつかみ、動きを抑える。

両足を格子にひっかけて体を固定し、母を握ったほうの腕をまっすぐにのばし、マーセイルたちに向けて構える。母星のフィクションで人が銃を撃つ場面のように。

親指が当たるところにあるボタンを押す。

カチッと音がする。

なにも起こらない。

霧は目を大きく開き、叱るように声を張り上げる。

「起動っ！」

手の中で、母が小さく言葉を発する。男性に似せた低い声。

「わたしはあなたの母ではありません」

「えっ!?」

悲鳴のような霧の声。

そこで針が飛びつき、霧の手から母をもぎとった。すぐに側面の表示域が光る。個人占用の認証が通ったのだ。

そこまで見たところで部屋の反対側に眼をやった俺の頭に、これまた、いままで視界の端で進行していた事態の意味がようやく形をなした。

「撃つな！　撃つな！」

マーセイルが怒鳴り、なおも武器の狙いをつけようとするハノイを制する。

霧が動いた瞬間からずっと、こちらを撃とうとするハノイをマーセイルが止めようとして、もみあっていたのだ。

その姿はすぐに消えた。部屋の中央に壁が現れ、俺たちと始祖たちをふたつの空間に切り分けた。

そこへ針の撃った仔が命中し、炸裂する。轟音と、頭をすべての方向から叩かれたような衝撃。あたりが煙に覆われる。なにかが体をかすめ、刺すような痛みが走った。破片が出ないだなんて大嘘だ。

「くそっ！」

べつの方向から破裂音が響き、壁のひとつがいくつもの小片にわかれて飛び散った。

その向こうで、たたまれていた作業肢がいっせいに広がり、こちらに伸びる。

この部屋は、母につながっていたのだ。いや、むしろ、母の出力域を部屋として使っていたというべきか。

目の前で出力ヘッド群がすばやく展開する。基部は細かいステップを刻んで回転しつつ複雑な曲線をなぞるように動き、その先で枝分かれした八つのアームがそれぞれ独立に、目に見えぬ速さで中空にヘッドを走らせ、複雑な構造が編み上げられていく。空気に出力の臭いが満ちる。

編み上げられた構造が、粗い接合面がこすれあうじゃりじゃりという音とともに展開し、随所にまたたく光点が攻撃を予感させる。一時的な用途しかもたない、低解像度の機械に特有の動作音。

そこへ針が何発も撃ち込む。発射された仔は複雑な軌道を描いて飛び、出来上がったばかりの構造を迂回して出力機構の基部に命中する。続けざまの音と閃光。作業肢が吹き飛ばされて回転し、出力されたものもばらばらになる。

俺たちの共有する計画域に、曲がりくねった通路が現れる。この部屋へ来るあいだに採取されたマッピングデータだ。白い線がそのなかを貫き、俺たちのいる場所と船につながる扉を結ぶ。

針が通路の奥へ母を向け、撃つ。

さっきの仔とは印象のちがう物体が飛び出した。弾丸の仔とおなじようにロケット噴射で進むが、長いワイアを後ろに曳いて、それが小刻みに方向を変えながら通路の先へ飛んでいく。

「つかまれ!」

霧が針の体にしがみつき、かろうじて察した俺もそれにならう。通路の奥で、予想外に軽いペタンという音が聞こえ、ワイアがぴんと張り詰めた。

ぐいと引かれ、俺たちの体が通路の奥へ飛んでいく。針の母が甲高い回転音をあげ、ワイアを巻きとる。

施設保全用の大きな仔が行く手に現れ、長い作業肢がパッドのついた指先を広げた。針の母がまた爆発性の仔を撃ちだし、相手の光学センサを吹き飛ばす。

手の甲に鋭い痛みが走った。見ると、小さな粒が貼りついている。溶けた金属の球だった。

針がさらにワイアつきの仔を発射し、それが鋭い噴射音を残して曲がり角の向こうへ消える。慣性で飛ぶ俺たちは角のつきあたりに衝突し、それからまたワイアに引かれ、飛び出していく。

気密扉が危険な速さで近づいてくる。周囲の壁には手がとどかず、速度をゆるめることができない。ぶつかる瞬間、手足ぜんぶで勢いを殺そうとするが、それでは足りず、額が壁に激突した。壁には緩衝材が張られていたが、それでも一瞬めまいを覚えた。

態勢を立て直した針が、扉にむかって母を構える。

「待って！」

霧が大声で止め、パネルに手をのばす。扉は生きていた。

乗り込み、気密扉が閉まるのとほとんど同時に、がん、と船が横ざまに動く。連結機構はこちらの船体に備わっている。それを解除して、急激にコロニーから離れたのだ。

「行け！　行け！　行け！」

針の操作で、船が姿勢制御モーターを激しく噴射すると、体をまだ固定できていない俺たちのまわりでキャビンがぐるりと回転する。梁のひとつをつかんでいた俺の右手が強くねじられたので、あわてて離す。なにかにぶち当たったかのように回転は止まり、内装がみしりと音を立てる。目の前を、体を固定しそこねた仔がくるくる回りながら横切っていくのが見え、それがかろうじて姿勢を整えたところで、キャビンがいきなり前進する。俺は顔に押し寄せる空気を感じ、ついで全身に後部隔壁が激突した。

びりびりと震える船体。航法コンソールに船の速度が表示される。どんどん数字が増えていく。

毎秒一五〇メートル、毎秒六〇〇メートル、毎秒一キロ……。

「加速を切れ！　早く！」

ほかの二人と折り重なって隔壁のクッションに押しつけられながら、俺は針に怒鳴った。加速で肺が押しつぶされ、声を出すのもつらい。

「もっと離れてからだよ……」針も苦しそうな声を出す。

数秒後、針がメインスラスターを止めると、無重量状態に戻ったキャビンに汗だくの俺たちが漂い出した。

航法表示によれば、〈斜めの魚〉はいまコロニーから一三〇キロのあたりを、毎秒二キロの速度で進んでいた。

針が攻撃用のレーザーを起動し、警戒システムの探索域を最大にあげて走査する。大声でこちらの精確な位置を知らせるようなものだ。

「パッシブだけにしろ！　光学で――」

「バカいってんじゃねえよ！」

コロニーにはなんの活動も観測できない。こちらに向かって飛んでくる物体はなく、束ねられた光子の突き刺さる気配もない。

「バカ！　なんで自分でやろうとすんだよ！」

針が怒鳴った。

霧の目はまだ大きく見開かれていた。灰色の瞳を、白がぐるりと囲んでいる。

汗をうかべたその額が、ぎゅっとよじれる。

「殺したかった。くやしい。ちゃんと自分で殺したかった」

顔をゆがめ、握っている梁にもうひとつの拳をぶつける。

それから、耳をすませるような、忘れていたことに気付いたかのような表情になった。

霧の内部でなにかが強制的に刷新され、額に刻まれた皺が、途中の段階をまるで経ることなく、頬のえくぼにおきかわった。

霧は梁に額を押しつける。

長く長く、深い溜息をつき、途切れる前にそれがクスクス笑いに変わった。

「……くやしい。おかしいね、くやしい。ふふふ、失敗しちゃったよ……」

「ODかよ、くそっ」

俺にもわかった。以前にも同じことが起こったのを見ている。精神的な苦痛が閾値を超えて、例の薬が自動的に大量投与されたのだ。霧の頭のなかで、いま多幸感が荒れ狂っている。

「投与上限ちゃんと決めとけよ！」針が怒鳴る。

「ふふふっ、怒らないで、ごめん、無理、このくらい入れないと心が死ぬ……」

「注入機はずせよ！　これか？」

針が、霧の側頭部に手を伸ばす。

「もう止まった！　もう投与止まったから。大丈夫。三〇分待って。ふふっ。ふふふふっ」

霧は体を引き離し、両手で口を押さえて笑いを殺そうとする。全身が小刻みに震える。

「なんにも大丈夫じゃねえよ！　どうすんだよこれから！」

「ごめんね、ごめん、自分でもわかってなかった。殺意あったね、あたし。やっぱり許せなかったみたい。……あったよ、殺意！」

手を叩いて、はじけるように笑った。胴体を抱え、体をよじり、涙を飛ばして笑い転げる。

意思を逃れて蹴りだされた足が梁にあたり、体が回る。片手が網をつかむが、笑いの痙攣を抑え込めずにたちまち体がねじれ、宙に漂い出す。

「殺意ならあたしのほうが沢山持ってんだよ！　おまえの一〇〇倍はあるよ、いっとくけど！　タイミングちゃんと考えなきゃ意味ねえだろ、バカ！　くっそ、一人も殺せてねえよ！」

針に背中をどやしつけられ、霧の体が奥の壁にぶつかり、跳ね返る。あいた、と声をもらすが、笑いはそれでも止まらない。胎児の姿勢で身を震わせ、ゆるゆると回転しながら、しゃっくりのような音をたてて笑いむせぶ。

「なに考えてんだよ！」

怒鳴ったつもりが、声が震えてしまう。視線がふたりの間をなんども行き来する。頭がはげしく痛む。

「なんだよ、なんでだよ、殺さないっていっていっただろ!?」

「いったし、殺すよ！　あたりまえだろ！　おまえはそれでいいんだよ、きっちり予想通りで！　問題はこいつだよ！　ったく、身内にジャンキーがいて上手くいくわけねえよ」

「薬は関係ないよ、でも、ごめん、あんたに任せるべきだったね、ふふふ、ふふっ、ごめんね、失敗だった」

「なんだよこれ、二人で示し合わせてたってこと？　俺に隠して？」

「違うよ。ちがうちがう。おかしいね、ふふふ、ごめん、おかしくないね、でも、虹はほんとにわかってなかったんだね。今までなにを見てきたんだろ。ほんとに、そういうやつだよね、虹は……」

梁のひとつにしがみつき、また笑いの発作に身をよじらせる。

「霧さあ、霧、……バカ！　もう死ね！」

「ごめんね、針、ごめん、泣かないで」

霧が、睫毛から涙を飛ばしながらとぎれとぎれにいう。

「泣いてねえよ！　目がついてねえのに泣くわけねえだろ」

針が霧を怒鳴りつけ、こちらを向くと、俺の頭を両側からひっぱたいた。

「おまえが泣いてんじゃねえよ」

そういわれて、視界がますます滲んだ。

俺は本当に、そう思っていたのだ。みんなで一緒に逃げられると思っていた。なんにも疑っていなかった。わだかまりが残っていることは知っていたつもりだったけど、こんなに憎しみがあったなんて。まるでわかってなかった。

「おまえ、ほんっとにバカだなあ」

「なんでいってくれないんだよ……」

鼻が詰まって、おかしな声が出た。

「いってもわかんなかったよ、きっと」

心の底からおかしそうに、霧がいう。


「もう一回いくぞ」

霧が腰のコネクタに母を戻し、ガチャリと固定の音が響いた。

計画域のなかで、俺たちの共有する表示域にたくさんの窓が開く。針の操作だ。

「レールガンで、コロニーの外殻ぐらい簡単にぶち抜ける。あいつらの準備が整う前に一気にやってやる」

二〇〇キロの遠方で待機していた針の大きな母が、兵装を目覚めさせる。システムチェックがつぎつぎと緑のアイコンを開かせ、攻撃シーケンスが掲示される。いくつもの白い線が、針の母からコロニーへ結ばれる。

「なにいってんだよ、やめろよ！」

俺が怒鳴り、霧も、手をさしのべながらかぼそい声をだす。

「待って、待って、それはやめて……。41がどこにいるかまだわからないし……」

薬のせいか、表情が懸念に焦点を結ばない。

「知るかよ！　どうせあの中にはいねえよ！」

「ちょっと待った！」

俺が制するのと同時に、ふたりの顔も同じことを察し、動きを止める。

音が聞こえた。

母だ。

出力している。が、いつもの出力音じゃない。なにがおかしいのか、一瞬のちにわかった。

ヘッダが速すぎるのだ。本来はほとんど無音のはずのサーボが、キンキンと高い唸りを発している。

なにかが、母本来の設定を超えた速さで出力されている。出力域がみるみる膨らんでいく。

針がその母を自分の母で撃った。

耳をふさぐのは間に合わなかった。弾丸は母の出力域カバーに貼りつき、轟音と閃光を発して出力域を吹き飛ばす。衝撃で緩衝肢の一本が折れ、梁をつかんだままぐるんと回る。

俺は顔を覆っていた手をどけて、損害を確かめようとする。

破片が止まっていた。

赤黒い、手のひらほどの大きさの、アステリスクの形をした数十個の物体が、空間にしるしをつけるかのように、大きく等間隔にひろがった配置で静止している。

それらが同時に動き、相対位置を保ったまま回転すると、キャビンの空間のなかに、もうひとつの、仮初（かりそめ）の空間が出現した。こちらの知覚が、それに強引にひねりまわされたようになる。

ビイイイ、と鋭い振動音。アステリスクは薄い板状で、六本の先端を羽ばたかせて移動している。

針がやみくもに自分の母をかざすのが視界のすみに見えた瞬間、アステリスクのつくる空間が、回転を速めながらすばやく収縮した。

はじける音がして、俺の手足に鋭い痛みが走る。

次の瞬間、体が消えうせた。

視野が急激に狭まり、暗くなる。

まわる船内に、ほかの二人の身体も動きを失い、漂った。

奥行きをなくした意識のまえに、まだ計画域は開かれていた。そのなかで、俺たちではない誰かが航法コンソールをあやつり、姿勢制御モーターが船体を鋭く小突く。スラスターが唸りをあげる。

姿勢を選べないまま、俺たち三人はふたたび後部の隔壁に貼りついた。

計画域のなか、球状に切り取られた宇宙空間の真ん中に、〈斜めの魚〉のちいさな似姿が固定されている。

その周囲を、船を追い越すように宇宙空間が動く。

船はいま、後ろ向きに進んでいる。船尾がほのかに光り、スラスターの噴射を示している。

速度は次第に遅くなり、一瞬の停止のあと、こんどは前向きに速さを増していく。

船の先端から延びる未来の航路は、白くまっすぐ、始祖のコロニーに、その未来における到達地点に、結ばれていた。

4

おおむね意識はあったので、こちらも心の準備はできていた。

船がコロニーに固定され、気密扉の動作音が聞こえ、入ってきた41の顔を見ても、俺たちは何もいわなかった。

41も、俺たちにはほとんど目を向けず、自分が産ませた仕掛けのほうを熱心に検分する。手にとり、裏返し、中身を観察する。

ひとつが俺の前にも漂ってきた。アステリスクは中心から弾け、広がっていた。積層された素材の収縮率の違いを利用した仕掛けのように見えた。粗いメッシュを重ねたような構造は、出力時間を短縮するための典型的なやりかただ。露出した内部には、一カ所だけ高解像度で出力されたところがあり、標準的な予備出力ストックのプロセッサが埋め込まれた脇に、微細な丸い窪みが並んでいた。ここに俺たちの体を動かなくさせた毒の棘が入っていたのだろう。

41はしばし手を止め、霧の母に顔を向ける。損傷をまぬがれた表示面に、動作確認のアイコンが現れる。

俺たちは、黙ってそれを眺めていた。

ひところのような余剰物はなにもなかったが、むきだしになっている41の腕のあちこちに、埋め込み機器を取り除いた痕のような黒ずみや引き攣れが見えた。省略され整理された筋肉のデザインには、むかしと同じように作業肢じみた印象がある。手首には大きなコネクタが埋め込まれ、俺には馴染みのない情報伝達のフォーマットをその断面に描いている。

顔は以前と変わっていなかった。


「いつから?」

霧が静かに尋ねる。

「昨日から」

41が答える。

「えっ?」

驚いた俺を見ずに41がいう。

かたわらで、船内の母が何かを出力しはじめた。

「真に受けるな」

41はそちらに目をやることもなく、仕掛けをひとつひとつ回収していく。

「なんで?」

針が感情を隠した声できく。

「今ごろそんな質問が出てくるということが、おまえらが部外者であることを端的に示している」

「ああ?」

「嫌な思いをさせてしまったな」

マーセイルの声が大きく響き、針が放った声の棘を飲みこんだ。

気密扉を抜けて、始祖たちが船内に姿を現す。

マーセイル、ハノイ、そのうしろにヌエヴァ・リオ。

つづいて、骨組みだけでできたような仔が三つ、入ってきた。

ひとつが大きく開き、俺を包み込む。視界のすみで、霧と針も同じように包まれた。身体のまわりで固定機構の噛みあう音が連なり、半円の弧からなる骨組みは球形の檻になった。

首の後ろに鋭い痛みがはしり、身体のあちこちがじんわりと熱くなる。しだいに手足に感触がもどり、鋭い痛みの点がいくつも浮き出してきた。腕を見ると、あちこちに小さく固まった血の球があった。アステリスクが射ちだした毒の棘が刺さったところらしい。

体は意志に従うようになったが、外的要素がその動きを阻んでいた。感覚が戻ってはじめて、きつい枷が身体にいくつもはめられているのがわかった。手首、足首、上腕、太腿、腰、首。

「始めからこうすればよかったんだ」

ハノイがいつもの無慈悲さをあらわす。

マーセイルは朗らかだ。

「いや、ああいった過程を経なければいけない。対話によっておたがいの前提を確認したうえでなければ、これが避けがたい帰結だということを理解させるのが難しくなる」

こちらをみて、マーセイルがいった。

「力を行使せねばならない時というものがある。だが、対話の可能性はつねに開かれている。それを忘れないでくれ」

出力完了の通知音がきこえ、41が母からとりだしたのは、俺たちもよく知っている物体だった。それを41は側頭部のコネクタに差し込み、プランジャーを押し込む。流動性の栄養物が体内に流しこまれていく。容器が外されると、コネクタの蓋が閉じる小さな音がきこえた。

グランド・セントラルには七年前とおなじ佇まいがあった。あのころと同じ喧騒、変わらぬ熱狂が空間にみなぎっている。ここが今も、始祖たちの物理的な活動の中心なのだろう。

直径が三〇メートルほどの球形の空間だ。半分は透明な一体出力のドームになっていて、コロニーの内部を一望できる。同心円状に構造物が連なって遠ざかる、おなじみの風景だ。長さ二・三キロメートル、直径四〇〇メートルの、円筒状の空間を覗き込んでいるのだ。なくなったもの、形の変わったものもあるが、だいたいは記憶のとおりに施設が並んでいる。ラハイナの高圧実験棟があり、ボストンの組み立てパレットもある。新しい施設はどれも大きく、そこだけは印象が違う。円筒の内側は研究エリアになっていて、始祖たちがそれぞれ自分用の区画を割り当てられ、使っていた。

俺たちの居住区画があった場所も、もちろん見える。奥から三分の一ほどのあたり、外壁はもとどおりにふさがれ、いまは誰かの設備で埋められていた。破壊の痕跡を探したが、それらしいものはなにも残っていない。

いくつかの母が行き来するのが見える。内部空間は密閉されているが与圧はされていないので、母の移動はクレーンやワイアでの牽引でする。

始祖のコロニーは、両端を平面の蓋で閉じた円筒の形をしている。回転はしない。そういうプランがかつてはあったのかもしれないが、わからない。一方の端から、かつては小惑星への係留索（テザー）が伸びていた。もう一方の蓋にあたるところは厚みが五〇メートルほどの構築物で、細かく仕切られ、居住区として使われている。円筒の内部に面した側の中央に、球状のグランド・セントラルがなかば埋め込まれた形で配置されている。

グランド・セントラルの、窓になっていないほうの半球は、壁面の大半が出力物で覆い尽くされている。どれもプロトタイプだ。基本的な印象としては以前と変わらないが、見覚えのない物体がたくさんあった。以前は人体をかたどったものがほとんどだったが、いまは宇宙船のデザインらしきものが多い。あざやかに着色された透明素材で内部構造を区分けしているものや、実際の完成物とおなじ素材で出力されたとおぼしき金属質に輝くもの。どれも、実現可能性をいっさい無視しているとしか思えない、過剰な複雑さをそなえたデザインだ。

人体をかたどったプロトタイプは、一カ所に手足をからませるようにして寄せ集められていた。こちらはほとんどに見覚えがあり、幾つかには思い出もある。大半は、〈新世代〉たちの身体として実際に出力されたか、あるいは計画だけで破棄されたデザイン案だ。両手を誇らしげに広げたもの、母星の人類にはとれない姿勢をとることで関節の自由度を示したもの、内臓を露わにして構造の違いを見せているもの。小さく細い腕を大胸筋の脇から生やしていたり、肘と膝の関節が増やされて『Z』の形に曲がるようになっていたり。手と足がそれぞれ三本ずつ、一二〇度に開いて配置されているのもある。無数の手足が生えているように見えるものは、いろんな姿勢を重ね合わせて占有空間を確認するためのテンプレートだ。

抜け替わり可能な歯根の構造を検討するために拡大された頭部は、切り開かれた下顎骨の内部に小さな歯がびっしりと並んでいるのが、どういうわけか眺めていると寒気をおぼえるほど気持ち悪く、俺たちが大嫌いだったものだ。いま見てもやはり鳥肌が立つのを感じる。循環器だけを出力したモデルもある。毛細血管までくまなく出力されていたそれは、たくさんの手にいじりまわされるうちに細かいところがほとんど折れてしまっていた。

　俺もプロトタイプの出力はするけれど、こうもいちいち、なんでもかんでも出力して検討することに意味があるとは思えなかった。あいつらは本当の体を持っていないから物質的現実にこだわるんだ、と雲は蔑(さげす)みをこめていっていたが。

　スローガンか、箴言(しんげん)か、それともただの冗談なのか、たくさんの文言が、ほとんど読めなくなるほどの飾りをまとった立体の文字で出力され、あちこちに掲げられている。どれも光源が内蔵されていて、めまぐるしいリズムで明滅している。

『宇宙は先行者を祝福する』
『光年(ライトイヤー)を犬年(ドッグイヤー)で渡れ』
『出力は自由をもたらす』
『跳躍は生存、熟考は死』
『汝が足を置きたる石を投げよ』
『創造の持続、破壊の持続』

　たぶん母星の昔にも『パン』と呼ばれていたはずの、おおまかに正方形の輪郭をもつ例の食べ物が、片面に黄色がかった油脂のようなものをべったりと塗られて、球状の透明なカバーの中でゆっくりと回っている。タイトルには『ノー・マーフィー』とある。

　以前からあったものだが、俺は由来を知らない。針は知っているらしい。重力がなくたって壁にひっつくだろ、と吐き捨てていた。もうずいぶん前の話だ。

空間の中央には、球状の籠がある。バッキーボールのように六角形を組み合わせた構造になっていて、そこに始祖たちが思い思いにつかまり、こちらを眺めている。

空気には、始祖たちの臭いがむんむんとこもっていた。通電された古いサーボモーターの独特のきな臭さ、取り替えたばかりの緩衝材の刺すような揮発成分、甘ったるく浸み出した循環溶液。それらの背後に、いっそう強く感じられるようになったあの腐臭。ブンブンと、気づくか気づかないかという音量でしだいに精神を圧迫するようになる、機械的な唸り。この空間にいつも満ちていた、俺たちが嫌いでしょうがなかった、それなのにいま、懐かしさを覚えずにもいられないこの空気。

俺たちは、檻に入れられたまま、始祖たちのまえに並べられていた。

檻は、二重の構造になっている。球状の籠が外側にあり、内側には体を拘束するための作動肢が何本も設けられている。全身を完全に固定するのではなく、体の動きをすべて吸収してしまう仕掛けだ。どれだけ激しくもがいても、作動肢による緩衝動作と空気噴射による姿勢制御できれいに打ち消されて、籠の向きや座標はまったく動かない。これには、かなりの無力感があった。

子供のころに使われていた懲罰用の檻を改良したものだろう。俺は当時それほど頻繁にはあれのお世話にならなかったが、そのときの恥辱とやるせなさが生々しく蘇ってきた。

霧は、おなじ籠のなかで背中をわずかに丸め、目を閉じ、口をぽかんと開いていた。眠ってしまったのか、それとも、なんらかの防衛機構が精神活動を強制的に停止させているのか。体の自由をうばった毒と常用薬の組み合わせが悪影響をもたらしていないか、気がかりだ。

針はなんの感情もあらわさず、どちらの体も動かない。

「不快だろうが、一応の予防措置だ。特に、リンガがしつけをちゃんと思い出すまではな」

一番近くにいたラハイナが俺たちに声をかけた。リンガ。ひさしぶりに聞く、針の呼び名だ。

キングストンがひとつ高い声で話しだした。

「そのままで、気を楽にして、話を聞いてくれ。おまえたちを一緒に連れていくことにした」

幾人かから歓声があがる。

おかえり、とひときわ陽気な大声を投げたのはコーペンハーゲンだ。

「さっきと話が違うじゃねえか」

針が表情と同じ声でいう。

「マーセイルが話したのは個人の見解だ。いまはコロニーとしての総意を伝えている」

キングストンがにこやかに説明する。

「おまえたちにはやはり庇護が必要だ。あまりにも無謀で、思慮に欠ける。このまま置き去りにしたら、逃げ遅れるか、母星の勢力に闘いを挑んで滅ぼされるかだ。私たちにはそれを止める義務がある。わかるな？」

おためごかしかよ、と針。

マーセイルがぼやけた笑顔を針に向けた。

「もちろん、私自身はおまえたちを信頼しているよ。だが、皆の懸念も理解できる」

41も、始祖たちにまじって籠に手をかけ、こちらを眺めていた。

一緒に並んでいると、41も始祖のひとりであるように思えてくる。

大部分が生体組織でつくられているという違いはあるが、41の体も、始祖と同様に脳以外のほとんどすべてが生来のものではない。新世代たちはみなそうだった。

頭部こそ人間らしい形をとっているが、脳は始祖とおなじように腹の中に収められている。これまでの年月に、頭蓋骨と腹を何度も行き来して、最終的にこちらへ置くことで始祖たちの意思統一がなされた。重心の近くに置くほうが合理的だという結論になったようだ。

どんだけ食ったんだよって感じの腹だよな、と針はいったものだった。

その針が41にいう。

「おまえはどこから嚙んでんだよ」

「当事者でないおまえに説明する義務があるか？」

「だから、なんなんだよ、その当事者だの部外者だのっていう寝言は？　あたしらが当事者じゃなけりゃなんだってんだよ、ふざけんな！」

マーセイルが41の肩を抱いて、笑みを浮かべる。

「彼を中心にやっているんだよ、脳の更新についての研究は。脳の機能を維持したまま、部分的に出力組織に置き換えていくんだ。母が脳を産みなおすということだな。精緻に、領域を正しく区切って行えば、ニューロンの配置を保持したままで老化した組織を置き換えることができる」

キングストンも満面の笑みで、

「まったく心配はない。おまえたちに最良の選択肢を提示してやってるんだぞ」

「あたしらは行かねえからな。身体を取られるのも、脳を勝手にいじられるのも、まっぴらだよ」

「もっと優れた存在に産まれなおすチャンスなんだがな。なぜ、ここで満足しちゃうかな？　もっと遠いところへ行きたいとは思わんのかね」

「もしや、あれかな、まだ地球へ行くことを考えてるのかな。無理だと思うよ」

カーンが宇宙船の模型をいじりながらいう。手の中で、模型の外装が外され、また戻され、何度もそれが繰り返される。

「地球はねえ、きみたちにとってはきっとつらい場所だよ。あそこはしょせん重力圏だろ？　九・八メートル毎秒毎秒の加速をずっと体に受けながら暮らさなきゃいけないんだ。いまさらそんなものに順応できるかね？　ぼくたちだってもう嫌だよ！」

始祖たちが揃って大笑いする。


俺の心には、まだあの都市があった。

だが、自由のない生活の耐え難さもよみがえる。

黒々とした不安が膨らむのを感じながら、俺はいった。

「他星系は無理だよ。時間がかかりすぎる。現実的じゃない」

コーペンハーゲンが声を上げた。

「わたしは、そんなにかからないだろうと思ってるがね。設備をいちど畳まなきゃいけないのが残念だが、あと半年もすれば最初の実働モデルを産ませることができる。もう半年あれば、ほれ！　目的地に到着だ！」

だれも肯定をあたえなかった。コーペンハーゲンは超光速航法を研究している。俺たちの間では、始祖の中でいちばん役立たずだという見解がもうずいぶん前に固まっている。なぜ連れてきたのかわからない。空間も資源も一番たくさん与えられて、のうのうと研究を続けている。

顔を消したままのハノイが、針の近くへ漂い、檻の枠をつかんで顔を寄せた。

「正しい振舞いを学ばなかったのはおまえたちの罪だ。移動の途中で放り出されたくなかったら、少しは態度を改めた方がいいぞ」

ラハイナがいう。

「生を与えた人間に対する当然の感謝や尊敬がおまえたちには欠けとるんだ」

「そんなもん、おまえらにだってねえだろ」と針。

「もちろんそんなものはない。我々が始まりなんだからな」

「まったく新しい文明の礎になれるんだぞ。ワクワクせんのか？　いま飛べば一万年は先行できる。ここまでは人類史の序章にすぎん、人間が自分自身の形を自由につくれるようになってからが本当の歴史の始まりなんだ」

「母星のあれはもう人類じゃない。われわれが産むものだけが人類と呼ばれるようになる」

「人類という呼び名を捨てなきゃいかん。古い言葉を使い続けるのは有害だ、新しい名をつけろ、なんの文化的背景もないやつを」

「星間種族らしいやつをか」

「発音できないものがいいな」

「専用の器官でしか出せない音節だな。その器官をもっているものだけが人間を名乗れる」

「音にこだわってどうする？　空気の粗密を利用しないとコミュニケートできないという前提が馬鹿げてるだろう」

「重力波で喋るのはどうだ？　体内に特異点を持てばいい」

「余剰次元に名前を刻め！」

「どんな形であれ、名乗りの必要はない。存在そのものによって証されるはずだ」

「跳躍だ！　かならず規範の外で考えろ！　新しい動詞をいくつも作るんだ。作ってから、それが指し示すにふさわしい行為を創造する。出力とはそのように行われるべきだ」

「人間でないものに変わり続けることだけが人間の証である、ということにしたいね」

「それでもなお自らを人間と呼び続けたいものかね」

「そうでないわけがあるか？　我々こそが正当な継承者なのに、どうしてその名を他のものにくれてやる必要がある？　われわれが名乗りつづけなければいけない。どんな存在に変わろうとも」

「いらんいらん！　古い革袋に押しこんでなんの益がある？　わざわざ思考の枠組みを増やして自由な飛躍を妨げるのか？」

「方向性が必要なんだ、最初のベクトルが。狙いを正しく定めなければ重力のくびきを逃れることができんだろうが」

「まったく新しい生態系を構築できるんだなあ。どうする？　ぼくは植物相だけで文明を発生させたいな」

「おい、いまさら生態系はいらんだろう！　そんなものに依存する段階はとっくに終わってる。生存環境をどんどん皮膚そのものにしていくんだ」

「われわれは神であることを引き受けなければいけないんだよ。それがこの跳躍の本質だ。階梯を登ったのだから、つぎには引き上げるべきほかの知性が必要になる。そして、彼らを引き上げることによってまた我々は次の段階へ進む」

「神という概念こそが真っ先に捨てるべき虚妄だろう。あれだ、あの、ヒヨコの嘴（くちばし）についてる、殻を割るためだけに存在する突起のようなもんだ。われわれにはもう不要のものだ」

「何になれるかを論じる意味はない、どれだけの規模を得られるか、どのレベルの終末を越えられるかを考えるべきだな。惑星の終末、恒星の終末、銀河の終末、宇宙の終末……」

「ビッグバンの針穴を抜ける準備はもう出来てるぞ！　百億年を早回ししろ！」

「物理定数をいじれるようになってからが本番だ！」

「光円錐の外で踊れ！」


全員が揃っていないことが、さっきから気になっていた。

「ボストンとビューダペストは？　睡眠サイクル？」

室内を見まわしながら誰にともなくたずねると、マーセイルが答えた。

「あの二人は物質的な存続性を一時的に手放している」

「死んだっていえよ。死んだんだろ？」

針がそっけなくいう。

俺の心臓を見えないデブリがつらぬいた。

ビューダペストが死んでいた。

一同がいっせいに笑う。

マーセイルが、理解力の乏しさへの同情を声に含ませる。

「いやいや、死んではいないよ。理念が生き続ける限り、人は不死であり続ける」

「そんな寝言はきいてねえよ」

「本当におまえたちは、このことを理解できていない。やはり抑圧が不十分だったのかもしれないな。私たちのように大きな抑圧を経験し、そこから脱出した者にしかわからない感覚なのかもしれない」

「いや、こいつらにそれを望むのは酷ってもんだ。私らのように環境による選別を経ていないんだからな。このぬくぬくした場所で与えられる試練といってもたかがしれてる。つぎの世代に期待をかけるしかないだろう」

「おまえが甘やかしすぎたせいだぞ、マーセイル！」

一同の笑い声が檻を震わせた。

肺を通さぬ作りものの声が、雑然とした空間にひろげる不快音（カコフォニー）。

ただ41だけが、無表情にこちらを眺めていた。

5

「まだおかしいか？」

針がたずねる。

「いまは」

霧の声は細く、唾をひとつ飲み込んで、

「なにもおかしくない」

両手を体のわきに並べて漂わせた霧は、わずかにねじれた直線の形に体を伸ばし、どこを見てもいない顔を首の先に遊ばせている。

針は半身をよそよそしく離し、腕を背中で組んで、霧の顔を見つめている。

まっすぐに伸ばした腰の先で、もうひとつの半身は、逆さまに霧の腰にしがみついている。腕は尻のうしろで交差し、太腿に指がくいこみ、顔は霧の下腹に強く押し付けられている。

そんなふうにして、ふたりの体は、崩れたyの字をかたちづくっていた。

閉じ込められた部屋は、つかまるものがなにもない、だだっ広い空間だった。

壁のクレイドルにはサニタリー用の仔がひとつだけあり、部屋のなかを移動したければこれを使うしかないらしい。

ぶ厚い緩衝剤が部屋の内壁を包んでいる。動きを吸収してしまうので、反動を利用してすばやく動くということもできないだろう。昔よく放り込まれた懲罰房と同じ作りだ。

三人を運んできた球形の檻は、扉が閉じたところで俺たちを解放し、放射状に開いた外枠に威嚇をはらんだまま、壁に固定されている。

緩衝剤の透明な素材を通して、部屋そのものの構造がぼんやりと見える。

母だった。

内部機構を取り除かれた古い母の筐体(きょうたい)が、部屋として使われているのだ。檻が接続されているのも、出力面に残された母本来の作業肢の先端だった。

もっとよく観察すれば、自分たちが暮らしていたところに稼働していた母のうちのどれなのか、わかりそうな気がした。

針の腰のコネクタから母は消えている。

霧の体からは、トナータンクが外されている。体内の母にも手が加えられたらしい。ここへ運ばれる前に、ハノイが何かの機器を腹に押しつけるのが視界の端に見えた。

下位視界へ意識を移すと、まだ計画域をみることはできた。だが、それは俺たちの計画域ではなかった。いま、〈斜めの魚〉との接続は遮断され、俺たちの知覚はコロニーの基幹システムに繋がれている。囚われている、というべきかもしれない。表層のメニューをみることはできても、アクセスを許されている項目はなにひとつない。

俺たちの〈巣〉の計画域に属していたはずのものが、そこに加わっていた。

始祖たちの計画域の下位領域として再編成され、整理しなおされている。ちょっと眺めただけでも、インデックスがめちゃくちゃになっているのがわかった。ほんの表層のレイヤーにしか手は届かないが、それらでさえ、開くことはできても、なにひとつ操作できない。

始祖たちの計画のなかで、俺たちの巣は、追加の資材として消費されつつあった。〈巣〉に残っていた大型の母はどれも基底材料産出型にコンバートされ、推進剤の出力を始めている。施設は少しずつ解体され始めている。縮小され、離脱するための準備を進めている。

41がアクセス権を渡したのだろう。

霧と針がここまで飛ばせてきた二つの大きな母も、いつのまにかメインドックに引き込まれていた。どちらも、計画域のなかで、始祖たちの所有物として登録しなおされている。

いま、俺たちはすべてから切り離されていた。


「霧がマーセイルたちを殺そうとしなけりゃ、こんなことにはならなかったと思ってんだろ。それは違うからな。どのみちあいつらはこうしたんだよ」

霧の腰を抱いているほうの針がいう。

俺の視線をうけとめて、霧の顔にほんの少し焦点がもどる。

「どうして殺そうと思ったか……？　たぶん、今わからないなら、わからないと思う、虹には。説明しても」

「見てるところがぜんぜん違うんだよな」

ふたりの声はやけに優しかった。俺に向けてはいるけれど、本当のところはお互いを慰めるために話しているんだということがわかる。

「自分にはもうすっかりわだかまりが無くなったから、あたしたちもそうだろうと思った？」

そう霧に問われて、俺は口ごもる。

「無くなったとは思ってなかった……と思う。でも、殺したいほど憎んでるとは思ってなかった」

「憎いからじゃないよ、殺そうとしたのは。憎しみがないわけじゃないけど。ただ、雲と珠のためにそうすべきかなと思った。復讐というんじゃないけど、雲ならそうしたかっただろうなと思って」

「それを復讐というんじゃないの？」と俺はいった。

「そうかな。なんでもいいよ、べつに」

針がいう。

「あたしは、霧とは理由が違うよ。憎しみからじゃないのは同じだけど。必要だからだよ。あいつらの資源がないとあたしらは生き残れないだろ。あいつらを生かしておく意味はねえよ」

俺だって始祖たちのすることにはずっと理不尽を感じていたけれど、ふたりがそこまで冷酷になれることがショックだった。

「針がやりそうだなというのは行く前にわかっていたけど、それならそれでいいかと思ってたんだよね。やるなら止めないつもりだった。でも、マーセイルの話を聞いてたら、勝手に動いちゃったよ、体が」

霧は小さく笑い声をもらす。

その身体からゆっくりと身を離し、針の顔がこちらを向いた。

「まだ、あれも事故だったと思ってんだろ？」

まだそう思っていた。俺には、始祖たちがそこまでするとは、やっぱり信じられなかった。

「ぜんぜん話を聞かない子だったね、雲は。あの子がいちばん始祖に似てたんじゃないかな。いつも自信満々で」

警報で起こされたとき、事態はもう取り返しのつかないところまで進んでいた。

俺たちは、いつ決行するのかを知らされていなかった。本気でそうするつもりだったということすら、わかっていなかったのだ。

警報は最高緊急度のものだった。いままでに訓練でなくこれを聞いたのはたった一度、大規模な空気漏洩が起こったときだけだ。

俺たちの手元に残された計画から、雲のとった方法はだいたい想像できた。

二時間で出力を済ませ、逃げ切るつもりだったらしい。

あのとき、宇宙空間に出されていた母はひとつだけだった。

宇宙を移動できるようになっているとはいえ、短い距離を前提とした推進機関しか備わっていない。雲は、これに大出力のスラスターを産ませ、本体とスラスターに挟まれた出力域には裏張りを追加して補強、与圧し、母を簡素な宇宙船に仕立て上げた。生存に必要なものはあとから産ませればいい。とにかくまずは距離と速度を稼ぐこと。その戦略はよく理解できる。

「ほんとに素直な子だったから、珠は。口止めされて、ちゃんと守ってたんだよね」

設計をしたのは珠だっただろうと、みんな思っている。

雲のいうことならなんでも聞いただろう。不安は感じていなかったはずだ。最後までそうだったと思いたい。

警戒システムのログは、俺たちの区画に隠された記録媒体にも残されていた。それをあとで見て、起こったことのいくらかを推測することはできた。

気付いた始祖たちが仔を差し向けたが、二人は追いつかれる前に噴射を開始することができたらしい。

だが、ほんの二分後に、その噴射は止まった。

母は向きを変え、もとから備わっていた低出力・低放射のスラスターだけを作動させて減速に移った。

戻ってきたとき、映像のなかで、母の出力域は平たく畳まれていた。

大型のスラスターは消え失せていた。

雲が出力したものは、何ひとつ残っていなかった。

雲たち二人の姿もなかった。

そして、その時点では、俺たちのほうに、それについて考える余裕はまったくなかった。

「資源回収モードに切り替えたのは、とっさの判断ミスだって……」

出力された推進装置のコントロールにまでは手が届かず、母本体の制御機構に割り込むことだけができたのだろう。そう思っていた。

「そんなわけあるかよ。意図的にやったんだよ」

俺にはどうしてもそうは思えない。そう思いたくない。

「たぶん、もう死んでたんだよ。空気の漏洩とか……。そうじゃなきゃ資源回収に移れないはずだろ」

「じゃあなんで、そのあとすぐにあたしらを殺しに来たんだよ。それだってできないはずじゃねえのかよ？」

針の怒りが、俺の怒りもかきたてた。

「それはおまえが早とちりして動いたせいだよ！」


警報が鳴った時には、針は動いていた。

まずやったのは、計画域の切り離しだった。本来の計画域と俺たちの知覚をつなげていたチャンネルを閉じ、用意してあったミラーのほうにつなげた。

雲が脱出に使おうとした母が出発点に戻ってきたころには、コントロール可能なすべての母と仔を動員して、自分たちの区画につながる通路を閉鎖し終えていた。

そこで、始祖たちの母が動いた。

初めて見る母だった。

コロニーにある母はすべて知っていると思っていたのに、それはみたことのない形をしていた。

その母は、スラスターの最大噴射で円筒の内部を飛び、あっという間に俺たちの区画へ到達した。

大きく膨らんだ出力域からいくつもの仔が撃ち出され、俺たちの居住区画の天蓋を吹き飛ばした。

飛び散った破片が俺たちの骨をばらばらにした。ほとんど、実感としては。

小さなシェルターのなかに俺たちは数瞬の差で逃げ込んだところだった。

十分に強度を持たせてあったはずのシェルターは、破片の打撃で外殻をほぼ粉砕され、衝撃で割れた内装の破片が俺たちの体にたくさんの深い傷を穿（うが）った。

俺の制止をきかず、計画域に伸びた針の手が仕掛けを作動させた。雲が用意していたもののひとつだ。いくつかの場所で同時に起こった爆発が、俺たちの区画をコロニーの円筒から切り離し、外へ押し出した。

爆発のひとつが、あの母から機能を奪ったらしい。運が良かったのだと思う。それ以上の攻撃はなかった。

「あたしがやってなかったら、全員あれに殺されてたよ」

「だから、こっちが敵意を示さなかったら……」

「目え覚ませよ、バカ！　そんなこと本気で信じてるわけじゃねえだろ」

崩れ、破片を散らしながら、外壁が内側へ縮み、閉じてゆき、俺たちといくつかの母をたくさんのガラクタと一緒に閉じ込めたまま、一端から噴射炎を伸ばした。

デブリの集塊とほとんど変わらない俺たちの居住区のなれの果ては、ゆっくりとコロニーから遠ざかり始めた。

何十日が過ぎただろうか。

41が俺たちを蘇生させた。

なぜ俺たちと一緒にいるのか、なかなか呑み込めなかった。

俺たちを閉じ込めた残骸は、のちに〈軽石（パミス）〉と名付けられることになる小惑星の近くにたどりついていた。

始祖たちに追撃を断念させたのは、41の存在だった。混乱に乗じて、俺たちが離脱したすぐあとに脱出していたのだ。帰還を求める始祖たちの呼びかけを拒否し、近づいたら反撃すると脅した。深手を負って意識を失っていた俺たちに処置を施し、眠らせてもいたのだった。

その後、始祖たちとの連絡は完全に途絶えた。


これが起こるずっと前から、始祖たちと俺たち二世のあいだには大きな不整合があった。新世代が産まれてから、二世はコロニーの余剰物として扱われるようになっていたのだ。雲も、針も、それに霧も、いつも憤懣をぶちまけていた。

始祖たちは厳しかった。勝手な空間の改造を始祖たちの母や仔に破壊されたり、希少金属を割り当て以上に使って懲罰房に閉じ込められたり、いつも誰かが制裁をうけていたような印象がある。

希少金属は大きな争点だった。計算機をつくるためにはどうしてもこれが必要になる。始祖たちは、母星からそれなりの量を運んできていたが、大半を独占していた。雲は、これをコロニーに住む人間の頭数で割って平等に分配するべきだとずっと主張しつづけていたのだ。

俺たちはすでに、ひそかに自分たちだけの計算領域を育て、始祖たちの計画域のミラーをそこに作っていた。だが、完全な複製をつくれるだけの記憶領域を用意できなかった。

昔の記憶媒体をまねて、磨いた表面にデジタル符号を刻印する構造物をつくり、静的な情報をそこにたくわえたりもした。精度が低いので集積度も低く、読み出しにもばかばかしいほどの時間がかかる。

対立が続くうちに、始祖たちが二世の立ち入りを許さない領域がどんどん増え、両者の交流はほとんどなくなっていた。雲は始祖たちと交渉し、居住空間を円筒部の一角へ移すことを許された。

新世代たちはつねに始祖たちの庇護下にあり、やがて41ひとりになってからも、俺たちは放置されつづけた。

俺たち二世がこのコロニーに暮らす理由はなにもなかった。そもそも、このアステロイドベルトで生きていくことの目的がなかった。始祖たちに刷り込まれてきた、開拓者、あるいは先駆者としての自己イメージはどんどん薄れていき、どこかで、隠遁者、流刑者に変わったのだ。


「雲はさ、本気で母星に亡命できると思ってたんだよな」

針の回想に、霧が答える。

「真に受けすぎてたんだよね、いろんなことを」

「あたしは、始祖をやるしかないんだってずっといってたよ。あいつは、それは無理だっていった。こっちがやられるリスクが高いって。でもさ、結局あいつは始祖を殺したくなかったんだよ」

「それはやっぱり、出来なかったと思う。始祖を全員殺すなんてことは。ハノイとヌエヴァ・リオをどうにかできるなら勝機はあったかもしれないけどさ、もうまるで違うでしょ。そういう経験の蓄積が」

「あたしはやれると思ってたよ。あいつら、しょせん重力育ちだろ。41がこっちにつけば余裕で勝てたんだよ」

針の言葉に、霧が失笑をもらす。

「そんなことといって、あんたが一番喧嘩してたじゃん、あの子と」

41がなにを考えていたはわからない。ただ、雲は41にも同行を強く迫っていたはずだ。始祖を除く全員で脱出する気だったのだ。だから、説得をあきらめて二人だけで行ってしまうなんて思っていなかった。

「おまえはなんで一緒に行かなかったんだよ」

針のふたつの顔がこちらを向いた。

見えない視線に刺されたようになる。

言葉がでてこない。

「行くべきだったとは思わないけど」

霧が静かにいい、うん、と針が素っ気なく同意する。

毒のようなものが全身に広がっていく。その正体に後から気づく。罪悪感。

なぜ。なぜだったか。

黒く凝った記憶をまさぐると、雲のまなざしがよみがえる。

こちらを見据えるその瞼がわずかに動き、心を隠す。目の前で何度も閉ざされた扉。

いつも最後には雲が会話を打ち切った。そうするまでの時間はどんどん短くなっていった。

おまえは必要ない、といい捨てるようになった。

そして、俺は、どうしてもついていくことができなかった。

霧の足先が、こちらの足先をそっとつかむ。

「無理に思い出さなくてもいいよ、しんどいなら」

母星には行きたくなかった。行けなかった。

自分が受け入れられるかどうかということさえ、考えの外にあった。

母星へ向かうことを考えるだけで、腹の中身がすべて氷に変わったような気持ちになった。

「無理……だった。行くのは」

針は黙ってこちらを見ている。

「怖かった」

目を合わせることができない。

「あたしも怖いよ。母星は」

小さく固い声で、針がいう。

ふたつの体のあいだでゆるくつながれていた指先が、ぎゅっと握りあわされる。

「重力がいやだってこともあるけどさ、そんなこと問題にならないくらい、あそこは、違う」

そうだね、と霧はいい、

「あたしも、母星が受け入れてくれるとはどうしても思えなかった。でも、雲はさ、おんなじ人間なんだから問題ないっていう気持ちが強かったんだよね、重力なんか簡単に克服できるって、何度もいってたよね。問題はそこじゃないのにね。人間が違うんだよ。〈友だち〉がみんな優しかったから、騙されちゃったのかな。——あたしも好きだったよ、〈友だち〉は。でも、あんなに違ってたでしょ。人間じゃないんだよ、あたしたちは。あの子たちにとって」

俺の視線に、冷めた笑みでこたえる。

「そう思うでしょ、虹も。あたしたちはここで育ったんだから、ここでやっていくしかないんだよ。それがほんとにわかってなかった、雲は」

三人とも、しばらく黙っていた。

針が口を開く。

「だから、母になって母を産んでんの？」

「そう」

「なんでああいう形なの」

「生態系をつくろうと思って」と霧は答えた。

「人間の生活を支える環境をつくりたいと思ったんだよね。本当はなにかの動物を使いたいんだけど、手元に完全な動物の遺伝データがひとつもないから、しかたなくああいうのを作ってるの」

「ふうん……？」

「あたしが考えてるのは、遺伝子操作そのものにはあんまり深入りせず、でも遺伝学的なアプローチをとれないかっていうことなの。やっぱり、尻ごみしちゃうんだよね、直に遺伝子をいじることには。〈新世代〉のあれを見ちゃうと」

「……でも、それって退行なんじゃねえの？　生態系に頼って生きていくって、大昔のさ、それこそ文明以前の、不確実な再生産に戻るってことだろ」

「だから、あんたはあたしの巣を見てないでしょ？」

霧がいらだちを声にあらわす。

「そういう不安定なものじゃないんだよ。惑星の表面にはりついて、衛星の引力だとか地軸の傾きだとかに振り回されるわけじゃないんだから。ちゃんとコントロールできて、なおかつ十分にマージンが大きいってことが重要なの」

針はわかったようなわからないような声をだす。

霧はかまわず続け、

「母を前提にしすぎだと思うのよ。なんでもすぐに形になるってことにとらわれすぎてると思うんだよね。もっと時間をかけて環境をつくっていくべきなんだよ。あたしは、母というものを恒久的な手段だと思ってないから。母星でだって、なんでも母に産ませてるわけじゃないでしょ？　バックアップが薄すぎるんだよ、母だけじゃ。惑星ひとつとはいわないまでも、物量の蓄積と、安定した大きな生成環境がないといけないの。なんでもかんでも急ぎすぎるんだよね、始祖たちは。だから新世代も失敗したんだよ」

だまってそれを聞いたあと、針は翳（かげ）のある声でいう。

「あたしはさ、環境をつくったって、それが結局なんになるのかって思っちゃうんだよ。それで一〇〇人ぐらい出力したってさ、そんなの文明でも社会でもねえじゃん。〈友だち〉はさ、あれしかいなくても、ちゃんと〈社会〉の一部だよ。ケーブルでつながれた探査体（プローブ）の仔みたいに、母星からながーく引っ張り出されてきた端っこなんだよ。どんだけ離れてたって、ちゃんとでかいバックグラウンドがあるだろ。……ここにはさ、社会なんかねえじゃん。社会がないってことは、人間が生きていくのに必要な環境が整ってないってことだよ。あいつら、ここにこうして住むところ作って、なんの不足もなく暮らしてるみたいな面（つら）してやがるけどさ、漂流者となんにも変わんないんだよ。大事なものがどんどん抜け出して、ちょっとずつ死んでくんだよ」

「そう、そうでしょ。だからこそ、つくらないといけないんだよ。バックグラウンドを。環境を。ここで文明をちゃんと始めないといけないの」

「そんなの間に合わねえよ、あたしたちの生きてるうちには」

「そうかもしれないけど。でもやらなきゃ。せめて、あたしたちの作ったものが受け継がれていくという展望を持てないと」

俺はただふたりの話をきいていた。こうして閉じ込められて、なんの実現性もない話を続けるのはむなしいことだった。

霧はしずかに言葉をつづける。

「あたしはね、自分の作ったものが残ってくれればいいなと思ってるの。どういう形でもいいから。何十年か、もしかしたら何百年かあとに、あたしのデザインした環境のなかで育った人間たちがそれを模倣して、自分たちの文明の土台にする。そういうことがありうると思えたら、生きていけるんじゃないかって――」

突然、画面いっぱいに、黒い粒が渦巻いている。

もうひとつの視界に現れた光景だ。

話すあいだ、俺たちは、計画域のなかでずっと同じ映像をながめていた。

接収されつつある、俺たちの〈巣〉の様子と思われるもの。

切り替わる画面はどれも薄暗く、見覚えのある場所はほとんど出てこなかった。

それが、ここではじめて明るく照らされた空間を映し出した。

空間を埋め尽くす沢山の黒い粒は、近くを飛ぶものをみると、それぞれが作業肢のようなものを何本か備えているように見える。

一体がカメラの近くを素早く通り過ぎ、ほんの一瞬、姿が見えた。

赤く透けた膜のようなものが羽ばたき、作業肢のようなものは、先端に人間の手そっくりのものがついている。

画面の端で、それらが動きをそろえ、速度を上げ、漏斗のようにすぼまって密集していきながら、一点に向かう。

その先には大きな母があった。長く大きな筒状の作業域をそなえ、そこに黒いものが吸い込まれていく。母は資源回収を行っている。

背景には、複雑に枝分かれした建築構造が見えた。霧の作ったものであろうそれらが、母にどんどん壊されていく。

画面はまた切り替わり、薄暗い空間に点々と灯りが浮かぶだけの光景になった。

針がきく。

「あれがそう？」

「そう。おもしろいでしょ」

「すげえ数だな」

「六年かかった。あそこまで作るのに。折衷だよね。みればわかると思うけど。間に合わせの寄せ集め。これが長持ちするものじゃないのはわかってるけど、使えるものを使うしかないでしょ。資源もないし、知識も足りないし。そういう中で、このやり方ならどうにかなるんじゃないかと思って……」

たったいまそれが破壊されつつあることをまるで気にしていないかのような調子で、霧は話しつづける。

「そう信じてみることにした、ってことだよね。そういう課題を自分に与えて、一〇年やってみることにした。自分がどのくらい生きられるか、ぜんぜんわからないけど、一〇年なら現実的な線かなと思って」

ふふ、と、小さく、そらぞらしく笑う。

多幸感をもたらす例の薬が、霧の心をかろうじて守っているようだった。

母星に住む砂漠の生き物が水滴をひとつひとつ摂取するように、幸福感のちいさな滴を霧がひとつひとつ味わっているのがわかる。

針が気遣わしげにいう。

「おまえさあ、薬減らさないとだめだよ」

「習慣性は高くないよ、そんなに。でも、定期的にデトックスもしてるんだよ。投薬止めて、バイタル全部落として、三日くらいなにもしないの」

「いつもあんなに怒ってたじゃん。巣にきてからは、ずっとニコニコしててさあ……」

「目のないあんたが今の本当の針だっていうのと一緒。こうして心の安らいでいる霧がいまの霧。幸せのために使ってこそでしょ、テクノロジーは」

いま、その顔に幸福感はなかった。

「いろいろさ、勝手なことといったよね、始祖たちは。これが人類のあるべき姿だとか、無限の設計空間さえあれば心豊かに暮らしていけるとか……。しょうがないよね。あたしにはそれ、効かなかったんだもん。ごまかせない。ぜんぜん心から追いだせない。このなんにもない空間のなかで、塵みたいな石にくっついて、無視して生きていけるわけない。壁の外にある虚無も、未来の空虚さも。もちろん、過去も。こういうところで生きていくには、なんだろ、現実的すぎるのかな。それとも、即物的すぎる？　想像力が足りない？

虹みたいに、過去のことをどんどん忘れて片付けていけるような柔軟性に欠けてるってことなのかな。針みたいに、なんでも吹っ飛ばして進んで行ける強さもないし。だから、かわりにこうして、多幸感ですべてをくるんでやらないと前に進めなかった。

　いまでも夢にみるよ。あの子たちの顔を。止められなかったなら、一緒に行ってあげればよかった。たった二人で、きっとすごく心細かったと思う。

　一緒には行けなかった。雲が珠を誘ってたことも、いやだったんだよね。今にしてみれば、つまんないこだわりだったよね」

　針が半身をさしのべ、霧の両手を握った。

「たくさんいてよかったよね、〈友だち〉。あんなまがい物の人たちでも、いなかったら気が狂ってたかもしれない。でも、もしかしたら、はじめから孤独だったなら、もっと楽だったのかな。――もう忘れちゃったんでしょ、針も虹も。あたしはみんな覚えてるよ。どんな子だったか、みんな覚えてる。ひとりひとりみんな。話し方とか、しぐさとか。……毎日思い出してるよ。新世代の子たちだって。みんな、いい子だったよ。あんたたち、ちゃんと見分けがついてた？　……あの子たちをちゃんと見てた？〈きょうだい（シブリング）〉だよ、あたしたちと同じように、ここで産まれた……」

　霧の眼が、涙の膜に覆われる。

　霧はまばたきし、睫毛（まつげ）の先にしぶとく粘りつく粒を、首を強く振って払おうとする。

　瞼のあいだにはたちまち新しい涙があふれ、霧はそれを厭（いと）わしげに指ではじき飛ばす。

　涙はとぎれることなく湧きだしつづける。

　疎ましくまとわりつく漏出物を、霧はうまく払うことができない。

〈友だち〉が涙をすぐに重力にまかせて捨ててしまえるのを、羨ましく感じたことを思い出した。この世界では、涙はいつまでも離れてくれない。体が漏らした流動物は、排泄物も、嘔吐も、出血も、体にいつまでもはりつき、まとわりついて、逃げ場がない。

悲嘆のなかに縮潰していくようだった顔が、ふと険しくなり、霧は右手を耳の後ろにやると、そこに固定されていた小さなデバイスを荒々しい一動作でむしりとるように外した。

黄色みをおびた小さな滴が飛び散る。

薬の注入機だった。また大量投与を始めようとしたのだろう。

金属の筐体がゆっくりと回り、小さなライトを白く光らせながら、漂い離れていく。

母だ、とわかった。

針の武器が母であるのと、きっと同じ理由で、これも母なのだ。

小さな母は、ライトの色を赤く変え、またたきを早めながら遠ざかる。

霧は深く息を吸い込み、裡(うち)からの漏出を押しとどめようとする。

壁を睨みすえ、固く閉じられて震える唇の下に皺を寄せ、眉間に深い皺をきざむ。

ぎゅっと閉じられた瞼のうえに、硬く握った両の拳が押し付けられる。

体が胎児のように丸くなる。

高すぎて可聴域を超えてしまった悲鳴のような、か細く裏返った声が、喉の奥から絞りだされた。

涙があふれ、指の間を満たす。

霧は、ぶるぶると震えるふたつの拳で涙の塊をにぎりしめ、言葉をもたない生き物のような声を上げる。

俺たちは、噴き出す血を止めようとするかのように、六本の腕で霧を押さえ、締めつけた。

「霧、霧……」

針が霧の拳に唇をつけ、涙をすする。顔に押しつけられたふたつの拳を四本の手でひきはがし、目のないふたつの顔をこすりつけ、涙にまみれた霧の顔を清めようとする。針の額や、頬や、目のあった場所に、涙の粒がちりばめられる。

霧はかぶりをふって逃れようとする。まといつく針の体を押しのける。とめどなく続く慟哭に、「いや」という呻きが結び目をつくる。

さらにきつく、さらに固く、抱擁の輪の中に俺たちは霧を閉じ込める。

6

霧の呼吸が静まるにつれ、俺たちの手の力も弱まっていった。

ほとんど感覚のなくなった右手を、そっと針の指から離す。汗がべたつく。霧を押さえつけている間、ずっときつく握り合わされていた。

眠る霧の体がX軸になり、その両側で、俺と針の体がY軸に向きを揃えた。

細く開かれた霧の瞼のなかで、瞳がゆっくりと動いている。

しばらく、その顔を眺めながら、黙っていた。


「おまえさ、なんで腕切っちゃったの」

「……なんか、うんざりしちゃって」

とっさに出たのはそういう答えだった。あのときはもっとあれこれ思いつめたような気もするが、いまは記憶がぼやけている。もう一年以上経つだろうか。

「触っていい？」

肩の後ろにある、かつての腕の名残りにそっと手が触れた。

「なんでこんな適当な切り方なんだよ」

「思いつきでやったから……始末も面倒だし」

これをしたあと、カメラを通して自分の姿を見たことはたぶん一度もないだろう。触ると、切り口の肉がでこぼこに盛りあがっているのが感じられ、さぞかし醜いだろうと思わせる。

針の爪が、肉のうねりをひっかくのが感じられる。

関節窩が二つずつある左右の肩甲骨も、そこに繋がった上腕骨の切り残しも、そのままにしてある。入れ替えたり取り除いたりとなれば大手術になってしまう。たまに、もうないはずの指先に痛みのようなものを感じることがあるが、しょせんは後から追加された部位でしかないからか、さほど気にはならなかった。

結局、追加した二本の腕をうまく使えたことは一度もなかった。針がどうして二つの身体を操縦できているのか、想像もつかない。

「切るの大変だったただろ」

「大変だった……んじゃないかな」

俺たちの使っている医療システムは、計画域にマウントされ、母や仔を介して施術するが、これがある種の整形手術を〈傷害〉とみなして、実行を拒否してしまうのだ。その基準が、俺たちにはいまだによくわかっていない。そこを欺いたりなだめたりしてどうにか思うような手術を行わせようとするのだが、どうしてもできなくなることがある。

「あたしも、武器を産ませるのは大変だったよ」

医療行為と同じ理由から、母に兵器を産ませることは、もっとはるかに厄介になる。あるいは、計画域の基本ソフトに備わっている、兵器を産ませることを禁じる根本的な制限が医療システムにも及んでいる、というべきか。

始祖たちはそのあたりを熟知していた。母星で軍事組織に属していたことがあるらしいハノイとヌエヴァ・リオは恐ろしい武器をいくつも作り、見せびらかし、俺たちに恐怖を植え付けた。

「結局さ、あたしたちも始祖も、母星の基本ソフトをそのまま使ってるだろ。だからさ、間接的にはずうっと母星に支配され続けてるってことなんだよ。あいつらだって、自由だっつって浮かれてるけど、気付いてないところで精神は母星に操られてんだよ」

話すうちに針の声が低くなり、

「なんでこんな簡単なことに気付かなかったのかと思うけどさ、あいつら、ずっと母星と繋がってたんだよな。あたしたちで実験して得た知識を送ってたんだよ。母星のやつらが宇宙に進出するときのためのデータとしてさ。そうでなきゃ、母星がここをほっといてくれるわけねえじゃん。支援グループからの連絡が無くなったのは、母星のやつらがもうここに興味をなくしたからなんだよ。ビューダペストが死んだことも関係あるのかもしんないけど。だから、始祖は41を引き込んだんだろ」

針は根拠のない思いこみであれこれ断言するところがあるけれど、いまそういわれてみると、筋が通るように思えた。

「そうじゃなかったら、コロニーはとっくに始末されてたのかな」

「そのほうがよかったんじゃねえの。いっそのことさ、あたしらが産まれる前に、母星のやつらが全部ふっとばしてくれてたらよかったよ。もうこんなに年齢を重ねちゃってさ。ここまできて死にたくねえよ。こんなおかしな状況に放り込まれて、歴史の脚注にすらならないで消えてくなんて、冗談じゃねえよ。……生きててよかったって、ほんとに思えるまで、絶対に生き続けてやる」

ゆっくりと腰を曲げ、上体を向かい合わせて、同じように口元をこわばらせたふたつの顔が、額が触れそうなほどに近づく。固く握られた拳どうしが、指の甲の峰を嚙みあわせ、押し合う。

「勝手に諦めんなよ」

ひとつの唇から、低い声が届いた。

「おまえが諦めたせいで、あたしらまで巻き添え喰らって死ぬなんて、絶対に嫌だからな。絶対に諦めんなよ」

俺は、喉の奥から押しだすように、小さく「うん」と答えた。

また、霧の寝息だけになる。

「虹は何してたんだよ、あれから」

「……生きてたよ」

針が俺の頭をはたくと、反動でぐるりと回り、半身が入れかわった。

「あたりまえだろ。具体的に何をやってたかって聞いてんだよ」

俺は、ぼそぼそと街の話をする。母になろうと決めた話はしまっておく。

「まだあれやってたんだ。おまえ、ずっとやってるな。よっぽど好きなんだな」

「好きだというのとはちょっと違うな。ほかに出来ることがないから……」

「まだ〈友だち〉のやつを作ってんの？」

「それはもう、作ってない。だいぶ前から」

たくさんの〈友だち〉がいた。

コロニーの人間をすべて合わせたよりも多かったのだ。

新世代たちが出力されたのは、俺たち二世が七歳のときだ。始祖たちはその養育と教育にかかりきりになり、二世はほとんど放っておかれるようになった。

不憫に思ったのか、それとも単に不満を封じるためか、始祖たちがあてがったのが、母星では教育に使われていたらしい、仮想環境と疑似人格たちの一揃いだ。

計画域のなかにのみ存在する、架空の、出力されざる友人たち。

俺たちには感じることのできない重力に沿い、足先へむかってぴんと張りつめた髪や衣服。顔立ちは始祖たちの投影する顔面映像と同じように、奇妙に細い。体液が重力に引かれて足のほうへ集まっているからだと、あとで知った。

すべての物体がひとつの大きな平面に貼りついた、『街』と呼ばれる構造物に暮らしていた。

そんな〈友だち〉たちと、俺たちはアヴァターを通じて一緒に過ごした。おなじ『学校』へ通い、連れだって遊びに行き、こっそり打ち明け話をきいたり、派手な喧嘩の翌朝に仲直りしたり。

俺がはじめて『街』を作ったのは、十歳になる前だったと思う。

〈友だち〉の世界は母星のそれに比べるとあまりにも小さくて、授業のなかで現れる都市のような楽しさに欠けていた。それが不満でもあり、不憫でもあったのだ。

計画域の割り当てをいっぱいに使って、見よう見まねで作ってみた。

それを、苦労して〈友だち〉の街へつなげ、みんなを招待した。

俺のつくった街路を足の裏で伝い、奥へ進んでいった〈友だち〉たちは、ぎょっとした顔をみせた。

みんな、あっというまに戻ってきた。両足を素早く交互に叩きつけ、重力に反発しながら地面と平行に素早く移動する、例の『駆け足』という芸当で。そして、口ぐちに「あの街は怖い」と訴えた。

もうあのときのデータは残っていないが、いま記憶をたぐってみれば、あれがどれほどおかしな街だったかはよくわかる。〈友だち〉にとっては、でたらめに目鼻のおかれた顔のようだっただろう。

俺にはどうしてもうまく扱えない概念がいろいろあった。

たとえば、〈歩行者〉。移動はつねに、足を使って、そのために用意された平面を伝っていくことでなされる。身体を平面に固定されることが視野をどれほど狭めるものなのか、実感するのはとても難しかった。アヴァターを使って〈友だち〉の街を訪れるときにも、視点位置をしょっちゅう体から離れた場所においていたのだ。あの極端な不自由さを受け入れることを、無意識に拒否していたのだろう。

あれほど長くあの空間で過ごしても、体に重力を感じないことのハンディキャップは、どうしても破ることのできない障壁だった。

『床』が必要だということは、すぐにわかった。重力の向きと直交する平面を必ず用意してやらなければいけない。この『床』と、それに直交する壁をデザインのなかに盛り込むだけで、驚くほど母星の街っぽくなったものだった。すくなくとも、自分ではそう思っていた。

なかなか理解できなかったのは、一〇〇〇ミリg(ジー)という重力がどれほど大きいものか、重力に引き寄せられることがどれほど致命的であるか、ということだった。

「あんなところにつかまるなんて無理だよ!」と、ある〈友だち〉はびっくりした顔でいったものだった。あきれたときにする形に両手をひろげ、両足の裏をぴったりと床にはりつかせ、まっすぐに伸ばした体の先で首を大きく曲げて、俺が建物の壁面に設置したバーを眺めていた。

高すぎて『登る』ことができない、もしつかまることができたとしても、ほんの一分も持ちこたえられずに『落ちて』しまう、と、ものを知らない子どもにいい聞かせる調子で〈友だち〉は説明してくれた。

たしかに、あの空間でうっかり手を離れた物体は、『床』にすさまじい速さで引き寄せられ、ぎょっとするほどの激しさで壊れた。そういう世界だとわかっていても、架空の出来事だと知っていてもなお、それが起こるたびに俺たちは震えあがった。

俺が街に用意した『坂』の勾配は急すぎたらしく、そこを〈友だち〉たちは大笑いしながら両手と両足ではりついて伝い進み、終点にたどり着く前に重力に屈して、きゃあきゃあと嬌声をあげながら出発地点へ滑り寄せられた。

困惑する俺のまえで、みんなは床に体をぴったりと貼りつけ、涙まで流して笑いに笑った。

どんなにひどい街を作っても、基本的には面白がってくれていたと思う。くすくす笑ったり、手を繋いでおそるおそる移動しながら悲鳴をあげたり、〈友だち〉たちは、俺の作った空間をいつでも面白いチャレンジとして受け止めているようだった。みんなが寛大さを基底に置いた人格設計を持っていたのは、今にして思えばありがたいことだった。〈友だち〉なのだから、それはある意味で当然の仕様ではあったけれど。

そうやって〈友だち〉の遊び場としての街を作りながら、俺の興味はもっと大きな都市へも広がっていった。データ量を節約するために細部を簡略化した、想定出力サイズが縦横数キロほどもあるような設計物をいくつも作った。〈友だち〉を歩かせることを前提としたものではない。そうできたらいいと思ってはいたけれど。

俺が重力というものを学ぼうとしている一方で、母星の建築物は、どんどん重力のくびきから解き放たれたようなフォルムを備えるようになっていった。少なくとも、母星ではそう評されているらしいことが、支援グループから送られてくるわずかな情報から想像できた。とはいえ、『床』というものを備えているかぎり、無重量状態で育ったものの目には、それらはまったく同様に、重力に縛られた構築物だった。それと対照をなすように、俺のつくる建物はいつまでも重力になじむことがなかった。

どうにかして〈都市らしさ〉というものをつかもうと、母星の情報を集めつづけたが、俺が追いかけるよりも早く母星の都市は変貌していった。送られてくる動画や静止画、地勢データのなかで、おなじ都市がおなじ顔をしていることはほとんどなかった。

母星の都市は、いずれも無数の人間のビジョンが混在して現実化したものだ。

建物すら、ひとつのまとまったフォルムを持つものはない。そもそも、独立した施設というものがほとんどなくなっていた。あっても、無数の不統一な構成要素を寄せ集めたものでしかなく、ごく稀に、その寄せ集めの様相がかろうじて建物の個性として認識できることがあるだけだった。

母星の都市を変貌させていたのは母だった。欲望の即時的な実現が母によってもたらされ、あらゆる場所でイマジネーションの現実化を促進し、かつてない混沌を現出させていた。

そういった母星の都市に対して、自分の作る都市は、いかにも古めかしく、独りよがりで貧しい発想の産物で、都市本来のエネルギーを欠いているとしか思えなかった。母星の都市のように異なる欲望を併存させられるようなプラットフォームはどういうものなのか、なかなかつかむことが出来なかった。

一方で、母星の都市は、都市として存在できるぎりぎりの限界を超えつつあるように見えた。集中の必然性を失って、ふくれあがり、分解し、消散する寸前の状態にあった。

そうして、あるとき、母星の都市はすべて溶け去った。火照った肌に貼りついていた氷のかけらがある瞬間に形を失い、まわりの汗と交わって消えるように。

とりとめなく流れだし、前触れなくどこかへ積み上がり、凝縮したかと思うと一夜にしてまた崩れ、地形をまったく無視した流転をくりかえした。

同じころに、火星の表面にあきらかに人工物とわかる模様が現れ始めた。

地球外への植民が本格化したとみた始祖たちは警戒を強め、コロニー外での活動を縮小し、俺たちにさらなる不自由を強いた。

ビューダペストは、母星の変化を、予想通りの暗黒社会の到来とみなしていた。人々は監視され、方向づけられて、欲望が均質化しているといった。

俺には、欲望のバリエーションは無限にあるように思え、これほどの混沌をそう表現できてしまえることが不思議だった。

始祖たちがみんな母星の都市を名前に使っていることは、小さなころから知っていた。のちに知ったのは、どれもいまは存在しない都市だったということだ。いちばん最近まで残っていたのは、ハノイだ。それは、始祖たちが脱出する一〇年前に、近辺の行政区分が刷新されたときに廃止されていた。母星では、都市名という概念そのものが失われる瀬戸際にあるようだった。

無重量状態を前提とした都市を考えはじめたのは、〈友だち〉を失ったあとだったと思う。

ある日、ひとり残らず消えてしまった。

計画域の基底ソフトに適用されたアップデートのために、〈友だち〉たちを動かしていた人格基盤が動作しなくなってしまったのだ。アップデートは不可逆だった。そもそも、基底ソフトについては始祖たちにしか運用の決定権がない。

始祖たちは、もうあんなものは必要ないだろう、と笑うだけだった。

一から作り直すことは、かろうじて不可能ではなかった。個々の〈友だち〉の、保存されている人格データを読み込んで動かせるような新しいプラットフォームを用意してやればよかったはずだ。俺たちがそうしなかったのは、再生の方法を探るうちに〈友だち〉の仮構性がむきだしになってしまったからだ。彼らを実在の人間のように扱うことをかろうじて許していた、ごくごく薄い幻想の被膜が失われてしまった。

もう必要ない、とは、ある意味で真実だった。もはや誰も、フィクションのなかに身を投じる気にはなれなかったのだ。

俺たちは一八歳だった。

とても不思議なことなのだけれど、いま、〈友だち〉の顔をひとつも思い出せない。いなくなってしまったときの気持ちも思い出すことができない。

カップの砕ける音が記憶にある。

針のアヴァターが、手を開いて重力にゆだねたのだ。

あの街をみんなで最後に訪れたときのこと。

街だけがアップデートの影響を受けずに残されていた。

無人になったカフェのテーブルに、〈友だち〉のひとりが産ませたコーヒーカップが置かれていた。ついさっきまで持ち主の手にあったかのように、中身の入ったままで。

取っ手は、母星の動物をかわいらしくディフォルメした形だった。体はセラミック、目はたぶん石英で、どこから見てもこちらに視線を向けているような仕掛けがされていた。

かつて、それをつまんでいた〈友だち〉の指にはたくさんの細い指輪があって、それぞれが違う周期でゆっくりと回り、色とりどりの光点を明滅させていた。長く伸ばした先端に微細な透かし彫りのほどこされた爪には、わざと解像度を落とした表示フィルムが貼られ、色彩の崩れた古いフィクションの断片が繰り返し再生されていた。身体の回転にあわせてはためく長い衣服、伸ばした腕の先で閃光を放つ銃。惑星の自転に傾いた太陽の光線が低く差し込んで、カップを持つ手を照らし、爪の映像からコントラストを奪っていた。

それが、いま思い出せる、〈友だち〉が存在した最後の日の光景だ。

持ち上げられたカップの向こうにあったはずの顔は、空白だ。


都市に重力をもちこむ理由が失われ、俺は無重量状態における都市というものを考えはじめた。

重力なしに都市というものが成立しうるということにも、はじめは確信を抱けなかった。自分たちが暮らすコロニーのような空間であれば、まだ想像はできる。だが、百万もの人間たちが暮らすような建造物となると、わからなくなる。自分たちのような人間がたくさんいるという状況を、ありうる現実として想定するのは難しいことだった。いくらかの苦痛を伴うことですらあった。都市を構想するモチベーションは失くさずにいたというのが、むしろ不思議なことに感じられる。

住居を考え、交通機関を考え、ライフラインの配置を検討した。基盤とするべき思想はなにもなかった。自分のアイデアの有効性をたしかめるすべもなかった。

これがどうしようもなく不健全なことだという自覚はつねにあった。どこまでいっても計画でしかない。出力をともなわない計画など、ほんとうは子供だけに許されることだ。細部を固めようとするほど、出力はむしろ遠ざかっていく。

やればやるほど根拠は希薄になり、方針はぼやけていくように思えた。

それでも、ほかにすることを思いつかない。

〈軽石(パミス)〉に移ってきてからは、ますますこれに没頭した。

どこにも存在しない、これから産まれる見込みもない人間たちのために、手を動かし続けた。


深く、規則正しい呼吸。

話の途中で針が眠ってしまったのはわかっていた。体の動きがなくなり、どちらの口もうっすらと開いたままになっていたら、まちがいなく寝ている。首はすこし右にかしげられている。眠っているときに、どちらの体もいつもこうなる。

どちらが本当の体なのか、いまも簡単には見分けられない。

ふたつめの身体について、針のいうことはその時の機嫌によって変わる。

あるときは、こんなにも見分けのつかない体を産めるほど、この世界の母はすぐれているのだという。また別のときには、この偽の体との見分けがつかないほどに、この辺境世界にある、自分たちを含めたすべてがまがいものなのだと主張する。

まがいものの母が産んだ、まがいものの世界。

そう呼ぶようなときでも、母星へのあこがれを針はけっして口にしなかった。自分の属する場所はそこにないと考えていた。

体のせいもあるかもしれないと思う。

〈友だち〉の街では、地面に裾を貼りつかせた黒く長い〈ワンピース〉が、針のいつもの衣装だった。身体ひとつのアヴァターから足は削除され、衣装のなかで胴体は宙に浮いていた。


本当の意味で〈原母〉と呼ぶべきなのは、母星そのものなんだ。

雲がそういっていたのを思い出す。

あれだけの規模、あれほどの物量があってはじめて生み出せるものがある。

ここで始祖たちがくすぶってるのは、ここが始まりの場所じゃないからなんだ。始まりの場所は、つねにあの惑星だ。

母星の母。

母星の人々はそれを『母』と呼ばない。

はじめのころ、〈友だち〉が必ず母を擬人化して語るのを、不思議に思ったものだった。

誰かの『母』が、セミインタラクティブな背景人物として初めて登場したときには、なるほど、人の形に産ませた母なのだな、と考えた。

人の形をした母には男性型も女性型もいたが、数は後者のほうがずっと多く、そのバランスの不均衡も興味深かった。

母を人の形にする理由はわからなかったが、ずいぶん凝ったデザインだと思い、その母が完全に人のように振舞い、人として扱われ、暮らしのなかで何も出力しないことを訝しんだ。

それが本当に、本物の人間なのだと気づいたときの驚きといったら。

〈友だち〉が『プリンタ』と呼んでいた、ごつくて、古めかしい半自律機械。それだけが彼らにとっての、俺たちのいう〈母〉に相当するものだった。ビューダペストの昔語りを俺たちは思い出した。

母星の人々にとって正しい意味での『母』が、機械ではなくある種の人間なのだということは、理屈では理解できてもなかなか受け入れられなかった。

母星の人々にとっての『母』は、『人間を産む』という、とても限られた機能しか備えていない。ただの人間なのだから、当然、インフラを作るような能力はなく、そのインフラに完全に依存している。母としての条件をほとんど満たしていない、としか思えなかった。

だが、俺たちにとっては絶対的に正しいことが、母星に住む、ほとんど無限といってもいいような数の人間たちにとっては、まるで意味をなさないのだ。

〈友だち〉とこのことについて話してみても、相手はきょとんとするばかりだった。

俺たちは、母が母でないことに衝撃をうけ、それなりに悩みもしたと思う。針や雲たちと何度かそれについて話し合った記憶がある。

針は、それでも自分たちの母こそが母なんだといい張った。なぜなら、自分たちの母のほうが大きな〈力〉を、環境を変える力を持っているからだ。力の大きさこそが、重要性を表している。あたしたちの母のほうが、母星のやつらの母より強い。

のちに、針のもうひとつの顔は、別なことをいった。向こうのほうが数が多いんだから、やっぱりあっちの母のほうが正しい母なんだよ。くそったれ。

そんな正しさなんか知ったことか、といい返したのは誰だったか。


『父』という言葉があったことも知った。

これは、男性の養育者を意味していたらしい。『母』とは違い、出力とはなんの関係もない。ただ遺伝情報を提供したというだけだ。『母』はそうではないのに、『父』だけが性別と結びつけられた言葉だということが不思議だったが、かつては『母』も女性であることが前提だったと知って、納得できた。生物学的な身体構造と切り離せない概念だったというのは、考えてみれば当然のことではある。

始祖たちが産まれるよりも前の時代に、養育の構成単位がこの二つからなっていたらしいことも、おぼろげながらつかめた。母星のフィクションに感じていた違和感もすこし晴れた。

人間が完全な状態では産まれてこないことを考えれば、『母』も『父』もある意味で出力にかかわる概念だといえる。『父』が失われ、『母』という言葉だけが残ったことが面白かった。


母を失う、という言葉が〈友だち〉の世界でどれほどの悲嘆を意味するか、考えるたびに俺はたじろいでしまう。

俺たちはここで、母星の人々とおなじ言葉を話している。母星では、おそらく二番目か三番目に多くの人間に使われている言語。〈友だち〉が使っているのと同じ言葉。それなのに、まるで話が通じないことがあった。おなじ言葉であるはずが、意味がまったく違ってしまっている。

母星の人々が母を失うことと、俺たちが母を失うことは、まったく違う。

母星の人々にとって、『母を失う』とは、特定の人物をまるごと喪失するという意味だ。それが死であれ、関係の断絶という形であれ、とてもつらい体験として心に刻まれることになる。だが、実際のところ、その人物が母としての能力を持っていることとはほとんど関係がない。そもそも、『母』と呼ばれる人物が、亡くなるよりずっと前に出力の機能を手放していることだって少なくないのだ。そこに大きな違和感がある。そういうときに『母』という言葉を使うのは正しくない、と感じてしまう。

俺たちにとって、母をひとつ失うことは、大抵の場合、ほんの少しの不便を意味しているだけだ。悲しみとはほとんど関係がない。そういう認識こそが正しいと思っていた。

いま、俺たちはすべての母を失いつつある。

コロニーを逃れたときですら感じなかった恐怖と不安。そして、悲嘆。

母星の人々が『母』を失うときに感じるような悲しみを、いま自分も感じているように思える。

もっと早く、遠くに逃げていなければいけなかった。

状況に先んじるということを、もっと真剣に考えなければいけなかった。

「――どうする？」

俺のつぶやきは、ふたりの寝息をひとすじも乱さない。

7

たくさんの尖ったものが体に突きつけられている。

いくつかは、既に耐えがたい痛みをもたらしている。

胴体を限界までよじり、先端の圧力を逃れようとしているが、ほとんど効果がない。

身体の前方についている、元からあったほうの右腕を少し動かす。

ある方向へは固く止められ、ある方向からは強く押し戻す感触があり、ひとつの方向にだけ、わずかに、なめらかに押し込むことができる。

そこへ押し込んでいくと、仕掛けの連動する手ごたえがあり、こつりと部品の突き当たる音がする。尖ったもののひとつが、わずかに退く。

希望を感じ、同じ方向へさらに腕を動かすと、別な位置にある尖ったものが急に前進し、肉に深く食い込む。


「また同じネタを喰らってるのかよ、おまえ」

声を無視して、俺は罠との格闘を続ける。

この状況で、腕が四本あることは障害でしかなかった。動かしかたを検討しなければいけない部位が増えて、考えが追いつかない。動かすべきでないところを無意識に動かしてしまい、状況がどんどん悪くなる。

四つの手首と二つの足首にはきつい枷がはめられ、その枷は複雑な伝達機構を介して、身体に押しつけられたいくつもの〈杭〉につながっている。先の尖った、長い棒状の部品だ。先細りの八角柱が、先端のところでは短い八角錐になっている。放射状に配置され、先端がすべて俺の身体に向けられている。動かし方を間違えるとこれが前進し、身体に食い込む。

伝達機構をかたちづくるそれぞれの部品は固定されていないが、ある微妙な角度で動かさないと外せないようにつくられている。だが、その角度を探そうとすると、仕掛けが動き、身体への圧力が強まる。自由度が増す方向に手足を動かすと、それが実はおとりで、それ以上動かせないというところでがっちりと固められてしまう。

「利き腕の動きを読まれてるんだよ。逆をついていかないとますます締まるぜ。罠に閉じ込められてることのまえに、自分の動きの癖に閉じ込められてるってことを自覚しろよ」

閉じ込められていたのは、基本原理は単純な、その展開としては極端に複雑な、ひとつのパズルだった。

仕掛けの全体はほぼ球状で、最外周には、湾曲した長い板が、正三角形のパターンで、球面をなすように組み上げられている。これが、層状に出力された複合素材の化学変化によって次第に縮み、仕掛け全体に一定の圧力を与えつづけている。

はじめは、単なる手枷だった。それでも外すのは一苦労だったが、仕掛けの複雑さはたちまちエスカレートして、ほんの数カ月でこういうものになった。

センサだって身につけて、警戒しているが、やつらはそれを巧妙にマスクして仕掛けることができた。なにもない通路だと思っていると、壁が突然めくれて、逃げる間もなく包みこまれてしまうのだ。前回はたまたま針に助けてもらうことができた。外そうとした部品が激しく跳ね返って針の指を二本折り、激怒した針は、今度ひっかかってるのを見つけてもあたしはもう助けねえぞ、自力でなんとかしろ、そもそもこんな罠に捕まるなバカ、と怒鳴ったのだった。

「そこはさっき試して駄目だったとこだろ。そんなことにも気づかねえの？」

41は、こちらを一瞥（いちべつ）してそういうと、また自分の手元に視線をもどした。

片方の足先で通路のバーにつかまり、もうひとつの足先とふたつの手で、立方体のなにやら玩具のようなものをいじっている。

俺たちの足先は、新世代たちのように器用ではない。

成長してからの出力移植で足首から先を手と同じような形にしたけれど、そこに繋がるふくらはぎの筋や腱は二の腕のそれとは構造が違うので、調整し、訓練しても、手と同じ器用さであやつることはどうしても出来なかった。ものをつかむことはできても、紐を結んだり、楽器を演奏したりというような複雑な作業はできない。

新世代との格闘で、これも大きく不利にはたらいた。

俺が腕を増やしたのも、針が体をふたつにしたのも、新世代たちに対抗するためだ。後者は奏功した。俺のほうはたいして役に立たず、いまこの瞬間も邪魔なだけだ。

体性感覚センサを広げて、計画域に自分自身と仕掛けのスキャン図像を描きださせている。下位視界でそれを俯瞰しながらパズルを解いていこうとするのだが、体の感覚と全体の見取り図を頭の中でうまく結び付けることができない。

「どんどん動いていかないとやばいんじゃないかな。締まるの、けっこう早いよ。骨やられるぞ」

41がそういい、また手元のパズルに眼を戻す。

新世代たちは、二世を標的にした、この手の『罪のない』いたずらをたくさん仕掛けていた。俺たちの占有区画のまわりにそれを点在させ、誰かが通ったときに発動させるのだ。

始祖たちは、本当に致命的な危害をもたらすものでないかぎり、それをむしろ創造性の発露として歓迎していた。俺がはめられてもがくのを眺めて笑いながら、仕掛けの出来栄えを講評するということもよくあった。

二世というより、俺ひとりだけが標的にされていた、というほうが最終的には正しかったかもしれない。

雲は、こっぴどい仕返しのアイデアを豊富に繰り出し、しだいに手を出されないようになっていたのだ。体を二つにしてからの針はほぼ無敵だったし、霧や珠に仕掛けたら、雲がやはりひどい仕返しをした。それによって雲もまた始祖から苛烈な懲罰をうけたが、そんなことで萎縮するような奴ではない。

動かせるところがいよいよ少なくなってきた。見取り図の時間を逆転させ、それを頼りに動きをアンドゥしようと試みる。ある程度は状況をもどすことができたが、仕掛け全体にかかった圧力が構造をすでに変えてしまっていて、完全なアンドゥにはならない。この罠は不可逆なのだ。

「何かヒントをくれる気はないのかよ」

「おれが作ったんじゃないから、わかんねえよ」

「こんなの、見りゃすぐわかるんだろ？」

「わかるけど教えてやる義理はない」

「いまわかんないっていわなかったっけ？」

「わかるよ」

本当に、41にはこれの解き方がわからないのかもしれない。そう思うと、絶望が深まった。

新世代たちはみな知能が高い。そうであるように遺伝設計されている。41は、そのなかでは一番、たぶん始祖たちの期待に反して、低い知能を示していた。もちろん、それでも俺たちや始祖たちよりもはるかに賢いはずなのだが。本人がそのことを気にしているのは俺たちも知っていた。

新世代の子供たちは、俺たちの目にはほとんどひとかたまりの、無個性な集まりだった。

41という個人を俺が識別できたのは、いつもそこからすこし離れていたからだ。いたずらをしかける以外には俺たちとの交流をほとんど持たなかった他の新世代たちと違い、41は、侮蔑をあらわにしながらもこちらとのやりとりを続けていた。

霧はかなり気にかけていたし、雲も、ほかの新世代に向けていたほどに強い敵意を41に対しては表さなかったように思う。

俺は、自力でパズルを解くのをあきらめ、目の前の人間を丸め込む作戦に切り替えた。

そちらのほうが解きやすいパズルだろうと、愚かにも考えたのだ。

「できないんだろ、ほんとは？」

「おまえの知ったことじゃねえよ」

「できることを実際に示さなきゃ、証明されたことにならない」

「なんの見返りもなしに俺がやると思ってんのか」

「おまえにはできないってことがわかったよ。あいつらが作ったものだから、解析できないんだろ？」

「挑発にすらなってねえよ。いつもながら惨めだな」

41の体はさっきより大きくなっていた。身体に埋めこまれたコネクタの数も増えた。無毛の頭部にも、金属の埋め込みがぎらぎらと灯りを反射している。

「601が作ったんだろ？　あいつこういうの得意だもんな」

「違う。適当なこというんじゃねえよ」

目の前で、41の身体がさらに一回り大きくなる。もう俺とほとんど変わらない背丈だ。

「まただ。身体の大きさにようやく慣れたかと思うと、次の身体に移されて一からやりなおしになる。どう動いても手足の先がどこかにぶつかる。おれの身体なのに、まともに操縦できなくなる。胸糞悪い」

その声も微妙に違う。発声器官の変化があり、内面の変化がある。

一三歳のころか、と俺はぼんやり思う。

二〇九七年だ。新世代が41を残してみんな死んでから一年ほど。俺たち二世は二〇歳だった。それから二年後に、俺たちはコロニーを離れることになる。

41の太腿には、角ばった隆起がいくつもあった。

小さな母だ。

皮膚の下で、筋肉の束を、新しい設計にしたがって出力しなおしている。調整が十分でないためか、母の通ったあとには内出血の染みがいくつも残されていた。

このころの41は、見るたびに姿が変わっていた。

本来なら何人かの新世代に振り分けられていたはずの実験が、すべて41ひとりの体で行われるようになっていたのだ。始祖たちの計画は場当たり的で、メンバーによって方針が食い違っていた。そのでたらめさがそのまま41の全身に投げつけられ、アイデンティティを滅茶苦茶にかきまわしていた。実験どうしのコンフリクトが大規模な機能不全を引き起こし、生命の危機に発展したことさえ何度かあった。

41の体内で、母が母を産んでいた。

あちこちの皮膚に多面体が突き出し、真皮組織の向こうに小さな表示面の光がまたたく。41が体をよじる。

胸郭の真ん中に、大きな出力面が開いた。

41の胸郭は、ラハイナがとくにデザインを自慢していたところだ。構造の美しさと視覚的な美しさが不可分に両立していると、何度も繰り返していたのを思い出す。繊細なカーブを描くその黒い肋骨がそれぞれ作業肢になり、胸郭の奥に配置された数十の出力ヘッドが経過時間を早めた映像のようにめまぐるしく動いて、白い物体がすこしずつ形をとりはじめる。単面積層の作法で、こちらへむかって、しだいに輪郭をひろげながらせり出してくる。

人間の頭蓋骨だ。

俺たちのものや、かつて始祖たちが持っていたはずのものとは形が違う。表面は設計物らしくなめらかな面構成で、規則的な細かいエンボスに覆われ、機械的なコンポーネントや配線が一体出力で埋め込まれている。

眼窩には白い眼球がすでに収まり、瞳孔の向こうで極微サイズの出力ヘッドが強化された網膜を周囲から中心へ向かって編み上げていくのが見える。

頭蓋骨から出力補助のための保定材が取り除かれると、肋骨の作業肢がすばやく顔筋を敷設していく。すでに設けられている腱のソケットに、予備出力された筋繊維の束が一本ずつ張り渡されて、その過程も、動きの速さのために、計画域での出来事のように見えている。

真皮組織で裏打ちされたひとつながりの表皮が、鼻の先端からかぶせられ、皮下脂肪との間に固着剤を充填されつつ貼りつけられる。複雑なパッドのついた作業肢が、細かい振動を与えながら丁寧に押しつけ、引き伸ばし、位置を定める。

41の顔があらわれた。

目を閉じ、本来の41自身が一度もみせたことのない平安をたたえている。

その上にある本当の顔は、これもまた現実には見せたことのないような苦悶にゆがんでいる。

新しい顔が口を大きく開き、たくさんの母がとびだした。

母たちは、空気の噴出音をさえずりながら41の周囲をめぐり、体表にとりつくと、さらに大規模な改造にとりかかる。皮膚を開いてもぐりこみ、すでにあったものを壊し、新しいなにかを産みつけていく。

俺は、その様子を、おだやかな好奇心とともに見つめている。

自分がこの状況を好きなように作り変えられるのだという認識が、意識の奥にしだいに形をとりはじめていた。

この罠を、腕のひと振りでばらばらにできる。

眼の前の41をがんじがらめにしている機材を、母を、すべてとりはずしてやることができる。

いま、ここでは、俺が未来を作ることができる。

すべては自分の心次第なのだ。

さっきまでとは違う意欲に力がみなぎるのを感じながら、罠につかまれた手足を動かしはじめた。仕掛けを通して、俺の動作が、41にとりついている母の動きを制御できる。俺が41を自由にしてやれる。

こちらが四本の腕と二本の脚を動かすのにつれて、41の身体に埋め込まれた母の動きが変わる。

「やめろ、やめろ……」

41が体をねじって呻くが、俺は動きを止めない。

俺の身体に、杭がどんどん突き入れられる。肋骨の間に先端が深く食い込む。41を助けようとするほど、自分の自由が奪われていく。生命が脅かされていく。だが、ここで止めたら二人とも死んでしまう。

41の身体の内外をさらに激しく母がめぐる。身体の輪郭がどんどん人間離れしたものになっていく。うまくいかない。

夢だとわかって見ている夢なのだから、なんでも自分の思い通りに動かせるはずだ。ところが、状況は一方的に悪化するばかりだった。

目の前で、41の体はどんどん完全になっていった。完全に環境への適応を果たした、人ならざるフォルムをそなえた姿に変わっていった。まばたきするたびにそのシルエットが変わる。手足の数が、関節の数が、指の数や形が変わる。


胸郭に作られた顔が目を開いた。

視線がこちらに据えられる。

忽然と、むきだしの笑顔が現れる。なめらかな皮膚を裂くように、顔面を二つに割るように。

表情を得た瞬間から、それはビューダペストの顔だった。

以前から漠然と感じていたことではあった。ビューダペストの頭部に表示されていた顔と、41の顔にはどこか似たところがある。新世代たちは皆よく似た顔をしている。

「おい、気概を見せろ」

声もビューダペストのものだった。

「おまえに足りないのは覚悟だ。わかるか？　世界を変えてやろうという意気込みだ」

体への圧力が強まり、手足の枷が重くなる。

状況が逆転し、いまはビューダペストの意思がこの罠をあやつっているのだとわかる。

「おまえが一番つまらんな。覇気ってもんがない。リンガと自分を比べてみろ。おまえには逆境をはねのける力が不足してるんだ」

共感のない笑い。

「与えるべきものは十分に与えたし、奪うべきものもちゃんと奪ってきたはずなんだがな。おれはそのバランスをよくわかってるんだ。欠乏と困窮のなかでこそ人間は強く育つ。だが、完全な無じゃだめだ。きちんと栄養を与えてやらなきゃいけないんだ。砂漠に雨が一滴も降らないんじゃ、きれいな花は咲かないってことだ。

始めっから、おれの遺伝情報を使うべきだったのかもしれんな。あのときは、多様性を重視したんだ。シャンハイがそういったから素直に従ったんだがな、こんなに出来の悪い遺伝形質が混ざってるとは思わなかった。わかってたら出力はしなかっただろうよ」

俺はなにかをいおうとするが、言葉にならない。ただ無様にもがき続ける。枷はどんどん重くなっていく。

ビューダペストの瞼がさがり、口元が斜めにむすばれる。

「つまらねえなあ！　まったくつまらん。反抗にしても、もっと本気でやってくれねえと、こっちも真面目に相手してやろうって気が失せちまうだろうが」

喋り続けるビューダペストの頭部を母たちが胸郭から取りだし、べつの母たちが41の頭部を取りはずす。ふたつの頭部が入れ替わり、苦悶をうかべたまま41の顔は解体されていく。

「これを『母』と呼ぶって、なあ、おまえら、おれの冗談をなんでそこまで真に受けちまったんだろうな。結局みんなそう呼ぶようになったが、おまえらが真剣な顔で口にするたんびにおれは吹きだしそうになるじゃねえか。そのくせ、二世のおまえらは、どいつもこいつもこの機械の使い方をまるでわかっちゃいねえんだ。おもちゃにするばっかりで、現実に牙をたてるってことができてねえんだからな。まったくしょうもねえ奴らだ」

それを人間を指す言葉として使っている始祖たちのほうが、よほど滑稽だった。

かつてどんな意味をもっていたかなんてことは、俺たちにはどうでもいい。それは、俺たちにとって、あんたが考えるよりもずっと大事な機械なんだ。おもちゃにしているのはあんたたちだ。母を。俺たちを。

俺がいいたかったのはそういうことだった。いつものとおり声は出なかった。


母たちが、41の腹を切り開きはじめた。青い血管が網のようにはしる皮膚を左右に大きく開き、固いケースを回転刃で切り取り、あらわれた薄桃色の塊を作業肢が取り出す。

ビューダペストが笑みを浮かべてそれを食らう。

あっというまに、41の脳は消えてしまった。

俺はさらに必死で動いた。

もう手遅れなのはわかっていたが、それでもやめるわけにはいかない。取り戻しようのないものを取り戻そうと、時間をもとへ戻そうと、むなしい努力を続ける。

背中のあたりで、罠がはじけた。

部品が飛び散り、俺の体も弾き飛ばされる。俺の体もばらばらになる。無数の断片になり、41の体に命中して引き裂き、飛び散らせる。体液が無数の球になり、肉片は蒸発するようにほぐれ、ひとつずつ遠く離れた冷たい細胞の粒子となって渦をまく。溶けた金属がその中心へ集まり、映りこむ宇宙を歪めてうねる塊になる。熱くなり、恒星のように輝くガスの球になり、どんどん膨張して熱を失い、希薄になる。

すべてが元素にかえっていく。

すべてが過去へ閉じていく。

8

体のまわりで部屋がまわっていた。

つかまるものを求めてやみくもに手足を動かす。

大きな違和感、欠落感がある。その正体にすぐに気づくことができなかった。

腕が二本しかない。

側頭部に固いものが当たり、激痛におもわず声がでた。壁に固定された檻の、アームのひとつにぶつかったのだ。

41が部屋のなかにいた。

目の前に横向きで眠る針の腰を、片足で強く押し出す。鋭い空気の噴射音が聞こえ、41自身の体は座標を変えない。

眠ったままの針の体は霧にぶつかり、二人が同時に悲鳴をあげた。

「時間だ」

41が平板な声で告げた。

夢の記憶が脈絡のない無数の断片にくずれ、いやな後味を残しながら散っていく。事実と非現実を選り分けようとした心の指先が、本当に起こったことの残滓に触れた。

あのあと、自力で抜け出すことはできなかったのだった。片方の鎖骨が折れ、激痛のあまり失禁した。苦い顔の雲と針に引っぱり出されながら悲鳴をあげた。

「くそ」

目の前で、顔をゆがめた針が舌打ちをする。針もまだ眠りから抜け出せていない。

「おまえが来たって、あたしらが説得されるわけねえだろ。ほんとに現実認識がズレてんな、あいつら」

「ずれてるのはおまえだ。いまさら説得する必要がどこにある」

「じゃあ何の用だよ」

「——待って。まだやらないで、やろうとしてることを。話をしようよ。聞かせてよ、考えてることを」

そういいながら、霧が、両手で俺の足先と針の手をつかんで引き寄せる。

「時間稼ぎは……」

41の言葉が終わらぬうちに、押しかぶせるように霧が話を継ぎ、

「そういう決断をしたことは、あんたの考えだから。あたしは何も反対しない。でも、なんでなのかを知りたいの。あたしたちとでは生きていけなかった？」

「おまえらは当事者じゃない」

「またそれかよ。意味がわかんねえよ」と針。

「考えるだけ無駄だ。おまえが一番核心から遠いところにいる」

霧が、俺の足先をしっかり握りながら、おそらくは針にも同じようにしながら、41に問いかける。

「どこでずれちゃったのかな。それを教えてほしい。話してほしい」

ひと呼吸おいて、呼びかけた。

「花（フルール）」

「誰だ」

「おまえだよ」と針。


名前を決めたのは幾つのときだったか。

始祖たちは、母星で使っていた名前を捨てて、お互いを都市の名前で呼びあっている。そこにどういう意味があるのか、それぞれの都市がどういう理由で選ばれたのか、誰が誰に訊いても教えてくれなかった。

それを真似て、俺たちも自分の呼び名を勝手に決め、始祖たちにもその名で呼ぶことを要求した。もちろん受け入れられなかったが、俺たちはずっとそれを使い続けてきた。

俺たちは、名前にひとつの言葉を使わないことにした。このアイデアを思いついたのは雲だ。俺の名前なら、たとえば、レインボウ、ホン、ラードゥガ、アルカンシエル、などなど、〈虹〉という意味を持つすべての言葉が自分の名前であることにしたのだ。

子どものころに与えられた知識セットのなかで、表示言語を切り替えると、いろんな言葉が現れた。たくさんの言語があること、ひとつのものを表すのにたくさんの言葉があることが、とても印象的だった。

そうして、ヴェロシータは〈珠〉になった。フォスは〈霧〉、ソラーは〈雲〉、リンガは〈針〉。そして、ディメンシオが〈虹〉。

みんな、元の名前が表していたものとは別な言葉を選んだ。

けっきょく、呼ぶときには普段の言語での呼称を使うことが多かったが、とくに雲はこのアイデアを気に入っていた。

それは独立心の表れでもあり、身を寄せ合う子供たちの心の寄る辺でもあった。

この遊びの輪のなかに新世代たちも引き込もうとしたのは、霧だった。

新世代たちとの深刻な反目がはじまろうとしていたころで、実際にはほとんど名前を呼ぶ機会もなく、ほんのいっとき受け入れていたかのように見えた41も、〈軽石(パミス)〉にやってきてからは拒むようになった。

「勝手な名前で呼ぶな。人間を相手にしてるようなふりは止めろ。おれはおまえらのつまらん定義に収まる種類の人間じゃない」

「違うよ、バーカ！」

41の言葉尻を嚙み切るように針がいう。

「人間とみなしてねえから、おまえの要求なんか無視して、こっちの好きなように呼んでんだよ。それとも逆がいいか？　ちゃんと人間として扱って、人格を認めてやって、希望どおりにその変な番号で呼んでやるほうがいいのかよ？」

「つまらん理屈をこねるな。不快だといってるんだ」

針がもうひとつの口を開く。

「おまえさあ、ちゃんとガン退治してんのかよ？　さぼってたら死ぬよ、おまえ。大事にしなきゃ、あたしたちほんっとに怒るからね」

「また庇護者気取りか。陳腐な投影は止めろ」

霧があきらめの声でとりなす。

「わかった、嫌ならもうあの名前では呼ばない。それに、あんたが生物学的にどれだけ人間かなんて、ほんとにどうでもいいの。大切な〈きょうだい〉なの、あんたは」

「投影の対象がおれ一人しか残ってないというだけだろう」

霧は小さくため息をもらした。

「そういうことをいわずに済むようにしてあげたいけど、まあ、しょうがないよね」

新世代たちは、おたがいを数字で名付けあった。俺たちの真似をしただろうと雲が揶揄して、ひどい喧嘩になったことを思い出す。腹立たしいことに、こちらは始祖たちにも受け入れられ、呼び名として定着した。

なぜ数字を選んだのか、それぞれの数がなぜ選ばれたのか、もちろん明かされなかった。41は素数のひとつだが、全員が素数の名を持っているというわけでもない。

出力された順に並べると、こうなる。
22、601、3、π、41、i。
まだ子供だったころの命名だ。いま知れば笑ってしまうような幼い考えでつけられたものかもしれない。

だが、俺たちは、その意味に手が届かない。その精神は、一人を残して消えてしまった。

針が41にいう。

「おまえは賛成なのかよ、外星系に行くことに?」

「生存ということを真面目に考えてるか。母星がここに進出することを決めた以上、おれたちに勝ち目はない」

ひとつの窓が計画域に差し出された。

下位視界のすべてを占めるほどの大きさで球形に切り取られた宇宙。近傍空間のマップだ。

その中で、たくさんの白い線が放射状に延びている。線はどれも、目に見えない球の表面から始まっているように見える。どれもある程度伸びたところで先が薄れて消えているが、一本だけがそのまま進み、長く伸びた先で、赤く縁取られた物体に結ばれていた。このコロニーだ。

「一時間前に加速を開始した。球形に配置されていた棘状の物体だ。どれも近傍の小惑星と衝突する進路をとっている。このコロニーを狙っているやつは、あと八三時間で到達する。ここに置きざりにされたくなかったら、従え。いまから施術する」

「冗談じゃねえよ」

針の憤る声を聞きながら、俺は心臓がはげしく暴れ出すのを感じていた。

もう時間がない。ここも母星の母に破壊されてしまう。

そして、〈巣〉は？　棘はあれにも向かっているのだろうか？

「おまえはいいよな、最初っから脳しかねえんだからさ。あたしはいやだよ。この大事な身体を棄てろとか、勝手に命令すんじゃねえよ」

「なら、ここで死ね」

霧が静かにたずねる。

「ここにいたら殺されると思ってるのあんたも？　母星がそういうことをすると思ってる？」

「母星からみれば俺たちは取るに足らない余剰の存在だ。抹消される」

「それは始祖がいってることの受け売りじゃないの？　あたしは、人間がいればまた対応がちがうかもしれないと思ってるよ」

「もうここに向かってる。あれの目的がただの挨拶だとでも思ってるのか」

「星系外まで逃げなくてもいいでしょ。まだターゲットにされてない小惑星に移ったっていい。だめなの、それは？」

「現実を見ろ」

俺も、アステロイドに残ることには強い不安を覚えずにいられない。本能が、いますぐここから逃げろと叫んでいる。

「あたしは、始祖と一緒には行きたくない。身体のことはこの際どうでもよくて、それよりも、始祖たちが放っておいてくれないだろうってことが嫌。向こうについたらさようなら、ってわけでもないでしょ？　お互いの領域を侵犯しないような生き方は、ぜんぜん想定されてない」

「おまえたちは本来ここの従属物だ。離反は許されない」

「そこは、じゃあ、始祖とおんなじ考えなんだ、あんたも」

俺の心に、あのころの息苦しさがよみがえった。

停滞してはいたが、〈巣〉には自由があったことを、あらためて思い出す。

「そんなに可愛がってくれてんのかよ、あいつらは？　昔みたいに実験生物として扱われて、つっつき回されてると安心できんの？」

「おまえはいつも物事の表層しか見ていない。背後にある理念というものを理解できたためしがない」

「理念もくそもあるかよ。ただ行き当たりばったりなだけだろ」

〈新世代〉たちは、始祖たちによる最大の失敗だった。

最初のひとりが死んだ時の、悲しみにゆがむ41の顔を覚えている。ついに最後のひとりになってしまったときの、なんの表情もない顔を覚えている。そうして、それからずっと、41はその顔のままでいる。

あっという間だったように思えるが、苦痛に満ちた一年だった。

死因について、始祖たちはほとんど教えてくれなかったが、霧はすこしヒントを得ていたらしい。脳の障害だったのだろう、という。遺伝的な操作で新皮質を増大させたことの影響を予測しきれなかったのだと。

新世代の子供たちは、大きな脳と、委縮した体を持って出力された。そうなることは予想されていたので、本来の身体はすぐに捨てられ、べつに出力されたものが使われた。すこしずつ大きい身体に移し替えられ、一四歳で〈成人〉としての身体が与えられた。そのときには41ひとりしか残っていなかったが。

ふりかえってみて、始祖たちの『〈人〉計画（プラン）』は頓挫したも同然であることに気づき、愕然とする。始祖たちの情熱はいまや完全に他星系への旅に注がれていて、ここへきた理由であったはずの、新しい人類の祖形をつくりだすという計画は放り出されているのだ。

驚きのまま口にした。

「今は、おまえの身体では実験してないってことか」

「おれがここにいるのは、大脳皮質の再出力に関する研究のためだ。不死の計画(プラン)だ。おれなしには実現できない」

「それの実験に、おまえ自身は使われてないってこと?」

「おれが計画の中心だ。実験はほかの人間でやる」

「始祖の脳で実験してるの?」

霧が驚きの声をあげた。

「そうだ」

41が答える。

「ボストンはそれで死んだの?　ビューダペストも?」

霧がさらにきくが、それへの答えはない。

針が嘲る。

「じゃ、そういうことか。痛い目にあわなくていいし、自分が重要人物だとチヤホヤしてもらえるから、のこのこ戻ってきたってことかよ」

「勝手に陳腐な物語をかぶせるな」

「でも、そうだろ?　ほかに何があんだよ!」

「誰かに価値を与えられる必要はない。状況がおれをつねに中心に置いている。おれはどこへでも行ける」

「じゃあどこへでも行けよ!　あたしらの邪魔すんなよ」

「おまえらは始祖に従う義務がある」

ねえよ、と針が吐き捨てる。

「あたしらは当事者じゃねえんだろ？　もしそんなにあたしらが必要だっていうなら、あたしらだって当事者だよ！　おまえとなにが違うんだよ！」

「おれはこのパラダイムのなかに組み込まれている。最重要の構成要素であり、状況の焦点だ」

「そういうなら、あたしらだってそうだよ。なに一人だけ特別みてえな面してんだよ！　みんなここで出力されて、ここでしか生きていけねえよ！　一緒だろ！」

ぐっ、と、俺の足先をつかんだ霧の手に力がこもった。一瞬、体が鋭く引かれるのを感じる。動こうとした針を霧が制し、それがこちらの身体にも伝わったのだ。

「おまえらの身体構造は本質的に母星の人間と変わらない。おまえらは過去のものだ」

「おまえは違うってのかよ？」

「あるべき形をとっているのはおれだけだ。おれだけが未来へ通じている」

針が、疲れたようにもうひとつの口に声を移す。

「だからさあ、それは違うよ。そう思いたい気持ちはわかるけどさ、おまえも、あたしたちも、単にあいつらのエゴの犠牲者なんだよ。そこに違いはねえよ」

「おまえの理解は所詮その程度だ。そんな小さな話をしてるんじゃない」

霧の声がなだめるようなトーンを帯びる。

「そういうふうに思うことが、あんたにとってすごく大事なのは、よくわかるの。歴史に残るってことが。でもね、それだって、始祖の考えでしょ。それを信じすぎてるよ。利用されてるんだよ」

「始祖の思想なんてものはどうでもいい。単なる触媒だ。母というテクノロジーがやつらを利用したにすぎない。おれを産み出すために」

俺たちは顔を見合わせた。

「……おまえ、それ、本気でいってんの？」と針。

「修辞を理解できない脳みそか」

「いや、それ以前におかしいだろ。そういうことじゃねえよ」

おなじようにおかしさを指摘しようとした俺の言葉は、どこかでつかえて出てこなかった。

始祖たちは、たしかに41にそういわせるだけの正統性を与えてきたのだ。

心のなかで、古い嫉妬とまた向き合うことになった。新世代が優れたものとして計画されたこと、そして、いまも41が始祖たちに優遇されていることへの。

「母は、べつにそういうことだけのためにあるものじゃないよ。どう使ったっていいものだよ」

霧が語りかける。声はさらに深いいたわりを帯びて、

「あたしは、環境を作ることも大事だと思ってるよ。ここでは、母は生き延びるための道具でしょ、まずなによりも」

「環境はあくまでも副次的なことだ。人間そのものをつくるのが、ここにおける本来の、母の存在理由だ。おまえらのやっていることはどれも本質から外れている。おまえの寄せ集めの生態系も、針の益体（やくたい）もない兵器も……」

そこで俺に目を向け、「おまえのつまらん都市も」

「人間をつくるのには失敗したじゃねえか」と針がいう。

「失敗じゃない。いまも続いている。すべてはひとつの目的に向けて進んでいる」

俺の心には怒りがわいてきた。41や始祖たちの理屈に屈服させられる理由などなにもないんだ、と自分にいいきかせる。自分のやってきたことは無価値だと認めてしまいそうになる気持ちを、言葉でふりはらおうとする。

「おまえや始祖たちの目的のためだけに母はあるわけじゃない。そんな正統性を、俺はみとめない。おまえたちが独占することに根拠なんかないだろ？　勝手なことというなよ！」

「また原母の話か」

笑いととれなくもない音を41は鼻からだして、

「おまえに母が必要だったことなんて一度もないだろう。おまえの計画は出力に結びついていない。おまえは未来を考えるということができていない。そんな能力がそもそもない。母を正しく使えないなら、おまえは無価値だ」

その物言いの極端さは、俺の心をむしろ冷ました。41の考える〈正しさ〉の指爪（マニピュレータ）から抜けだせたような気がした。

母を使うのに、正しいも正しくないもない。

俺は41の顔を見つめた。その表情には、優越感も怒りも喜びもない。ただ静止し、固定されている。俺が数年前に知っていた41よりも、はるかに硬く、プロトタイプじみた顔だ。

なにがこの心をここまで固めてしまっているのだろう。

優越感を抱いているのはよく知っていた。始祖の計画の中心にいることがその裏付けになっていると思っていた。だが、いま、41の根拠はそこからもずれたところにある。母から出力されたことそのもの、このテクノロジーの産物であることがそのまま、自分自身の存在価値を担保している、と考えているように思える。

母に価値を与えられている。

そうだとしたら、おまえは人間じゃなくて、単なる母の出力物でしかないんだ。

――だが、そういってしまうのはあまりにむごいようで、口にだすのをためらった。

となりで針が怒鳴った。

「おまえ、自分にどんだけの価値があると思ってんだよ？　おまえだってただの中継ぎだよ！　あたしらとおんなじテスト出力のひとつでしかねえだろ！　偉そうな口きくまえにその出鱈目にとっ散らかった身体を整理しろよ、この継ぎはぎ小僧！」

「ちょっと、それはいい過ぎだよ！」

霧が針の頬をぎゅっとつねるが、もうひとつの口で針はつづける。

「そもそも、始祖は関係ないっていうなら、なんで自分でどんどん計画を進めていかなかったんだよ？　おまえ、巣にいたとき、ぜんぜん自分の身体をいじってなかったじゃねえかよ！」

「どうすべきかをおまえに指図されるいわれはない」

ぼやけたひとつの記憶がある。

夢なのか、ほんとうに見た光景なのか、はっきりしないまま、ずっと片隅に残っていた。

いま、ふと、それが現実のことだったのだという確信がふくらんできた。

たくさんの人間の頭だ。プロトタイプではなく、骨と肉でつくられたもの。出力物だということは、なめらかに閉じられた首の断面に保定用の突起が出ていることからわかる。

数千の頭が並んでいた。

どれも、ほとんど人相の確かめようがないほどに干からびている。それでも一目で41のものであることがわかった。

整然と並べられたすべてが41の顔だった。

赤外線の投光に照らされて、ひとつひとつの見分けがつかなくなる遠方までそれらは並べられていた。

〈巣〉のどこかだ。それは41が姿を消したあとに見た光景だったのだろうか。


「——おまえ、やっぱり、変なところにはまっちゃってるんだよ」

そう語りかけながら、俺は41の顔を覗き込んだ。凍りついた顔の向こうでなにが起こっているかを知りたかった。自分の言葉でこの袋小路から引っ張りだしてやりたかった。

「そんな……そんな当事者性へのこだわりなんか捨てろよ。ずっとあいつらの道具でいる必要なんてないだろ?」

「道具じゃない。状況をコントロールしているのはおれだ。始祖がおれの道具だ」

「そんなこといっていいのかよ。ここも監視が入ってるだろ」

針がいうと、41は事務的に答えた。

「いまは切ってある」

——俺たち三人がそれぞれに息をとめた。

霧がたずねる。

「どういうこと？」

「偽の監視データを流している」

黙り込む俺たちに、41はさらにいう。

「おれがコントロールしてるといっただろう」

霧がさらに訊いた。

「それは、つまり、把握してるってこと？　コロニーを掌握してるってことなの？」

「それを教える義務はない」

どこまで信じていいのかわからない。これが罠だということもありうる。

「始祖に余計な介入はさせない。すべておれの自由だ」

沈黙があった。

「……ねえ、もう一度考えてよ。ほんとに自由なのかな。やっぱり、あんたが始祖に縛られてるようにしか思えないんだけど」

霧の言葉に、41が答える。

「なにをするかは重要じゃない。すべての可能性は担保されている。この場所で、本当の意味で自由なのはおれだけだ。おまえらに状況を操作する力はない。いま、おまえらになんのアクセス権がある？　おまえらの自由になる資源があるか？　テクノロジーがあるか？」

41の心のなかに、不動点が見える。物理属性を不完全にしか与えられずにシミュレーションのなかに放り込まれた、幾何学的物体のようなもの。41自身が、この現実のなかでそういう物体になってしまったように思える。

表情をなくした顔は、未来を断ち切られた心の無惨な断面なのだ。

「ねえ、これはあんたの意思でやろうとしてることなの？　始祖にいわれてやってるだけじゃなくて？　ここで決断を先延ばしにして、始祖に従う意味なんてあるの？」

「おまえだって自分の身体を憎んでただろう。これで自由になれる」

「そういう意味でいったんじゃないよ」

霧は41の顔を見つめる。

「こんなふうに、自分の意思に反して体を奪われるのはもっといやだよ。なにも自由じゃないよ」

苦い笑みが浮かぶ。

「あんただけだよ、いま自分の身体を嫌ってるのは。でも、おかしいよね。あんたが一番すぐれた身体を持ってるんでしょ？　大事にしなよ、自分の身体を。そこにあるみんなの身体も。まだ入ってるんでしょ、骨が」

41はなにもいわない。

新世代たちの骨格はカルシウムではつくられていない。それよりもはるかに強度の高い複合素材の出力物だ。

俺も霧から聞かされたのだと思う。41は、死んだ五人の骨を自分の身体に組み込んでいる、と。どこの骨だろうと話し合ったものだった。成人の身体をもつ41より少しだけ若い、ほんの少しだけ小さい骨だ。

肋骨なのではないかと俺は思った。頭蓋骨の一部を、パズルのように組み合わせて頭の中に入れているのかもしれないと雲がいっていた。

「なにも嫌う理由はない。おれは現状に適応している」

「そう？」と霧。

「無駄な時間を使わせるな」


部屋のすべてが一斉に動いた。

俺はきっかけに気づけなかった。

いつそれが飛び出すかと、身を固くして構えていたのに。

三本の作業肢がすばやく伸び、それぞれの先端につけた櫃を指のように開く。

きっかけとは小さな音だった。作業肢のサーボが動き出すまえに、この部屋として使われている母の出力機構全体に通電したときのカチリという音だ。

針が、すばやく腕を伸ばしてこちらの腕をつかみ、自分のほうへ引き寄せた。こちらの身体を盾にするように身を寄せ、腰を折り曲げてふたつの身体を縮める。

突然のおびえた仕草に虚を突かれ、俺は自分がどう動くつもりだったか忘れてしまった。反射的に針を護ろうとし、両腕をまわし、精いっぱい自分の身体で針のふたつの身体を包もうとする。

次の瞬間、針は俺の腰骨を強く両手で突きはなし、前方に飛び出した。

反動でこちらの身体は櫃の中に勢いよく飛び込む。

目の前で、まっすぐに伸ばされた針の両腕が、41の腹部を打つのが見えた。

身体のまわりで櫃が俺を捕えようとする。先端に枷を開いた何本もの作業肢がつかみかかる。

俺は手足を激しく振り、捕えられるのを防ごうとした。だが、次々に作業肢がつかみ、枷が閉じていく。

俺はもがきながら針の戦略を理解した。計算資源の少ない自律機械に特有の、判断遅延を利用したのだ。

俺の身体に自分の身体を重ね、ふたつだったはずの標的をひとつにしてしまったので、針を狙っていたほうの檻は動きをいちど止め、状況を再評価しなければいけなかった。もっと賢い機械なら、ふたつの檻で容赦なく両方向からつかみかかっていただろう。

41を一撃したあと、その反動で針の身体は霧のほうへ向かった。その先で、叫ぶ霧を檻がまさに閉じ込めるところだった。

閉じた檻に針は取りつき、身を縮める。

はじめに針を狙っていた檻は、ここでふたたび躊躇した。

作業肢が停止し、状況判断をやりなおす。

その隙をついて針は飛び出し、作業肢の基部へとりついた。

俺は、その様子を横目に見ながら、檻との格闘を続けていた。すでに両足と片腕は枷に捕えられ、左手の手首だけが自由だった。

檻の作業肢も、いま動いているのはその左手に枷をはめようとする一本だけだ。それにつかまれないようにこっちは必死で腕をふり、枷の基部のところで作業肢をつかんで渾身の力でおさえつけ、枷できつく絞まる首を後ろへめぐらせる。

檻は、母とよく似た構造を持っていた。

枠に囲まれた空間は出力域のようで、作業肢の付け根は出力面とおなじようにたくさんの機械的な腕が畳み込まれている。

出力ヘッドの類はない。かわりに、切断器具としか思えないものがいくつも見えた。小さな丸ノコがあり、太い針を先端につけた腕もある。

俺が探していたのは、緊急停止スイッチだった。仔には必ずこれがついている。親指が入るほどの穴の奥にあり、穴のまわりにはほかの指をひっかけるためのリング状の縁がある。停止させたいときにこれを押し込むと、すべての動作が止まる。

だが、それらしいものはどこにも見えない。

こういう目的で出力された仔なのに、そんなものがついていると考えたことが愚かだった。

作業肢の基部では、針が壁の緩衝材を引き剝がし、その裏へもぐりこむところだった。

そこへ檻がとびかかる。

41が、自律動作から切り替え、作業肢を自分自身で操作しはじめたのがわかった。動きの質がちがう。反応速度は落ちたが、動かし方に意思がある。狡猾さがある。

檻の外枠が指のように開き、緩衝材の一端をつかんでめくろうとする。

針がそこで飛び出し、丸めた緩衝材を、檻の中へ押し込めた。さらに素早くなんども、両の拳を突き入れる。

軋む音と、くぐもった破裂音。

緩衝材のなかに充塡されていたゲル状の素材が飛び出し、外枠のまわりにはみ出して、不定形にひろがった。

「サーボ機構に異物が侵入しました。メンテナンスが必要です」

檻が宣言し、作業肢が引き下がり、停止する。

憤怒を感じさせる勢いで、41が針にむかって飛び出した。

それを見ていた俺の左手が汗ですべった。

握っていた作業肢がつるりと逃れ、手首のまわりにすばやく枷を閉じた。俺は闇雲に手足を動かすが、どれだけ強く振り回しても、すべて反射機構に受け流され、なすすべがない。

一方、針は、霧の閉じ込められた檻にすばやくとりつき、ひとつの身体で檻の外枠をしっかり握り、もうひとつの身体を鋭く振って、41を打ち返そうとした。

身体をどこかに固定して打つのは、殴り合いの基本だ。相手の身体も固定されているならなおいい。空中に漂った状態の相手に打撃を与えようとしても、相手がうまく受け流せば、大きなダメージを期待できない。

だが、そこは41もよくわかっている。自分が身を引くと同時に、霧をいれた檻を素早く脇へ振り、ちょうど身体を伸ばしきった体勢の針をもぎ離して、空中に放り出した。意想外のベクトルに身体を回転させられたところを、針は巧みに腰を折って勢いを殺し、動きを制御する。しかし、体勢を完全に整えられる前に、素早く41が接近し、つかみかかる。

おそらく、力は41のほうが強い。

けれど、針のほうが、戦い方を心得ているはずだ。

以前だって、新世代たちとの格闘では負けたことがなかったのだ。身体をどこにも固定できないときに一番有効な殴り方をちゃんと心得ているし、だれよりもうまくやれる。俺はそう願いながら戦いを凝視した。

ばん、と鈍い音が鳴った。緩衝材が反響を吸収し、奇妙に遠いところから聞こえるように感じられる。

さらにもう一撃。

針の腰が唸る。接合部を最大出力で動かしている。

身体をVの字に曲げ、二本指のマニピュレータが素早く閉じるのに似たやりかたで、ふたつの身体の、ふたつずつの掌底で相手の腹を両側から打ちすえたのだ。打撃のタイミングはほんのすこしだけずらしてあって、両方向からの衝撃が相殺されないようになっている。

41のほうは、座標固定を空気の噴射に頼っていて、打撃を与えるときに十分な力を使えない。どうしても、反作用にすこし力が逃げてしまう。

一方、針は、ふたつの身体で勢いよく挟み込むようにして、腰のトルクに加えて全身の筋肉が生み出す運動エネルギーをすべて打撃につぎこむことができている。これで22の骨盤を砕いたこともあるのだ。

だが、そこからはなかなか決定打を加えることができなかった。

腹を打たれた瞬間、41の動きはほんのすこし鈍ったように見えたが、すぐに、見えないほどの速さで右足が繰り出された。

針の身体が、打ち返されたかのようにすばやく離れる。

離れた勢いをうまく回転に変え、身体をねじりながら体勢を整えようとする。そこへ素早く41が空気の噴射を使って間合いを詰め、ばしっ、と音がして、針の身体がまたひるがえる。

同じような駆け引きが何度か繰り返された。

一方的に41に殴られ続けているようだったが、針は身体をひねり、その勢いをそのまま相手への打撃に変えようとしているのがわかった。つかみかかる相手の手首のあたりに手刀を打ちこんで、弾き返している。

41は、殴るのではなく、針の身体をつかもうとしている。

針はそれから逃れつつ、腹を狙い続ける。

つかんで引き寄せられたら、たぶん力で負けてしまう。

それは針もよくわかっているようで、慎重に距離をとろうとする。

身を離して体勢を整えようとする針に対して、41はその隙をあたえず、どんどん間合いを詰めていく。

ただ間合いを詰めるだけでなく、空気の噴射をうまく使い、身体を小刻みに回転させている。針に対して、手足をくりだす方向を自在に変え、翻弄する。姿勢制御の手段をもっていない針は、腰のひねりだけでそれにかろうじて対抗する。

じりじりと針が劣勢に追い込まれていく。

だが、針はむしろそれを誘っていたことがわかった。

間合いが危険なほどに縮まり、完全に捕えられてしまうかと思った瞬間、いままでとは違う身のひねりで、針の両手が41の顔面に突きこまれた。

41は低い声をあげ、鋭い噴射で身を引き離す。遠ざかるその目のあたりから、赤い筋が引き出され、小さな玉に分かれていった。

針の親指からも、同じ赤い飛沫が散る。

体勢をたてなおした41は、左目を失っていた。

「だっせえ！」

針は勝ち誇った叫びをあげる。

心がひやりとした。

気をつけろ、と俺は叫ぼうとした。

かつて601に両目をつぶされたことがある俺は、その意趣返しを見ることができたようで痛快だった。だが、相手の攻撃能力にさほどの影響がないことを針はわかっているだろうか。片目が無事なら大した意味はない。いや、両目をやられたって、下位視界にこの部屋の監視カメラからの映像を送れるはずだ。実際には、41はほとんどダメージを被っていないのだ。

飛び出したタイミングは完璧だった。

霧の入った檻だ。

拳のように突き出され、側面からまともに針の身体に激突する。

体を丸めた針に、もう一度、閉じ込められた霧の悲鳴とともに檻が叩き付けられる。

檻の枠が開き、霧の身体を放り出す。そこへ素早く41が針の身体を蹴り込んだ。枷の閉じる音が聞こえる。

41は、空気の噴出音を鋭く鳴らしながら、霧の両手両足を自分のそれでしっかりとつかみ、檻の中でもがく針を無表情に眺めた。

「わかったか。おまえの身体は最適解じゃない」

緩衝材がからまったままの檻を一瞥し、針を捕えたほうの檻に向き直る。

「あきらめて従え。力を抜け。施術に失敗するぞ」

おぼろげにしか察していなかったことが、ここではっきりした。この檻が、脳を取り出す用途も兼ねていたのだ。

やめて、と霧が叫ぶ。俺もおなじことを叫ぶ。

針が、檻のなかでいっそう激しくもがく。

檻が警告音を発した。

インターフェイスの声が事務的に伝える。

「現在の健康状態に鑑みて、頭部の切り離しは医療行為と認められません」

針の動きが静まった。

41の小さな舌打ちが聞こえたような気がした。

「状況を再評価しろ」

檻にむかって命じる。

「全環境レベルの危機状況だ。緊急判断による割り込み命令の適用範囲になる。再評価しろ」

こんなふうに、自律機械が背景情報を正しく参照できないことはままある。マシンパワーが足りないせいで、すべての外的条件を一度に検討できないのだ。こういうときは、人間がヒントを与えてやるしかない。母星の機械にはこういうことは起こらないのだろう。

「危機状況を確認できません」

「中央に照会しろ」

「現在、中央制御域との接続は遮断されています。人的な判断ミスの回避精度を高めるために、当機の判断フレームに従われることを推奨します」

「一時記憶が残っていないのか」

「メモリ節約のため、保持していません」

突然、激しい格闘が41と霧のあいだに起こった。空気の噴出音が続き、霧の小さな悲鳴でそれが終わる。

計画域で41が操作をする間、ほんのわずかに手の力が緩んだのだろう。

この部屋を始祖の監視から切り離していたので、檻も主システムとの接続を遮断されていたのだ、と気づいた。人間への致命的な傷害行為を防ぐシステムの禁則を回避するために、41はちゃんとロジックを用意していたのだろう。ところが、遮断のためにそれを参照させることができず、檻は融通のきかない小さな自律機械になってしまったのだ。

「危機状況に関する最新情報を確認しました」

すこしの間をおいて、檻が伝える。

針のはげしい抵抗が、それを吸収する檻の作業肢のうなりとなって聞こえてくる。

霧もはげしくもがく。41がさらにきつくつかみなおす。

檻が言葉をつづける。

「より重要度の高い禁止命令を確認しました。あなたは最上位メンバーであるビューダペストの所有物を侵害しようとしています。対象の頭部を切り離すことは、当該の所有物を保護する目的から、最上位命令によって禁じられています」

一瞬の間があった。

「おれの持つ権限によって命令を解除しろ」

「解除できません」

沈黙。

「所有物はなんだ」

「精子です」


41が針の身体を凝視する。

「あるよ、あたしの腹ん中に。手え出したら折檻されんぞ」

「まだ持ってたの!?」

霧の声が裏返った。「あたしはすぐ捨てたよ、あんなの！　気持ち悪いから」

ビューダペストの精子。

「遺伝情報じゃなくて、精子？」

たずねる俺に、針が顔をひとつ向けた。

「精子だよ」

「――なんで？」

俺はぼんやりと問うた。

霧が声に怒りのようなものをこめていう。

「何年経ったと思ってるの？　もう一〇年以上まえだよ！」

針はそれに答えず、俺に語る。

「おまえ、知らなかっただろ。忘れてるんじゃなくて、ほんとに気がついてなかったんだよな。あいつらが、おまえや雲に付いてるようなのを持ってないと思ってたんだろ？　普段は隠してたけど、どいつもこいつもちゃんと持ってたし、使ってたからな。雲は気づいてたかもな」

霧が首をねじり、41の身体の向こうから針の姿を見ようとする。

「ねえ、どうして、……どうしてまだ持ってるの？　ずっとしまってたの？　そこに？　お腹の中に？」

「うるせえなあ」

俺はただ二人のやり取りをながめた。

霧が深いため息をつく。

「もう……たしかにあんたが一番かわいがられてたけどさあ……。かっこ悪いでしょ、そんなふうにほだされちゃうなんて……。ほんとに、裏切りもいいとこだよ……」

「違うよ、バカ。そういうんじゃねえから」

「違わないよ！」

霧の声に涙が混じった。

「だって、全員殺すつもりだったんじゃないの？　……なんなの？　ビューダペストだけ特別扱いなの？」

「生きてたら、もちろんあいつも殺してたよ。それとこれとは別なんだよ」

「別ってどういうことなの！　やっぱりほだされてるんだよ！」

俺は41に訊いた。

「おまえは知ってたのか？　始祖があれを……使ってたって？」

41は俺を無視した。

それ、冷凍？　と霧が針にたずねる。

乾燥、と針が答える。

ビューダペストの意図がよくわからなかった。わざわざ睾丸を出力していたということになる。遺伝情報を保管させたいなら、単にデータを渡しておけばいいだけだ。エラーの多い生体組織として持たせることにどんな意味があるのだろう。

「別に、いつ棄ててもよかったんだけどな。ここで役にたつなら、とっといて悪いことはなかったよな」

針は意地悪な笑みをうかべ、

「で、だれが当事者じゃないって？」

沈黙。

「……ただの感傷だ」

その一言は、発せられた瞬間にくるりと翻って41自身を刺した。なぜかそんなふうに感じられた。それを聞いた俺自身が刺されたようだった。

つぎの瞬間、なにが起こったのかわからなかった。

霧と41が、ほんの一瞬、はげしく揉み合う。

いちど離れたかのように見えた二人の身体が、またぶつかりあう。

ぶつり、と音がした。

鋭く険しい声で霧が命じる。

「動かないで！　動かないで。……そう。わかった？　理解した？」

41は動きを止めた。

小さく舌打ちをして、霧は眉をしかめる。

「正しい出口を通せなかった……」

霧の足は、41の腰をしっかり抱え込んでいる。

膨らんだふたつの腹が接したところに、赤黒い浸みがひろがっていくのが見えた。

「始祖を呼ばないでよ。死にたくないなら。いま、あたしの刃先があんたの脳ケースに当たってるの、わかる？　簡単には抜けないよ、かえしがあるから」

41の手足がなにかの動作をはじめようとした、ように見えたところで、びくりと全身が痙攣した。

ほぼ同時に、檻のアームが一瞬だけサーボの動作音を発し、静まる。

「わかった、いまの？　軽く電流を通したの。蓄電細胞だよ。ちょっとでも動いたら一気に放電するよ。その殻は、物理的な衝撃には強いけど、電気的な絶縁はほとんどないでしょ」

41の目だけが動き、霧の下腹を一瞥する。

「無力化したつもりだったんだろうけど、あたしの母はそんなに単純なつくりじゃないよ。機械側の制御領域を初期化されても、ファームウェアを別の場所に塩基列で隠してあって、それを自動的に読み出すように子宮を生体記述（ウェットコード）してるんだよ。トナーだってちゃんと体内に予備があるの。汎細胞も脂肪に偽装してあるから、スキャンではわからなかったでしょ」

血色をうしなった足の指先が、41の脇腹に食い込んでいる。

「脳を黒焦げにするよ、ちょっとでも動いたら」

横目に俺の表情をみて、霧は静かにいった。

「奪われることへの備えがなくちゃ、生きていけないよ」

41はわずかに口だけを動かす。

「放電したら、おまえも死ぬ」

「そう。いやでしょ、そんなの」

針を見やって、汗ばんだ顔に小さく笑みを浮かべた。

「あたしが死を産む母だね、こんどは」

針の顔は、放り出されたように無表情だ。俺が視線を移すと、逆さまになったもうひとつのほうは、子供のころに見た泣き顔のように、くしゃくしゃに歪んでいた。

「あたしは、あたしだけの母じゃなくて、みんなの母になるよ」

声にならなかった問いに答えるように霧はいい、腰をしっかりと押しつけたまま、上体を近づけ、41の顔を両手でそっと包みこむ。

「やめようよ、始祖みたいに考えるのは。過去のものだよ、あんなの。あんたが一番軽蔑すべきものでしょ」

声に鋭さがよみがえる。

「するべきことをしなさい。自己保存のために。あんたが持ってる、システムの権限を渡しなさい。

——渡さなかったら、殺す。本気だよ」

41の表情はまったく変わらない。

計画域にひとつの窓が開いた。
霧のポインタがそれを即座にぐいと拡げる。
さらにいくつもの窓が開く。

三〇分後、俺たちは始祖を完全に制圧していた。

9

〈なんでおまえのほうがこいつらよりも必死で命乞いしてんだよ〉

俺は必死だった。

〈だめだよ。だめに決まってるだろ。殺すなよ。絶対に〉

無声通話で怒鳴るように繰り返す。

逆さまになっているほうの針が顔をこちらに向ける。

〈ここで殺させなかったら、一生あたしたちに恨まれるぞ〉

〈いいよ、恨めよ！　あとで俺に八つ当たりでもなんでもしろよ！　とにかく絶対に殺すな！　ほんとに！　頼むから〉

横目にみると、針の片手は後ろにまわり、腰のコネクタに取り戻した銃の母を握っている。その指が素早く一本ずつ開き、また強く握る。

〈そういうのさあ、あたしと霧に失礼だよ。死んだ二人にもさ〉

グランド・セントラルで、俺たちは始祖をすべて中央の籠に入れ、それぞれの身体を籠の枠に括りつけていた。

身体と脳の電子的な繋がりは、発話に関する部分を残して遮断されている。計画域との繋がりも閉ざされている。視覚機器にはパッチを貼り、ふさいだ。顔はみな表示を切られ、なめらかな黒いマスクが、動きをうしなって人形じみた身体のうえであらぬ方向をむいている。

脳のなくなった身体も、ふたつ、始祖たちと一緒に籠の中に入れられていた。ビューダペストとボストンのものだ。前部のカバーを取り外された腹が、ぽっかりと空洞をさらけだしている。脳が処分されたのか、それともどこかに保管されたのか、この短い時間では確かめられなかった。

41は、籠ではなく、さっきまで俺を閉じ込めていた檻のなかに収められている。

コロニーを標的にした母星の棘は、すでに航路の半分を進んでいた。到着まではあと七三時間。俺たちの〈巣〉へも、思った通り、向かっている棘があった。そちらはあと五八時間。戻る余裕はもちろんない。

針は、〈巣〉に残してきた兵装のある母を遠隔操作でまとめ、宇宙航行ができるように艤装し、離脱させようと考えている。その時間があるかどうかはわからない。霧は、自分はコロニーに持ってきた大きな母だけでいい、という。

そして俺は、覚悟はしていたつもりだったのに、〈巣〉そのものを棄てることのつらさに耐えかねていた。なににも脅かされず七年を暮らすことができたのだ。あれほど安全な場所は、もう二度と手に入らないかもしれない。

計画域に、針が開いたメインドックの見取り図がある。そこに置かれているのは、環境出力型の母がいくつか、霧の大きな母、針の大きな母、大小たくさんの仔、そして、ふたつの宇宙船。宇宙船のひとつは俺たちの〈斜めの魚〉だ。

俺たちの船は、三倍ほどの長さになっていた。

本来の船体のうしろに、巨大な質量の塊がつけ加えられている。手当たり次第に集めたトナータンク、希少元素のキャニスター、再資源化されていない金属スクラップやカーボン素材。ごちゃごちゃな寄せ集めが、ワイアと接着剤と簡易出力の金属フレームで何重にも固められていた。強度計算は設計補助ソフトが自動的に行っているはずだが、どこまで信頼できるかはわからない。

集められた物資の後ろには、推進剤のタンクが連なる。サイズの違うものが非対称かつ不規則にまとめられ、最後に大きなスラスター。

全部は持っていくな、と針に釘を刺したが、従っているようには思えない。

ふたりの大きな母についていては、それぞれ別に艤装することを考えたが、資材の量や作業時間の制約から、出発するときに〈斜めの魚〉にドッキングさせることにした。

――どこへ逃げるか。

まだその結論はでていない。

〈簡単に殺すだのなんだのっていわないでくれよ、頼むから……〉

〈簡単に殺したいに決まってんだろ。ごちゃごちゃ手間かけたくねえし、文句もいわれたくねえよ〉

そう俺にこたえながら、針は母をコネクタから抜き、また差し込む。

霧は、ねじれた表情としかいいようのないものを浮かべている。

始祖たちのほうを見て、溜息をつく。

〈あたしは、いいよ。殺さなくても。もう、通り過ぎちゃったんだと思う。そうしたいっていう気持ちの頂点を〉

下腹部にあてられたパッチに血がにじんでいる。

その顔が、苦い悲しみのようなものにたどりついた。

「行こうよ。あたしたちだけで逃げよう。時間がない」

始祖をどうする、と俺はきく。

〈どうもねえだろ！〉と針は吐き捨てるが、俺は食い下がる。

〈見殺しにしたくないんだよ。頼むよ。俺たちが脱出したあとで解放するように時限設定すればいいだろ？〉

霧が、檻のなかの41に声をかける。

「あんたも一緒においでよ」

41は何もいわない。こちらに視線を向けもしない。

霧は檻の正面に体をうつし、41の顔を見つめる。

「一緒にいこうよ。そんな形で、状況の中心にいることを追い求めてもしょうがないよ。結局は、始祖の思想に殉ずるってことでしょ？　搾取されて、すり減って……。あの子たちよりもずっとずっと苦しんで、無駄死にだよ、結局。あたしたちと一緒に行くほうが、したいことを出来るはずだよ」

41の表情は動かない。

「行け」

口だけの動きで、それだけをいった。

霧は41から目を離さない。

「それでも始祖たちと外星系に行くほうがいいなら、あたしも一緒に行くから」

霧の言葉に、なんでだよ、と針が大声をだす。

「途中で死ぬだろ、どう考えても！」

「まだわからないよ、それは」

「この期におよんで、おまえの現実認識はどうなってんだよ。あいつらが雲と珠を殺したんだぞ。あたしらも殺そうとしただろ！　どうしたらそれをなかったことにできるんだよ！」

檻の中の動かない始祖たちが、一斉に声をあげた。

「共倒れになるぞ！　もう時間が無い」

「個人的な感情に目を曇らされてる場合じゃないぞ！　大状況に冷静に向き合え」

「いや、好きにすればいい。なんでも持って行ってかまわん。おたがい非干渉でいこうじゃないか。拘束を解け！」

「私たちを殺すことは、未来を殺すことだ。私たちこそが正しい人類の礎であり、文明を正しい方向に導く存在なんだ。そのことを理解できるくらいの賢さはあるだろう？」

「41を解放しろ！　おまえらでは正しい判断ができん。すべて41の指示に従え！」

「われわれをどうしようと自由だが、おまえたちは我々のビジョンを継承していかなければいけないんだぞ。それを忘れるな」

「生命を与えられた恩義を思い出せ！　いま感謝を示さずしてどうする？」

「おまえがしくじったんだぞ、ディメンシオ！　おまえが二世たちの手綱をきちんと握っておかなければいけなかったんだ。当然の義務を怠った結果がこれだ」

「正気になれ！　おい、正気になれ！　おい、正気になれ！」

「これが母星を利する行動でしかないことをわかってるのかね？」

静止した出力物の身体のなかで、スピーカーだけが激しく振動している。

「うるっせえんだよ、どいつもこいつも！」

針が怒鳴った。

「大勢でワーワーさえずりやがって。ほんっとにむかつく。あたしら二世をたったの五人しか産ませなかったのは、自分たちが数で負けないようにってことじゃねえか。もう三人しか残ってねえよ。おまえらが殺したんだ。皆殺しにしてやりてえよ」

「リンガ！」

マーセイルが声を張り上げた。

「信じてくれ、あれは事故だ」

「嘘だ」

いうなり針が母で撃ち、マーセイルの頭部を吹き飛ばした。

止める間もなかった。

声を上げて取り押さえようとする霧を、針は三本の腕ではねのける。

マーセイルのスピーカーは無事だった。頭部をなくした身体が、薄れていく爆発煙のなかで四肢をこわばらせたまま回転する。

「嘘じゃない。おまえたちが感傷を抱いているのはわかる。それがおまえたちの判断にバイアスをかけているのは理解できる。だが、考えてくれ、私たちがみすみす未来への礎を殺すようなことをすると思うかね？」

回る身体がほかの始祖にぶつかり、止まった。衝突の勢いは順々にほかの始祖たちへ伝播し、群れ全体が籠の中で揺れ動く。

「母星に情報を送ってたんだろ？　あたしたちをだましてただろ？」

針が問いただす。

マーセイルは答える。

「知らせる必要のない情報というものはある。情報の共有を最小限にしておくことは秩序維持の原則だ。欺瞞でも隠蔽でもなく、保安上の統制なんだ。だが、なんであれ、おまえの主張は根拠のない憶測だ」

「おまえがそういうんなら……」

針は銃の母を構え直し、いい放った。

「やっぱり嘘だ」

針の母が、マーセイルの腹に照準を合わせる。

共有の計画域にそれが見える。マーセイルの身体が輪郭をふちどられ、ふくらんだ腹に照準が据えられる。そこに急所をもつ存在を破壊するためにデザインされ、産まれた母だ。

俺は腕を振り、その反動を使って右足を伸ばし、母の射線をふさぐように足先をひろげた。

針の母が撃ち出す仔は、それ自体の噴射で加速する。発射の直後ならまだ勢いは弱く、手や足でも簡単に弾き返すことができる。必要があればそうやって止めようと考えていたのだ。

計画域の管制画面で、発射のアイコンがひらめくのと同時に、照準枠にふちどられたマーセイルの身体を、指をひろげた俺の足先が隠す。

間に合った、と思った。

発射された仔は俺の足先に突き刺さり、炸裂した。

爆圧が足に大きなベクトルを叩き込み、全身が振り回される。いやな臭気がどっと吹きつけ、何かが頬をえぐるのを感じた。仔の破片か、それとも骨のかけらだったのだろうか。

俺の喉から、弱々しい疑問のような声が漏れた。仔の先端がそんなに尖っていたとは思わなかった。

足首から先が消えてしまっていた。

針の声がきこえる。

「おまえ……バカ……！」

痛みというより、激しい熱さとでもいうべき感覚が右足の先を包んでいる。それが、とつぜん裏返るように激痛にかわった。痛みは脈打ちながらどんどん強まっていく。驚いたときのような声がでる。

噴き出した血を認識して、グランド・セントラルの壁面に待機していた小型の母が飛んできた。作業肢のひとつを伸ばし、俺の太腿に高圧注射する。ぶよぶよとゆらぐ血の塊を吸い込みながら出力域のカバーをささくれだった足首にかぶせ、ぎゅっと締め付ける。

激痛がたちまちぼやけて熱い脈動になり、母が応急措置をする感触だけが伝わってきた。血管を閉じ、肉をまとめて押さえ、固着させている。ステイプラーの打ちこまれる衝撃が骨に固く響く。

温かいものに包まれる感覚のあと、母がカバーを開いた。

医療アイコンの刻印をつけ、完全な球の形に足首を覆った泡の塊が、固まるにつれて艶を失っていく。

次は機械の足先にしようかと、ふと思う。

やっと声がでるようになった。

「なんで安全装置をつけておかないんだよ……」

そんなもんねえよ、と針。

「殺すな！」

大きな声が出た。

いいたいことは頭のなかで絡まり、詰まり、なにも外に出すことができなかった。いつだって、頭で考えていることの一〇分の一ほども言葉にすることができないのだ。

殺すな。

ただ、その一言だけが出た。理を説くべきところで、結論だけが、叩きつけるような命令の暴力性をまとって飛び出した。心の底にあった禁忌が、それ自体の意思を持ち、俺自身の抑制をふりはらって針に襲いかかったようだった。

その怪物が、俺にもう一声を叫ばせた。


「殺すな！」


針が、短く深く、息を吸い込む。

眉間（みけん）をねじり、唇をゆがめてこちらを見据えていたその顔が、ふっ、と、糸をほどかれたように弛緩した。

力なく開いた唇のあいだに、ひとすじ、唾液が橋を架ける。

ゆっくりと、眠っているときのように首がかしぐ。

相手の顔にとつぜん現れた空洞に、俺は息をのんだ。

それは絶望の仮面だった。

悔恨と恐れが心を刺した。

自分の発した言葉が、針のなかの何かを殺してしまったのだと思った。

さかさまになっているほうの身体が、大きく息を吸うのが聞こえた。

俺のふたつの脛が強く握られ、目の前の身体が、右手に持った母をこちらの頬に力いっぱい叩きつけた。

頬の傷から浸みだして大きな玉になっていた血が、しぶきになって飛び散る。

針は無言でコネクタに母を戻し、俺のみぞおちを鋭く突いて、身をひるがえす。

霧がその体を受け止めた。

頬がしびれ、熱くなり、ずきずきと脈打った。涙が視界を歪めた。骨が砕けたかと思うほどに痛い。腫れがたちまち顔の半分を固く凝らせる。

足の手当てをした母は、いっとき顔の横へ近寄ってから、「頬の怪我に緊急性はありません」といい、奥のクレイドルへ戻っていった。

痛みがおさまる気配はまるでない。

「こいつらは置いてくからな」

二つの身体で霧にしがみつきながら、針がくぐもった声でいう。

「俺たちが出たあとで解放するようにしよう」

俺の懇願に、針はなにもいわない。

「……頼むから！」

言葉をつくるたびに頬が痛んだ。

計画域で針のポインタが活性化し、窓のひとつが前に差し出される。俺は一瞬ためらってからそれに触れ、始祖たちの拘束に解除時限を設定した。

行こうよ、と霧が41に声をかける。返事はない。

「いいよ、あたしらだけで行こうぜ」針がいう。

それはいや、と霧が鋭く答える。

「もう離脱しないとやばいぞ。行き先を決めようぜ」

そう針がいうのをきいて、俺があわてて声をあげる。

「ちょっと待って、ひとつだけ……」

「あきらめろよ！」針が即座に答えた。

41がこちらを見ずに口を開いた。

「原母なら、ないぞ」


——俺はどうしてもそれを持っていきたかったのだ。

下位視界に樹形図が拡げられている。

コロニーで使われている母の一覧だ。

母が出力した母、その母が出力した母、と、出力の関係を線で結ばれて、枝分かれしながら放射状に広がっている。俺たちの巣にある同様の構造よりも、大きく、複雑だ。ほとんどの枝は第四世代あたりまでで終わるが、いくつかは長く伸び、最長のものは第一八世代まであった。すでに廃棄されたものは半透明になり、マークが付されている。

仔も表示するように切り替えると、さらに枝分かれは細かくなり、図も平面から立体になる。

いま、樹形図の中央には、第二世代の母がぐるりと円を描いて並んでいた。

だが、その中心をなす一点へ繋がっているはずの線は表示されていない。中心にはなにもない。この樹形図には、すべての母であるはずの原母がなぜか置かれていない。

廃棄されたのだとしても、表示には現れるはずだ。現に、第二世代の四分の一ほどは、すでに廃棄ずみだとわかる。

コロニーを離れる前も、おおむね同じような表示を俺たち二世は見ていた。それはずっと枝のまばらな図だった。閲覧の権限が与えられていない項目は表示されなかったからだ。だが、まさか、41がもつ権限レベルですら原母が表示されないとは思わなかった。

俺は41を見た。

「ほんとに、おまえの権限を全部俺たちに渡したのか？」

41は答えない。

俺はさらに深層をさぐる。表示されてはいるがロックがかかっている、という領域もある。それらの制限をかたっぱしから解除して、開いていった。

そのとき、声が響いた。

「ただちに操作を中止しなさい。あなたにはその権限が与えられていません」

人間らしさが希釈された、標準インターフェイスの発声。

計画域のなかに、人間の口を図案化した発話体のシンボルが現れた。母のインターフェイスのようだが、ハードウェア側の識別表示がない。

それは同じ警告をくりかえした。

「ただちに操作を中止しなさい。あなたにはその権限が与えられていません」

俺は霧を見、針を見、始祖たちを見た。

「わたしは原母です」

声は、始祖たちのほうから聞こえていた。身体に内蔵された発話用のスピーカーが、始祖とはちがう声を発している。

「それはおまえにとっての原母じゃない」

41がいう。

「いや、これが原母だ」

マーセイルの声が聞こえた。

ついで、おなじスピーカーから、またさっきの声が発せられる。

「あなたは私を使用できません」

思わぬ返答に、身体がこわばった。

「おまえが俺の母じゃないっていいたいのか？　……でも、個人占用じゃないだろ？」

それとも、ビューダペストの占用になっていたということか？

「私はあなたの母です。あなたを出力しました」

俺は面食らい、それから腹立ちのようなものがこみ上げた。

「そうじゃないよ！　そんな意味で聞いてるわけないだろ？　おまえが俺の使える母なのかどうかを聞いてるんだよ。そもそも、俺はおまえに産まれてない。原母から出力されたんじゃない」

俺たち二世は、第二世代の母の出力域に出力された子宮のなかで出力され、産まれている。それ以前に何回かの失敗があって、ようやくまともに生育したのが俺たち五人だ。まともに、とはいえないかもしれない。本当は六人のはずだったところを、男がひとり生まれそこねた。針は脚のないまま生まれてしまった。

「私はこのコロニーの全出力系を統御する主体であり、すべての出力デバイスのインターフェイスを兼ねています。ゆえに、私が、そこから出力されたあなたの母であると言明することは妥当です」

びっくりした。

始祖たちの使っている計画域と、コロニーにある母ぜんぶをひっくるめたシステムの全体がひとつの母であり、すなわち自分なのだ、といおうとしているのだろうか。この、自分が〈原母〉だといい張る疑似人格は。

それは、俺の考える『母』とは違っていた。

俺にとって、母というのはあくまでも出力にかかわる機械的実体のことだ。計画は計画、出力は出力であり、別々に考えるべきもののはずだった。

その認識が、いま、ふと揺らぎだした。これのいうこともおかしくないような気がしてきた。これを『母』と呼ぶことが、にわかに正当性を帯びて感じられる。

「私は、あなたが『原母』と呼ぶ第一世代の出力デバイスに書きこまれていたファームウェアが発展し、出力系全体の統御機能を備えたものです」

「つまり、原母の統御ソフトだけが残ってるってこと？　それがこれなの？」

俺は始祖たちにむかってたずねたが、だれも口を開かぬうちにそれが答える。

「あなたが『原母』と呼ぶ第一世代の出力デバイスは一三四一日前に解体されました」

「解体!?　なんで？」

「あなたには知る権限がありません」

「老朽化だよ」

　マーセイルが言葉をかぶせた。

「ここへ持ってきてから、もう四半世紀を超えていた。本来とっくにジャンクにすべきものを、だましだまし使ってきたが、さすがに限度がある」

「でも、あれにしか出せない精度が……」

「そんなに大したものじゃない。なにしろ作りが古い。新しいレシピで産ませた第二世代や第三世代のほうが、よっぽど精度の高い出力をする。精度漸減というのは、古い考え方だよ。出力精度は、ハードウェアだけでなくソフトウェアにも大きく依存する」

「おい、いまするような話じゃないだろう！　早く解放しろ！」

　コーペンハーゲンが口をはさんだ。マーセイルは聞こえなかったかのように言葉をつづけ、

「だが、制御システムのほうは、使えば使うほど育っていく。それを残して拡張することには大きな意味がある」

　俺は、頭部を欠いて煤（すす）によごれたマーセイルの身体を凝視した。

「意味がわからない」

「システム上は、今もこのコロニー全体が原母の仔なんだ」とマーセイルが答える。

助けを求める顔で41を見てしまった。

「いまからいうアドレスを開いてみろ」

41が、単語三つのショートカットを口にした。俺はそれを復唱し、計画域に表示させようとする。

マーセイルのスピーカーから〈原母〉の声が響く。

「アクセスを禁じます」

しかし、システムは応じ、情報が現れた。

そこには別の樹形図があった。

頂点には、ひとつの母がある。

その下には、コロニーの中心モジュールがいくつか紐づけられている。原母が直接に出力した部分なのだと気が付いた。いくつかはもう存在しない。長い年月のあいだに解体され、新しいものに置き換えられたようだ。それらと並列に、さっきの樹形図で見たのとおなじ第二世代の母があった。そのうち環境出力型のものからは、コロニーのまた別なモジュールが線でつながれている。空気浄化機、熱プラント、高圧実験ユニット――

そこには始祖たちもあった。出力物としての始祖たちの身体が、原母の仔にあたるものとして、母や施設と同列に置かれている。ただ、ビューダペストだけがない。ボストンはあり、よく見ると、機能凍結されたという表示もある。だが、同じようなラベルを付されているはずのビューダペストはそこに並んでいなかった。

マーセイルがいう。

「おまえたちも知ってるだろう。基本的に、情報機能をそなえた出力物は、それを産んだプリンタの下位システムとして扱われる。母と仔はずっとつながっているんだ。自律機械には監視が必要で、プリンタの出力には追跡が不可欠だ。地球では、規制によって、そういうシステム設計を要求されていた。だが、そのほうがわたしたちにも都合がいい」

計画域に原母がマウントされているのではなく、コロニーの計画域そのものが、本来は第一世代の母の制御部なのであって、それを拡大して、そのうえで他の世代の母の制御ソフトを走らせているのだ。

計算資源の限られていた当初、原母に搭載された計画／出力システムのなかですべてをコントロールするのは理にかなったことだった。それをそのまま育ててきたのだ。そうマーセイルは説明した。

「ぜんぶ原母の下にぶらさげてんのかよ。気色わりいヒエラルキーだな」針が吐き捨てた。

そんな構造だったなんて、俺はまるで知らなかった。

「今すぐわたしたちを解放するんだ。ここで仲間割れに費やす時間はない。おまえたちは状況をコントロールできていない」

マーセイルの言葉につづいて、同じスピーカーを通じて、〈原母〉を名乗るものがいう。

「より高次の認知フレームにおいて、あなたたちは敵性の存在と結論付けられています。コロニーの内部システムへのアクセスを一切禁止します」

しかし、アクセスは妨げられていない。どの要素も操作可能なままだ。じつは不可視にされている範囲があるのかもしれないが、それを知るのは難しい。

「私には、メンバーの安全を確保する最上位命令があります。ただちにメンバーの拘束状態を解除し、コロニーの保護下に復帰しなさい。これは警告です。従わない場合は、あなたたちにとって致命的な手段を含む対抗措置を実行します」

汗が噴き出した。自分の顔が気持ち悪い膜に覆われたような感覚。あわてて計画域に意識を集中し、確認する。完全に経路は断ってあるはず。この〈原母〉にはなんの攻撃手段も接続されていないはずだ。

……本当にそうなのだろうか？　発話ができているということがそもそもおかしい。これをトリガーにしてなにかが作動するんじゃないか？　可聴域下でなにかの信号が送られているのかも？

「これより攻撃手段のデモンストレーションを行います。

秒読み開始。

五。四。三……」

俺はあたりを何度も見回す。

〈こいつには何もできねえよ、びびんな〉

針が無声通話でささやく。

なにも起らなかった。

「どういうこと？　だれかが声を変えてなりすましてるんじゃないの？」

霧が顔をこわばらせてたずねる。

「違う。疑似人格としては存在する。発話以外のインターフェイスを切り離されているだけだ」

41がそう答えた。

デモンストレーションが不発に終わったことを意に介さぬかのように、〈原母〉がふたたび命じる。

「私にはあなた方の行動を管理する権限が与えられています。直ちに指示に従いなさい」

なにもつかまるところのない広い空間に放り出されたような気持ちになってきた。子供のころにみた悪夢のようだ。

母がこういう人格を持ち、主体としてふるまうことが、とても異様だった。

母であれ仔であれ、自律性をそなえた機械が『私』という言葉を使うことは、背後になにかの人格があることを意味していない。本来、それは、コミュニケーションの便宜のために使われる単なる符牒のようなものでしかない。機械に一人称を用いた発話をさせることは、言語を操る存在に意思を見出さずにいられないという、人間がもつ認知上の脆弱性が許してきてしまった悪しき習慣なのだ。

だが、この〈原母〉のいう『私』は、どういうわけか、そういうものとは決定的に違う意味を持って話されているように聞こえる。

単なるインターフェイスではなく、ある意味でまるで人間のように、こちらの意思決定に口出しをする。そんなことは、本質的に間違っているとしか思えない。

『母を内包した人間』がそうするのならまだ受け入れられるが、単なる機械でしかない母そのものがそういうことをするのは、しかも、自分が母であることをその根拠にするのは、越権という域をこえて、異常なことだった。

「おい、いまはそれがビューダペストなんだぞ！」

キングストンの声だ。

どういうこと、と霧がたずねる。

「価値セットにビューダペストのものが使われてるということだ」とマーセイル。

「〈母〉の中心にあるのは、出力機構の制御命令群ではなく、価値基準の集合体だ。これがあればこそ、アップデートで出力制御の部分が更新されても、連続性が保たれてきたし、それが保持されて育っていくことに意味があるんだ」

たしかに、母の制御システムには、価値判断を行うための機能領域がある。

俺たちはそれを不要とみなして使わずにきたし、始祖がそうしているのにならっていたつもりだった。

だが、始祖たちはその機能を使っていた、ということなのか。かつてはそこに自分たちの価値観を書きこみ、いまはビューダペストの思想を上書きして、意思決定を肩代わりさせているのか。

「これがあるべき運用なんだ。ビジョンは、人間の手を離れても自走し、現実を牽引しなければいけない。だから、それをシステムに担わせることは理にかなっている」

「死んだ人間の価値観をテンプレートにしてるの？　それで、みんな従ってるの、それに？」

霧が、信じられないという面持ちでいった。

俺の心には憤りが育ちはじめた。

ビューダペストがテンプレートに使われていようが、どうでもよかった。

計画と出力のあいだに立ちふさがるような存在が母を自称するということが許せなかった。

そんなことはありえない。あってていいことじゃない。

自分は母だといいながら、機械的実体がない。実現とつながっていない。それじゃまったく意味がない。

要するに、これは、母じゃないのだ。

機械的実体を持っているかどうかは、つきつめればさほど重要ではない。だが、出力へ通じていないものを母とは呼べない。そのことに気がついた。

母は、いつでも未来へ開けている扉であるべきなんだ。そこに鍵をかけるような存在であってはいけない。

「こんなのは母じゃない」

口に出してみて、確信がさらに強まった。

「母じゃないよな」

針も無関心をあらわに同意し、

「もう気が済んだだろ。あきらめて行こうぜ」

だが、俺はまだ納得していない。

「ほんとに解体されたの？　部品は残ってないのかよ？」

41が俺を見ずに答えた。

「部品はある。出力機構の一部がほかの第二世代に転用されてる」

「ほんとに？　どの第二世代？」

針が呆れといらだちの混じった顔を向ける。

「この状況でまだそこにこだわってんのかよ？　おまえ、どんだけおめでたいんだよ」

顔に血が集まるのを感じたが、あきらめるつもりはなかった。

こんな状況だからこそ、こだわっているのだ。俺はどうしても第一世代の精度を手に入れたかった。これから行く場所がどこであれ、そこで生き延びていくために。

「だから、おまえがいう精度がどうのって話は、ただの思い込みなんだよ！」

針の言葉につづけて、41がいう。

「根拠がないわけじゃない。極微スケールの出力ではどうしても精度の問題が顕在化する。だから、俺のプロジェクトは原母の出力機構を組み込んだ母で進めてきた」

無事なほうの目で俺の顔をみて、41は続けた。

「おまえに必要な精度じゃない。そもそも、おまえはただ実現と無縁のがらくたをいじっていただけだ。おまえに母は不要だ。本当の意味でおまえに母が必要だったことは一度もない」

発射音が聞こえた。

針の母だ。

霧が驚きの声をあげる。

俺の顔は反射的に針のほうへめぐり、その視線の動きとちょうど逆の向きに、仔の噴射音が部屋を横切った。

あわてて視線を戻した先で、仔が炸裂する。

標的は、俺の足を手当てした母だった。

クレイドルに固定されたまま、破片と煙を散らす。

さらに、たてつづけに三回の爆発。二つは、すでに大きくえぐられた母の本体を粉砕し、三つ目が残りの作業域カバーを吹き飛ばした。だが、その寸前に、撃たれた母の作業域から黒っぽい何かが飛び出すのが見えた。

罵りながら、針がさらに二発撃つ。こんどの仔は、撃ちだされた先で急激に進路を曲げる。その前方を黒い影が飛んでいき、これも突然速度と向きを変え、視界から失せる。ふたつの仔はそれを追ってさらに進路を変える。その先には、壁面に寄せ集まった新世代のプロトタイプ群があった。入り組んだ物陰に黒いものが飛び込み、二つの爆発がそれを追い、作り物の手足を吹き飛ばす。

針はそちらに母を向けた。発射機構が小刻みに動き、プロトタイプのからみあった手足のなかに標的を探す。だが照準装置はなにも拾うことができない。

針は母を振り、41を狙い、怒鳴った。

「おまえ、なにを産ませた？　すぐ停めろ！」

41の檻がはじけた。

針が撃ったのか、と思った瞬間、鋭い噴出音とともに、そこから41の身体が飛び出した。

41の左手が、手首のところでおかしな形に曲がっているのが見えた。

なにか仕掛けを隠していたのか？

そのままあっというまに部屋を横切り、始祖たちの身体を閉じ込めている中央の籠の中へとびこむ。

罵りとともに41を撃とうとする針の身体に霧がとびつき、腕を押さえようとする。

「やめろ！　撃つな！」

「なんだ？　なにが起こった？」

「おい、やめろ！　この場所で武器を使うな」

「ここで俺たちを殺してなんの益がある？　正気になれ！」

爆発音を聞いた始祖たちの狼狽が、ひとかたまりの声になって押し寄せる。

「俺じゃない」

41の声が始祖たちの向こうから聞こえてくる。

「ハノイか？」

俺はそう訊きながら針を見、霧を見る。

針の母が、照準なしで一発を撃った。

仔は大きくカーブして始祖たちの中に飛び込む。

爆発音とともに、部屋の一角が閃光に照らされ、煙の塊がふくらんだ。

一本の腕が、まわりながら飛んでいく。

始祖のものだ。

やめろ、やめてくれ、とキングストンのうろたえ声。

41の声が響く。

「あれはおれの出力じゃない、権限をおれに戻せ！」

〈原母〉の語りが、始祖たちの喧騒のあいだから聞こえてきた。

「出力デバイスの状態を確認しています」

針が、悪態をつきながら、室内の監視カメラへの接続を見つけ出した。

針の母を統御する射撃管制システムが、複数のカメラからの映像をすばやく咀嚼する。計画域にグランド・セントラルの立体的な模型がつくられていき、そのなかで、白く滑らかな射線のカーブが、始祖たちの身体を盾にした41に結ばれる。あとから加わった情報にもとづいてすぐ再計算がなされ、カーブは部屋の反対側をめぐって41の背中に命中するコースに描き直される。

母を構えていないほうの針が、背中のストラップから四角いケースをはずし、もうひとつの半身に投げる。投げられたほうは見もせずにつかみ、手に持った母の側面に叩き込むように接続する。射撃管制の画面で表示が更新され、仔の残数が増える。予備出力しておいたものらしい。

待って、撃たないで、と霧が叫び、殺されたいのかよ、と針が母をかまえたまま怒鳴る。

「針、原母だ！　原母がなにか産ませたんだよ」

そういいながら、俺は、計画域を必死で探った。すぐに俺たちの領域を切り離さなければいけない。霧の手がすこし早かった。

〈斜めの魚〉の内部システムを中心とする俺たちの計画域が、コロニーの計画域との接続を絶った。下位視界の奥行きがいっきに減じる。表示項目がごっそりと失せ、コロニーの樹形図も消える。

針の母が動体検知を走らせ、からまりあったプロトタイプの背後にようやく物体の活動を拾い出した。だが、照準画面のなかで輪郭を縁取られた瞬間、それは目の前にとびだしていた。

物体はひとつではなかった。

十数個、41が使った仕掛けのように、部屋のなかで等間隔に整然と浮かんでいる。

多面体のまわりになにかぼやけた部分がある。移動のために羽ばたく部位らしい。

溶けるような変転をへて、それらが細長い円錐の形になった。

あの棘だ。

呆然と焦点をむすぶ俺の知覚が、窓の外の空間にも、まったく同じ大きさの、同じ形の棘を見つけた。

一瞬、ふたつはおなじ方向を指し、それから、窓の向こうにあるほうがゆっくりと向きをかえる。

窓の外にあるほうの棘がその輪郭を崩した瞬間、錯覚が消え、ほんとうの大きさが知覚に飛び込んできた。それは数百メートル先の空間に浮かぶ、長さ数十メートルの物体だった。

41が、始祖たちのどよめきをかきわけるように声を張り上げる。

「原母じゃない！　母星だ！」


窓の外で進行する異変の本体に気づいた。

コロニーの内壁が、たくさんの黒い四角形で不規則におおわれている。目を凝らしてはじめて、それらが次第に大きくなっていることに気づく。ひとつひとつがかなりの大きさであり、かなりの速さで成長しているのに、空間全体が巨大なためにほとんどそう感じられなかった。

異変はしばらく前から始まっていたのに、室内の出来事に気を取られて、気づいていなかったのだ。

「41！　説明しろ！」

問いただすマーセイルを〈原母〉の声がかき消した。

「システムを調査しています。使用可能な資源および出力環境を発見しました。出力を開始します。

計算機資源の確保は……」

母星にシステムを占拠された、と41が怒鳴る。

「まだ本体が到着していないのに？」

「遠距離通信だけで穿孔できたというのか」

「誰か警戒域を縮小したのか？」

「防衛機構は生きてるはずだ。ありえない」

うろたえたどよめきの中から、ふたたび無感情な声がうかびあがる。

「当該施設の資源化は、現在七パーセント完了しています」

俺はようやく気づいた。母星から来た何かは、すでに〈原母〉を上書きしてしまっている。

室内に浮かんだ棘は動かない。

だが、一番ちかくにあるひとつに目を凝らすと、表面がめまぐるしく変転しているのが、かすかな光の反射でわかった。

無数の細かい突起が、突き出しては表面を流れ、消えていく。

霧の手が、痛いほど俺の腕を握り締めている。

俺の足先は針の腕を握っている。

いつのまにか俺たちは壁ぎわにぴったりと身を寄せていた。

「権限をおれに戻せ！　全員死ぬぞ」

41の叫びに、始祖たちが一斉に沸き立つ。

「渡してやれ、急げ！　おまえらの手には負えん」

「41に渡すな、我々に渡せ！　状況を正しく把握できるのは我々だけだ」

「どちらでもいい！　とにかくおまえたちには無理だ！」

「なにをやってる、早く決断しろ！　手遅れになるぞ」

「宇宙の声を聞け！」

「おまえらは黙れ！　殺すぞ！」

41が、言葉そのものとは奇妙に乖離した平板さで怒鳴り声をあげた。

始祖たちは静まった。

ゆっくりと、始祖たちの向こうに41が身体をみせた。

針の照準ウィンドウのなかで、その身体がふちどられる。腹が中心に据えられる。霧のつくった刺し傷に小さなパッチが当てられている。

41がいう。

「規模を比べろ。どっちが深刻な脅威だ。おれか、母星か」

針はまだ41に母を向けている。

「針、41に渡してくれ」マーセイルの声。

「黙れ！」

41がふたたび怒鳴る。

俺は認証ウィンドウを開き、41に権限を許す手続きをした。権限譲渡には俺たち三人の承認が必要だ。

画面には三つの鍵がならぶ。ひとつを俺が開錠する。

すぐに霧がもうひとつを開く。

真ん中のひとつだけが残った。

霧が身を転じ、母をかまえていないほうの半身に身を寄せ、針の顔を両手で叩くように挟んで叫ぶ。

針！　渡して！

部屋の向こうで、41の目が大きく見開かれている。片方は黒い穴だ。その口が名前を呼ぶ形に動く。

「頼む」と声がとどく。

俺はもういちど針に目をむける。

最後の鍵が、金属音とともに開錠された。

空気が硬い拳になり、全身を打つ。

窓の外に、黒い粉状のものがわっと広がっていく。破片だ。なにが破壊されたのか、と思った瞬間、ドームの窓がこちらにむかって迫ってきた。いや、グランド・セントラルの空間全体が動いている。

窓がぶつかり、こちらの身体がそのまま押しつけられる。振動が骨にひびく。全身を襲う加速の不快感。スラスターの噴射だ、と気づくのと同時に、もうひとつの衝撃があった。

計画域が見えない。下位視界は奥行きのない空白になり、知覚接続が途絶したことを示すアイコンがひとつあるだけだ。

首をねじまげ、窓の向こうをなんとか見ようとする。視界の隅に、みるみる小さくなっていく円がある。

コロニーが遠ざかっていく。

ちがう、グランド・セントラルがコロニーを離れていく。

10

加速がおわり、身体が窓からはがれた。窓の向こうは、室内の光を反射してほとんど見えない。目を凝らし、中心に光の円をみつけた。ぽっかりと口をあけたコロニーの円筒空間だ。それがみるみる遠くなっていく。

切り離したのか、切り離したのか、われわれに断りもなく、と始祖たちが騒ぐ。

「相対位置を固定する、つかまれ」

41の言葉を咀嚼するまえに、グランド・セントラルの空間が、ゆっくりと回りはじめる。向きを一八〇度変えたらしきところで止まり、ふたたびの噴射、こんどは減速の方向だ。窓がまたぶつかってきた。俺はあわてて腕をのばし、勢いを受け止める。霧のちいさな悲鳴が聞こえる。

悪態と炸裂音。

首をめぐらせると、もうひとつの炸裂音が、目の前の空間に小さな爆炎を開かせた。炎は煙に黒ずんでいき、丸く膨らむのではなく、加速にひきずられて奇妙な形に伸び、広がる。

針があの小さな棘を狙い撃ちにしていた。壁に押し付けられ、大きな段差にねじれた体を苦しげに沿わせたまま、母をかまえた腕を振る。計画域は死んでいるから、母に内蔵された照準機構のみで狙っているということか。

「その武器の通信を切れ！　有線にしろ、急げ！」

41が針に怒鳴った。

「先にこいつらを――」

「切れ、急げ、侵入される」

声の切迫に押されるように、針は手にもった母の側面パネルを外し、腰のコネクタから引き出した通信ケーブルをそこへ繋いだ。

「ちゃんと殺せ」と41がさらに怒鳴る。

「送受信の機構をぜんぶ潰せ。使えるままにするな」

そのとき、減速の噴射が終わった。

針は壁から身を離し、もう一方の両手で身体を支えながら、母の内部からなにかを引きちぎった。

一瞬、耳を澄ますような顔になったのは、機能がおかしくなっていないことの確認だろう。41をにらみ、また母をかまえて敵を探す。

ひとつ撃ち、炸裂音。

それから怪訝な表情を41に向ける。俺にもわかった。棘はもう動いていない。なにかを待つように中空の同じ位置に留まっている。

「〈元(もと)〉を殺したのか?」と針がきく。

「システムから感染体を削除した。コロニー本体との通信を遮断したから、ほぼ無力だ。だがまたすぐ来る」

針は無言でのこりの棘を撃ち、破壊していく。41にまた顔を向け、怒鳴る。

「なんであたしたちの船との接続を切ったんだよ!」

「繋いでいたら穿孔される。おまえの母は今どこにある？　あの大きい母だ」

知らねえよ、といらだちをぶつけたあと、針は少し考え、

「さっき、メインドックからは逃がした。こっちからの指示がないから、どっか近くで止まったはず。そうだよ、あれを呼べよ！　武器が――」

「通信は危険だ。あれも乗っ取られる」

「そ――」

計画域は、と俺がいいかける。

「そこから繋げ。共有しろ」

41が指さす壁に、有線通信用の接続パネルがある。俺たちはいわれるままそこへ近づき、古いケーブルを曳き出し、自分たちの身体のコネクタにつないだ。長いあいだ使う必要のなかった有線通信用のポートだ。霧と針は、腰にコネクタがある。俺は耳のうしろ、すこし上のあたりにある。

ユーザー導入の認証画面が開いた。俺たちの船のシステムではない。だが知覚照合はすでに処理済みで、すんなりと計画域に入り込むことができた。つまり、俺たちの船に記録されていた個人の知覚マップがそのまま移行されているらしい。

説明しろ、説明しろ、と始祖たちがわめく。

「俺が確保して隠していたサブシステムだ。ハードウェアはぜんぶ居住区にある」

計算機のハードウェアは、コロニーのあちこちに分散している。それらがひとつに統合されて、コロニー全体の制御システムを形成しているのだ。41は、居住区を切り離すことで、このシステムからいくらかの計算機資源をもぎとり、新たなシステムを作ったということになる。

いま母星の侵入プログラムに乗っ取られているコロニー本体のシステムは、計算機の一部をとつぜん失った。だが、冗長性は確保されているから、ダメージはあまり期待できないだろう。

俺は下位視界のなかで視線を動かし、新しいシステムをざっとながめる。

居住区の立体全図、構成ハードウェアの樹形図、ついさっき発生した外部からの侵入と撃退のログ——

俺たちが船と一緒に持参したものと同様に、小さく、奥行きの乏しいシステムだ。

霧が41にたずねた。

「知ってたの、ここを分離できるって？　それともあんたが仕込んでたの？」

「元からの仕掛けだ。実験区画で事故が発生したら居住区だけが離脱できるようになっていた」

最初の衝撃と、窓の外に見えた破片は、切り離しの爆破によるものだったのだろう。

計画域のなかに、観測レーザーのスキャンによる、片面だけの粗い立体像があらわれた。居住区を失ったコロニーの姿だ。円筒の端がぽっかりと開き、内部の空間をさらけだしている。空間のなかにはちいさな物体がいくつか見える。母だ。

円筒の外周、開いたほうの端ちかくには、角ばった輪郭をもつメインドックが突き出している。表面のトラス構造は精度の低いスキャンに崩され、表示のなかで瓦礫をよせ集めたように見える。開口部から、俺たちの船の輪郭と思えるものがほんのわずかにのぞいていた。

41が操作したのだろう、立体像はすぐに小さくなり、近傍空間のマップに組み込まれた。

縮尺がさらに小さくなっていくと、切り離された居住区がマップの表示域のなかに見えてきた。いま、コロニーの本体と居住区は三キロメートルほど離れている。居住区は一八〇度回転し、グランド

・セントラルのドーム窓はコロニーから見えない側にある。
「コロニーからの攻撃はもう始まってる。こっちのシステムに穿孔しようとしてる。どのくらい持ちこたえられるかわからん」

その目をみるに、意識のほとんどを計画域に向けているようだ。

通信機構を不活性化すれば、といいかける俺を41は遮り、早口で、

「収束させたマイクロ波で受信設備を強制的に励起させて、突破コードを刺そうとしてる。こっちは〈窓〉が多すぎる」

セキュリティログに目を向けると、項目がまさに勢いよく増えつつあるところだった。脅威レベルはいずれも最大で、侵入の試み／撃退、侵入の試み／撃退――

居住区にはいくつもの通信機器があり、幾通りもの経路がある。コロニーに巣食う母星システムは、その扉をかたっぱしからこじ開けようとしている。

「あたしたちの船とコロニーと接続は切ったよ、あんたがここを切り離すまえに。だから――」

霧の言葉も遮られ、

「それだけでは足りない。直前に侵入された可能性がある。そうでなくとも、ここと同じで、すぐに穿孔される」

居住区の全体図に、赤い点がどんどん増えている。俺はぎょっとして詳細を開いた。通信ポートがつぎつぎと機能停止に陥っていた。〈物理的な構造喪失〉を示すアイコン。

41へ目をむけると、相手はこちらを見ずに答える。

「仔だ。俺がやらせてる。仔もすべて有線制御に変えた。外のアンテナも潰す」

窓の外に物体があらわれた。おどろいて目を凝らし、母だと気づく。居住区のサブドックに置かれていたもののひとつだ。計画域に活動中であることの表示が見える。母は、室内からの明かりをうけて、黒い背景から輪郭を浮かび上がらせ、姿勢制御モーターをまたたかせて向きを変える。

出力口から作業肢が長く伸び、それが居住区の外壁へ近づいていったところで、まぶしく火花が飛び散った。

大きな警告アイコンが計画域に飛び出した。通信アンテナクラスタが機能を失った、と知らせている。〈診断：大規模な攻撃の可能性あり〉。

知ってるよ、と針。

「このまま逃げられないの、居住区だけで？」と霧がきく。その目は計画域に深く潜り、居住区の構造図を開き、機能情報をあさっている。

逃げろ、逃げるんだ、と始祖たちの声。

「航行能力が足りない。あの船を奪還するしかない」と41がいう。

「——あたしたちの船を？」霧が目を見開く。

「そうだ」

俺は鋭い恐怖をおぼえた。船を奪還する——いったい、どうやって？

だが、たしかに逃げる手段はほかにない。

それならいっそ始祖の船を、と考えてから気がついた。始祖の船には俺たちが使える居住施設がない。耐g設備も、脳の容器だけになった始祖を前提にした設計だろう。新たに出力するとなると……たぶん時間が足りない。

「居住区を改造すればいいだろう！　このまま逃げろ！　われわれを危険にさらすな」

吠えるキングストンには目をむけず、41が説明する。

「推進剤が足りない。大型の母もここにはない。これでは逃げ切れない」

「おまえは間違ってる、話を――」

「黙れっつってんだよ！　脳みそ吹っ飛ばすぞ」

針が怒鳴った。

光学受像のウィンドウに、正面からとらえたコロニーが映し出されている。霧がしきりにポインタを動かし、拡大し、画像操作し、メインドックの中で俺たちの船がいまどうなっているかを知ろうとする。だが、俺の目はコロニーの内部に引き寄せられた。

円筒空間の内部には、たくさんの動きがある。

動いている物体のいくつかは、コロニーにあった母だろう。そのほかのものが何なのかはわからない。乗っとられた母が出力したもののように思える。

出力が進行している。コロニーの内部で動く物体の数は見るうちにも増えている。

だが、なにが出力されているのかはわからない。そして、物体は、現れるだけでなく、消えてもいるようだ。俺の知覚は、状況をただめまぐるしい変転として受け取ることしかできなかった。

心のなかでひとつの確信が形をとりはじめた。コロニーの、実験区画の内部がすべて出力域になっている。コロニー全体が、巨大な母、母星の母に作り変えられている。

「おまえの母を取りにいく。あれの武装が要る。手を貸せ」

「どうやってだよ！　おまえがあたしたちの船との通信を切ったから呼べねえよ」

41と針の声が、俺の意識を現実のほうへ引き戻した。

針の大きな母は計画域にとらえられていた。識別コードの発信はないが、レーダーで位置がわかり、光学受像もわずかに輪郭をつかまえることができた。近傍空間のマップでみると、それはコロニーからおよそ二キロの位置にあり、居住区からの距離もおおむね等しく、コロニー、居住区、針の大きな母は、ほぼ直角二等辺の三角形をなしていた。

「居住区のサブドックに母がいくつかある。あれで取りに行く。有線操作で」と41がいう。

マジかよ、と針は額をゆがめる。

41は畳みかけるようにたずねる。

「おまえの大きな母の、自律性のレベルは」

「なんにも余計なことはしねえよ。いまは待機」

「推進剤は」

「減速に使っただけのはず。あとは動いてない」

通信を絶つ直前のデータが居住区のシステムに残されていた。それを針のポインタが開いてみせると、七〇パーセントが使用可能、とある。そこからさらにすこし減ったということか。

「でも、もう乗っ取られてるかもしれないでしょ？」と霧がいう。

「その可能性はある。だが、あれのアンテナはさっきレーザーで潰した」

針が、驚きとも憤りともとれる声をあげた。41はそれを無視し、説明する。

「向こうがスタンドアロンなら感染体を圧倒できる。〈庭〉はこちらのほうが広い。必要があれば内部システムを初期化する」

母に搭載されている計算機はそれほど大きくない。電子戦においては、計算領域の大きさによってほぼ趨勢が決まる。針の大きな母がもし乗っ取られているとして、コロニー本体の、すでに母星の電子的な侵入体の支配下にある計算領域と繋がっているなら、通信のタイムラグがあるにしても、圧倒的に向こうの優勢になる。通信を開いた瞬間、こちらの防護壁を難なく破って、母星の侵入体がなだれこんでくるだろう。だが、コロニー本体と切り離してしまうことができれば、そこまでの演算能力をあの小さな敵は持ち合わせていない。こちらの扉を開かせる暗号を見つけだすための計算をやり切ることができない。一方、こちらは、それなりに大きな拳で、敵を握りつぶすことができる。奪い返した計算機たちをすぐに均(なら)して、こちらの〈庭〉として使うことができる。

だが、実際にそううまく対処できるだろうか。それに、どうやってあれに接近する？　理屈では退けようのない恐怖が、心のなかにいよいよ黒く、深く、冷たく広がっていく。

「攻撃してきたら？」と霧がきく。

「仔で迎撃する。どのみち、おまえの大きな母を確保できなければ俺たちは終わりだ」

「母星からなにか飛んできたら？」

「まだ観測可能な距離にはない」

さっきアンテナを焼いた母が、窓の向こうで新しい動きをみせた。トナーで黒ずんだ出力域のカバーから、作業肢のアームが長くのび出し、先端にとりつけられた工作機器が母自身の側面パネルに近づいてゆく。そこには細長く板状に突き出した通信アンテナがある。

一瞬の閃光が煙の塊になってふくれあがり、破片が飛び散った。

工作機器のレーザーがアンテナを焼いたのだ。

作業肢はアンテナの基部をさらに焼き、深くえぐっていく。たくさんの平行線を書くようにレーザーがすばやく母の側面を走査し、オレンジ色の火花を散らしながら、黒く四角い穴を母の側面に彫りこんだ。

母は、通信用のケーブルを長く曳いている。作業肢はそこへ伸ばされ、取り回し用の補助肢とコネクタをまとめて焼き切った。煙と溶けた金属粒がまわりに漂う。俺たちの小さな計画域のなかで、母をあらわすアイコンがひとつ、樹形図の枝先で〈通信途絶〉のフラグを立てた。

作業肢のレーザーはコネクタの基部も周到に焼きつぶし、四角い穴を穿つ。

「あの母を囮にする。針の母に攻撃させてコロニーを一時的に無力化し、その間に船を回収する」

スラスターを小さく噴射し、母が視界の外へでていく。カメラがそれを追う。計画域の画面上で母は姿勢を整え、噴射ガスの尾を長くのばして、まっすぐに加速する。近傍空間のマップには移動する小点があらわれ、予定軌道がコロニーの円筒へつながる白い直線として描かれる。俺は母の移動を見つめる。遅い、と感じ、それから、速い、と気づく。早すぎる。まだまるで心の準備ができていない。

「コロニーに侵入した奴は単なる斥候だ。居住区への侵入の試みも、ただの探針だ。まだ向こうは〈思考〉していない。人間が出てくるまえに叩く」

41が宣言し、腹に叩きつけられる拳のように、俺の下位視界に最高優先度の処理要求が飛び込んできた。居住区のサブドックに格納された母のひとつに、41が接続を求めている。

「おまえと霧で船を確保しろ。サブドックの母を使え。通信ケーブルを出力しながら近づく。針の大きな母が攻撃するタイミングで飛び込め」

俺は霧の顔をみる。霧は小さくうなずき、わかった、といった。

俺はうろたえて41をみる。

「ケーブルを出しながらなんて、無理だろ……」

「侵入されないことが第一条件だ。これでいく」

41は説明し、出力準備の状況が計画域に表示される。通信ケーブルは多軸の光ファイバー。それを高強度・低反射のポリマーで覆う。全体の直径は七ミリ。同時に二本を出力し、すこし離して平行に曳いていく。一本が切られても予備とするためだ。緊急の補修のために、その機能だけを読み込ませた完全自律の仔を追従させる。

ケーブルは高圧射出で形成し、シミュレートによれば、毎秒約一六メートルを出力できる。カーボン分子の超伝導チューブではこうはいかない。出力に時間がかかりすぎる。

射出部に光学センサを配せば、出力しながら通信できる。

コロニーへ、およそ三分をかけてゆっくりと近づいていくことになる。

「あたしの大きい母を回収したら、ちゃんとあたしに使わせろよ。あれで全部ふっとばす」

「やめろ。無理だ。時間稼ぎだけに使って、すぐに脱出する。本体の棘がここに到達したら勝ち目はない。あの運動エネルギーに対抗できるだけのリソースがない」

おまえが決めるな、われわれに指揮権をもどせ、とキングストンが大声をあげる。俺たちは顔をみあわせ、なにもいわない。

41が、コロニーの観測画像にマーカーをつけていく。それから、無声通話に切り替え、霧にたずねた。

〈これをおまえの大きい母の照準システムに渡せるか〉

〈できる〉針もおなじように無声で答える。

〈先にレールガンを使え。何発撃てる？〉41は針の武装に目を通してあるらしい。

　針は小さく口を開き、眉間にたてじわをつくる。

〈……三〇発くらい。弾体(シェル)はもっとあるけど、蓄電がそのくらいしか保(も)たない。急速発電すれば追加であと二発ぐらいだな。砲身は保(も)つはず〉

〈まず、通信設備を完全に破壊しろ。それから、コロニーの計算機を狙え。できるだけ奴らの〈庭〉を焼く。出力物のなかにも計算機があるだろうが、まだコロニーの電子的基盤への依存が大きい可能性に賭ける〉

　マーセイルがするどく指摘する。

「会話を隠すな、それは事態を悪化させるだけだ。情報の共有なしに生き延びられると思うのか」

　俺たちはそれを無視する。

　計画域の表示が、サブドックで三つの母が通信ケーブルの予備出力を始めたことを知らせる。仔が位置につき、サブドック側でのケーブルの取り回しを準備する。追加のトナーが母それぞれに搭載される。居住区に残る仔すべてになんらかの武装がアタッチされていく。ハノイの作ったものだ。

〈いま、コロニーの計算機資源は、ここに半分ちかくがある〉

　マーカーがついたのは、円筒の実験区画の一点だ。

　記憶がよみがえった。〈コーペンハーゲンか〉

〈そうだ。ここをまず潰す〉

　昔、コーペンハーゲンがビッグバンのシミュレーションをするために出力した計算機クラスタだった。その後放置され、システムを構成する計算機群の一部になっている。しかし、まさかそれだけで半分近くを占めているとは思わなかった。無駄遣いにもほどがある。

　敵の電子的基盤がまだ俺たちの計算機に依存しているなら、この場所の脆弱さのなかに向こうは取り込まれているということになる。それをどんどん切り崩してやればいい。針は生存環境を破壊せずに戦うことの重要性を説いたが、いま、ここではその逆をやってやろうというわけだ。

「やめろ、いきなり攻撃するな、相手の出方を待て」キングストンがあわてた声をだす。

〈ミサイルは自律型か、大きな母からの誘導か〉41が針にたずねる。

〈混ざってる〉と針。

〈誘導型のほうは固定照準で発射しろ。発射後の通信はすべて切れ。乗っ取られるおそれはあるが、数で圧倒するしかない。先に自律型を撃ちこめ〉

　41は俺に目を向け、指示を出す。

〈母を船に到着させたら、まずケーブルを船の通信ポートに繋げ。そのまま有線操作できればいいが、おまえたちの船はたぶんシステムが乗っ取られている。駆除の必要がある〉

　俺もそれを恐れていた。41がそういうのを聞いて心がひるむ。

〈通信ケーブルを繋いだら、船とメインドックを繋いでいる通路を、メインドック側で切り離して外に引っ張ってこい。それに居住区をつなぐ〉

　不安がいよいよ高まる。本当にできるのか。俺は必死で作業の手順を考える。母に内蔵された出力機構でどうにかなるはずだ、だが……。

〈でも、宇宙服は着るだろ？　それを着て跳べば――〉針がそういいかけるが、

〈宇宙服はすべて資源化されて、いまはない。始祖には必要ないからだ。簡易式の宇宙服を出力するが、それだけで船へ移動するのは危険が大きい。通路を繫いで与圧できるほうがいい〉

41は霧に顔を向ける。

〈おまえの大きな母はメインドックにあるか〉

〈……あるはず〉

〈使えるならあれも使う〉

〈回収できればね〉

〈おまえはあれを回収しろ〉

霧が手を伸ばし、41の腕をつかんだ。

41は霧の顔をみる。

〈――自分だけ助かればいいと思ってる？〉

そういって、霧は相手の目をじっと覗き込む。

〈それとも、自分は死んでもいいと思ってる？　……どっちもダメだよ。いっしょに逃げるよ。いいね〉

41はなにも言葉を返さない。

サブドックの三つの母が、準備完了をしらせた。

〈行け〉と41がいう。

11

母の目が俺の目になった。

サブドックから発進した三つの母は、出力域をうしろに向け、最高効率の稼働でケーブルを出力しながら、一定の速度で飛んでいく。ケーブルを射出する反動で加速されてしまうので、小刻みに減速の噴射を加えることになる。

意識を母に集中させるために、俺は目を閉じていた。

自分の身体が、なにもない虚空を飛んでいる。底なしの空間に囲まれているという感覚は恐ろしいほどにあるが、移動の感覚はほとんどない。目の前のコロニーはいっこうに近づく気配がない。

いままで、母や仔は計画域上のインターフェイスを通して操作してきた。母の〈内部〉に知覚的に格納されて操縦したことはなかった。そんな必要がなかったのだ。

俺は、目を閉じながらも壁のバーを握っている手に力をこめ、自分本来の身体のありかにしがみつこうとした。

グランド・セントラルの壁面には、つかまるためのバーが六角形のパターンをなして半球の全体に取りつけられている。ほとんどがプロトタイプに覆われて見えなくなっているなか、わずかに開いた隙間にあるそのひとつのなかに俺たち三人がかたまって身を押し込み、それぞれの下位視界に意識を投じていた。

俺のとなりには霧がいる。そのさらに隣に針がいる。二人の呼吸が耳にとどき、霧の身体を通して針のせわしない身じろぎも伝わってくる。

41はすこし離れた場所に浮かび、俺たちが接続しているのと同じ壁面のコネクタへケーブルでつながれている。

近傍空間のマップに、いま四つの白い線がある。

ひとつが囮の母、のこり三つが俺たち三人のあやつる母。俺と霧の線は平行に、ほとんど一本の線になり、針の線は斜めに大きく離れ、二キロ先にある針の大きな母をめざしている。囮の母は、おれたちの線とならぶ線のうえで、すこし先を移動している。

光学受像で伝えられるコロニーの内部空間には、さらにたくさんの物体が現れていた。

これからそこへ近づいていかなければならないと考えると、身体の芯が冷たくなる。

「おい、侵入体の出力は今どうなっている？　それは〈門〉だ！　間違いない」

声を張り上げたのはヴラダヴォストークだ。

「人間の出力が可能になったといいたいのか」とコーペンハーゲンがたずねる。

「そうだ。破壊してはいかん！　向こうは挨拶をよこそうとしてるんだ」

「人間は出てこないぞ！　地球ではすでに人工知能が覇権をにぎっているはずだ。出力によって転送できる知性体しか人間とみなさなくなっているんだ。あとは家畜の扱いだ、民族を問わずな。脱出のまえにもっと破壊工作を進めていればこんなことには……」

ハノイの声が割り込んだ。

「攻撃をするつもりなら、おれの指示を仰げ。おまえらには戦争のやり方がわかっていない」

〈本当にわかってたら、てめえらなんかとっくに皆殺しにしてるよ〉

針が声にださず毒づいた。

「心配することはない、地球にはもはや兵器という概念がないはずだ、争いが消滅したはずだからな。通信が途絶したのはそういうことだ」リーマが得々と語ってみせる。

「おまえは馬鹿なのか？　人間活動が消滅したから通信が消えたんじゃないのか」コーペンハーゲンが憤然といいかえす。

「人間はいるはずだ、そして、まだ人間の姿をしているはずだ。あそこにいるかぎりは身体を作り変える必要などないはずだからな」

「そんな認識をもってるなら、たとえ〈人間〉が出てきてもそれとは気づけんだろうな。物理的実体をもっているかどうかもわからんぞ」

二人のやりとりを無視し、ハノイが呼びかけた。

「まだここにはおまえの知らない兵器があるぞ、41。おれたちを解放しろ」

「やめろ、兵器のありかなど教えるな」キングストンがあわてた声をだす。

「じゃあその兵器の場所ってのをいえよ。いわなきゃ死ぬだけだぜ」

針が声をだしたので、俺は目を開いた。針はハノイへ母を向けていた。

〈やめろ。どのみち嘘だ〉41がいう。

つぎの瞬間、身体から壁のバーがもぎとられそうになった。霧の手が俺の腕を握り、三人で身体を引き寄せあい、バーにしがみつく。

噴射を伝える低い唸り。

始祖たちの身体がぶつかりあい、衝突音に何人かの始祖が狼狽の声をあげ、抗議の叫びを発する。41が身体から空気を噴射し、位置を保つ音も聞こえる。

計画域のマップに変化が生じる。居住区全体がコロニーに向けて加速していた。

俺は41を凝視した。

〈大丈夫だ、続けろ〉と相手はこちらを見ずにいう。

噴射はすぐに止まり、慣性飛行になった。

「いまの音は加速か、どっちへ向かってる？　へたな動きをみせると危険だぞ」とマーセイル。

大丈夫なの、と霧がきき、近くへ寄せないと間に合わん、と41がこたえる。

俺の母も、コロニーへ、母星の母へ、どんどん近づいている。

輝度調整された映像のなかで、円筒の開口部はまばゆく光り、内部の様子は判別できない。

俺は、その脇に黒く突き出し、輪郭抽出によって白くふちどられたメインドックに意識を集中しようとする。だが、円筒の内部で起こっていることから目をはなせない。あそこから前触れなく飛び出してくるものが、一瞬のうちに自分を解体してしまうかもしれない。自分は遠隔操作の機械をあやっっているだけだといい聞かせても、恐怖は消えなかった。それに、この母が破壊されてしまったら、脱出の見込みはかなり薄くなる。

近づくにつれ、円筒内部の様子が見えてきた。

遠方からの映像をみたときに受けた印象が裏付けられた。

出力と同時に、解体も進行している。出したものをすぐに壊して、作り直している。それが何度も繰り返される。目的がまったく読めない。

コロニーの内部全体が出力域になっているということよりも、計画域がそのまま現実にあらわれたという印象のほうが強い。

俺たちが計画域の中だけで戯れにするようなことを、物理的な出力の先で、もっと大きな規模でやっている。

〈計画〉は電子的・計算機的な未実現の領域であり、〈出力〉は物理的な実現の領域。

俺がそのようにして理解してきた計画域と出力域の区分が、母星の出力システムにおいては意味をなさないらしい。

母星の母のふるまいは、俺たちが母と呼ぶ機械とまったく違っていた。

そして、そこには、圧倒的な正しさの感覚があった。これこそが正しい方向に進歩をとげた母の姿である、と宣言しているようだった。母星の大きさが、とほうもない物量の集積が、それを可能にしたのだ。

「ここで対立するのは愚かなことだ。よく考えてみろ、党派性に固執するのは古い本能にもとづく悪しき判断バイアスだ。わたしたちは獣の群れじゃない。理性の――」

「いや、むしろ群れとしての本能によってこそ正しい判断を――」

「うるせえ、黙れ」と針が声にだす。

無視しろ、と41が無声通話でいう。

画面のなかで、コロニー開口部の光る円に、小さな黒い点がある。

そこへ吸い寄せられるようにいくつかの点が近づき、黒い点がオレンジ色の火球になる。

囮の母だった。

マップのなかで、それが失われたことが裏付けられた。

俺の全身がこわばり、冷たくなり、汗がふきだす。

霧のあやつる母が減速し、俺もほとんど意識せぬままそれにならう。

そのとき、光の筋が斜めに飛び込み、コロニーの中と外で爆発が拡がった。

針の身体がするどく反応するのを感じる。押し殺した勝利の叫びが届く。

俺はキューを聞き逃してしまったのかと思った。針は無言で自分の大きな母にたどりつき、即座に接続を回復していたのだ。

計画域のなかで、針の管制領域が活性化していた。大きな母のレールガンが起動している。俺の母がカメラでとらえる光景のなかを、光の筋がいくつも横切っていく。ひとつがコロニーの外壁に突き刺さる。メインドックからそう遠くはない。

目の前で爆発の火球がみるみる膨らみ、俺はうろたえて身を引いた。攻撃されている場所との距離が思っていたよりも近い。

〈七……八……〉

針が発射数をかぞえる。

攻撃の済んだ標的にマークが付される。光学受像からはまだダメージの規模をはかれない。

破片がこちらにも飛んでくるのではないか？

そう思った瞬間、身体が――母の身体が――はげしく揺さぶられ、警告音が耳を打った。

なにかがこの母に当たった！

腹の底に硬い恐怖が突き刺さる。俺は損傷の度合いを確認しようとする。通信はまだ確保されている。側面に穴があいたか？　破片の大きさはどのくらいだった？

カメラを動かすと、一瞬だけとらえられた輪郭が画面に残像をつくった。

角と直線からなる物体。

機械だ。

さらに機体を揺さぶる衝撃。

俺の母に、母星に乗っ取られた仔がとりついていた。


〈つかまれた！〉

霧が身をこわばらせる。

こちらの状況をみての言葉かと思ったが、そうではなかった。霧も同じように攻撃を受けていた。視界の隅で、霧の母からの映像がはげしく揺らぎ、隣にいる霧の身体が、強い緊張をはらんだまま小刻みに動く。

俺の母も揺さぶられていた。

画面のなかで、自分のものでない作業肢がひらめき、映像の一部が欠ける。どこかのカメラを潰された。

俺の母にとりついている機械は、表面全体が無反射塗装されているらしく、カメラでは輪郭をはっきりとらえることができない。

〈そっちも撃つか？〉針が身じろぎし、41が〈無理だ、コロニーのほうを続けろ〉と早口で答える。

がりっ、と脇腹に鋭い衝撃がはしった。

母が、機体に生じた振動を感知し、不快な身体感覚へ翻訳している。母が物理的に穿孔されている！

計画域のなかに立体表示された俺の母の機体に、開けられつつある穴の位置が示された。俺はそのあたりへやみくもに作業肢をのばし、最大出力でレーザーを照射する。作業肢が機能を失う。向こうのふるった武器に破壊されたらしい、と気づく。

通信ケーブルを切られたら終わりだ。

異変を察した始祖たちがどよめく。

「おい、もう攻撃してるんじゃないだろうな！　よく考えろ、みすみす危険をおかすな」

「われわれは交渉の材料をたくさん持っているはずだ。早まるな。われわれを解放しろ」

〈そいつのアンテナを潰せ〉と41が命じる。

だが、どこにアンテナがあるかわからない。

恐怖がピークに達した一瞬、本能的に目を開いてあたりを見回してしまった。霧は瞼をきつく閉じて唇をかみ、腰には針の腕が巻き付いている。うろたえ、ふたたび自分の母に意識を戻す。

〈虹、持ちこたえろ、いま霧をみてる〉と41がいう。

俺の母のコントロールに41が割り込むのを感じた瞬間、ふうっ、と霧が息を吐いた。

俺がつかんでいた相手の作業肢を、41のあやつる別の作業肢が切断する。ひとつの母を二人で操作するようになって、いっきに趨勢が逆転した。

目のまえを三つ、光の筋が通り過ぎる。

レールガンは終わった、と針。

このとき、俺を襲っていた仔の動きが、はっきりと止まった。

霧が息をのむ。

仔は再度動き出そうとするが、動作から感じられる自律性のレベルがまったく違っていた。単調に作業肢をめぐらせ、つかむ動きをみせるが、すでに俺の母へのグリップは失われている。41のあやつる機械の指がすばやく相手の機体をひっくり返し、アンテナをへし折った。

〈ダメージあった?〉と霧。

〈接近しろ〉と41。

画面が光につつまれた。

針の大きな母から一斉に発射された自律型のミサイルだ。居住区のカメラが遠方からとらえた映像のなかで、たくさんの光点が、めまぐるしく位置をぶれさせながら、全体としてはひとつの塊となって、コロニーの開口部に飛び込んでいく。目標に向かうその軌跡はとても細かくよじれている。主ベクトルと直行する噴射によって微妙に位置をずらし続けているのだ。コロニーへの移動中に針が自慢げに説明していた、弾道予測への対抗措置だ。

開口部の少し手前で、火球がいくつもひろがる。そこへ飛び込んだ光点がさらに火球に変わる。母星が、おそらくはレーザーでミサイルを迎撃している。だが、呼吸ひとつの後、コロニーの奥から爆炎が膨らんだ。光点はさらに群れをなして飛び込み、一層大きな爆発を引き起こす。どうやら、あそこまでランダムに動く標的すべてを狙えるだけの計算能力はないらしい。さっきのレールガンでの攻撃が、コロニーの計算機にそれなりのダメージを与えられたのかもしれない。わずかな希望が心にきざすのを感じた。が、そこへ41の声がひびく。

〈再統合で計算能力はもどる、油断するな〉

向こうは計算機の破壊によってシステムを寸断され、一時的に小さなプロセッサでの処理を余儀なくされているが、残された計算機群がまた統合されれば、計算能力はすこし回復する。いまの状態よりも、こちらが実際に与えられたダメージの規模は小さいのだ。

「聞け、よく聞いてくれ、われわれは地球に凱旋できるんだ、ここに〈門〉が開けば、われわれの先駆者性を換金できる。これまでの年月はそのための投資だ」

「〈門〉がつくられたのだとしたら、地球にもう人間がいないことは間違いない。〈門〉だけが地表をうろついてるんだろう。人間はときどきそこから顔を出すんだ、必要なときだけな。どういうときに必要になるのかはわからんが……」

「まず火星に〈門〉を開いたに違いない。そして火星土着の微生物が人類を滅ぼした。わかるな？」

始祖たちはしゃべり続け、その声を俺はなかなか意識から追い出せない。

コロニーが近づいてきた。

俺は必死でメインドックの縁へ自分の母をとりつかせ、飛んでくるであろう破片から身を隠そうとする。

ケーブルが破片で損傷する確率はどのくらいだろうか？　あとどれだけの時間がある？

あせりを感じながら、メインドックの中にすべりこむ。

〈斜めの魚〉の先端が、わずかに光をうけ、がさついた輪郭をあらわしていた。

梁につかまった作業肢から、コロニーに連続する爆発の振動が硬く伝わってくる。

メインドックの中は、ほぼ真っ暗だった。非常灯がいくつかあるが、カメラの暗視感度を最大にあげても、物体の輪郭をほとんど拾うことができない。移動しながら何度も観測レーザーで走査し、空間の把握をこころみる。

目の前には俺たちの〈斜めの魚〉がある。やや離れたところには、始祖の脱出船があった。どちらも無傷のように見える。

すぐ脇を、霧のあやつる母が追い抜いていく。黒い通信ケーブルがゆるやかに波打ちながらあとを追う。メインドックの内壁はトラス状の梁で補強されている。その三角形のフレームをつぎつぎにくぐるように霧の母は進み、ケーブルをそこに通して、不用意なところへ漂いださないように気を配っていた。

〈通路を確認して。あたしはアンテナを潰してくる〉

〈斜めの魚〉の、改造後の全体構造をなんとか思いだそうとする。船体のデータは船のシステムの中にしかないので、いまは確認できない。たぶん霧はアンテナの場所を覚えているのだろう。

メインドックとの接続通路は、先端を占める〈斜めの魚〉本来の船体側面につながれているはずだ。

通信ポートはどこだ、と41がきく。それはエアロックの横にあったはずだ、と俺は答える。

始祖たちのさわぎ声はどんどん大きくなる。

隣で霧が腕を動かし、耳を手で塞いだのだとわかる。

〈通路よりも通信ポートへの接続を優先しろ〉

そう俺に命じたあと、41は針に攻撃を止めさせ、コロニーに与えた損害を確認した。

俺のまえには、〈斜めの魚〉のエアロックがある。扉からは、長い蛇腹状の通路が伸びている。表示を確認する。気密扉は密閉されている。この通路をそのまま使わなければいけない。コロニー側の接続部をはずし、運んでいく必要がある。

通信ポートがみつかった。作業肢でその保護扉を開こうとする。

くそっ、と針が声をあげた。霧の身体ごしに怒りと狼狽が届く。

居住区のカメラがとらえた映像のなかで、針の大きな母にいくつかの光点が近づいていく。どれも、針が使ったミサイルと同じように細かくゆらぐコースをとっている。二つほどが、たどりつくまえに針の迎撃によって光の球になる。のこりは届き、大きな母が爆炎に包まれる。

針の叫びが耳を刺す。

樹形図では、針の大きな母が〈大規模損傷〉のアイコンを瞬かせ、直後にそれが〈通信途絶〉の表示に変わる。

〈サブドックの仔を使え。居住区への攻撃に備えろ〉

41が針に命じ、針は悪態を声にだして答えた。

始祖たちの叫び声からは、ひとりひとりの言葉を聞きわけることができない。

俺は、口の中で何度も小さく呪詛を吐きながら自分の母を操作する。腹が石のようにこわばっている。二本あるケーブルのひとつを出力域のなかで切り離し、予備出力されていたコネクタを先端にとりつけ、作業肢にそれを持たせ、通信ポートのコネクタまで運ぶ。41にたずねる。

〈いいか?〉

計画域のなかで、表示ウィンドウがいくつも閉じられる。侵入への予防措置だろう。

〈最悪の場合、母をすべて切り離す。そのつもりでいろ。——つなげ〉

俺はコネクタを差し込んだ。母を通じて手ごたえが伝わる。

41が即座に知らせる。

〈乗っ取られている。向こう側に防壁がある〉

やはり、と俺の身体はこわばるが、41の口調に動揺はない。俺に見えている計画域にも変化はない。

〈対処している。虹は通路をつなげ〉

俺は、ケーブルを伸ばしながら、トナーの残量をたしかめた。このままの素材構成と太さで出し続けるなら、あと三〇〇メートルほどで尽きる。だが、居住区もこちらへ近づいている。

始祖たちが何度も同じ言葉をくりかえす。おまえたちの手には負えないといっているだろう、助言をきけ、全員死ぬぞ！

俺は移動をはじめようと、作業肢のひとつを伸ばす。つぎの瞬間、その先端が吹きとんだ。

叫びを漏らし、俺は姿勢制御モーターを吹かして後退する。〈斜めの魚〉の陰へ母を隠そうとする。

〈下がって、隠れて、もう少ししたらそっちに行く〉

霧の足先が俺の足首をつかむ。

俺の身を案じているかのように始祖たちが騒ぐ。

母のカメラを通して、俺は、目の前の空間に生じた異変を凝視する。

12

眼前の空間に、なにかの形が現れては消えていく。

現れた物体はわずかに熱をおびていたので、カメラで輪郭をとらえることができた。どれも複雑な形状で、おおむね機械のようだが用途は推測できず、それでいて、どこか見覚えのある要素を含んでいる。

俺の知っているものとはまったく別のやりかたで出現しているが、それらが〈出力〉の結果であることは間違いなかった。

俺は――俺の操る母は――いま母星の母のなかにいるのだ、と気がついた。

この空間全体が出力域なのだ。母星の機械は、メインドックの内部を、コロニーの内部と同じようにひとつの母に作り変えていた。

背後の壁面には、母星の侵入体によって出力されたとおぼしき機器が密集している。その一部は、最初の棘がアステロイドベルトへやってきたとき、俺たちが観測で確認したものと同様の出力面であるらしかった。だが、ここでの出力はいくつかの断片として現れ、組み合わせられてひとつの最終出力物となる。部品同士が合体する様子は、組み立てというよりは偶然の衝突を思わせ、いっそう目的を欠いて見えた。

そして、それらはすぐに姿を消した。

物体は、出力されるそばから解体され、吸収されていった。なにかが作られているはずなのに、なにひとつ後には残らない。

俺は、まったく動けぬまま、母のカメラごしに出力と消失を見つめつづけた。

ひとつの疑問が心にうかぶ。

——母星の母は、本当に〈門〉になってしまったのだろうか。

いまここで進行しているのは、人間の出現を支えるための予備出力、あるいは動作テストなのかもしれない。

もしそうだとしたら、これからここへ〈人間〉がやってくるのだろうか？　——どんな姿で？


「すべてが幻覚なんじゃないのか？　おれたちはまだ地球にいるんじゃないか？」

「おい、正気になれ！」

「地球にもう転送されてしまっているということはあり得るぞ！　なあ、おい、脳に重力を感じないか。思考の偏りと加速度の相関を——」

「いや、感じない」

「41、二世たちを今すぐ拘束しろ。おそらく脳を操られている。おまえは絶縁があるから無事なはずだ。拘束が不可能であれば、説得を試みろ。知性こそが最大の武器だ」

「そこにいるのが本当にまだ41たちなのかどうかわからんぞ！　もう地球の出力物に入れ替わっている可能性がある。話しかけるのは危険だ」

「正気になれ」

始祖たちの声を非現実へ追いやるように、41の指示が響く。

〈通信設備を出力しはじめたらすぐに破壊しろ。通信妨害をやってはいるが、効果は薄い〉

俺は、まだ出力されていない、と答える。——なにかを出している、でも、なにも出していない。

攻撃してこないなら破壊しろよ、と針。いらだちの身動きが伝わる。俺は、無理だと答えるしかなかった。俺が使っている母では太刀打ちできない。

41がさらに指示を投げてよこす。

〈可能なら通路を確保しろ。船のシステムから侵入体を一掃したらすぐにメインドックから発進させる。それまで持ちこたえろ。船だけは無傷に保て〉

アイドリング状態なのかもしれない、と霧がいう。

たしかに、これもまた、本体である棘からの通信を遮断されたことによって〈融通のきかない小さな機械〉になってしまっているのかもしれない。

だが、見れば見るほど、背後にはなんの〈計画〉もないのだという印象は強まっていく。

母星の母がすでに〈門〉になっているのかもしれないという恐怖はしだいに薄れてきた。一方でまったく別の不安が形をとりはじめる。

コロニーのシステムに巣食っているなにかは、母星からなんの意思も運んでこなかったのではないか。

この機械の向こう側に、もう〈人間〉はいないのではないか？

霧の腕に押さえられるまで、自分の身体が震えていることに気づかなかった。

出力と解体がただ繰り返されているというだけではない。

これは終わりなくつづく否定なのだ。

無意味な過程の果てしない繰り返しによって、俺たちの作ってきたもの、始祖たちの作ってきたもの、そして母星で作られてきたであろうもの、すべてが否定され、解体されている。

母星の母が出力しているのは、完全な無だった。

だが、そうでありながら、そこにはまぎれもない創造が、現出があった。魅入られずにはいられない、強大な実現の力。現実を一瞬のうちに作り変える、完全な母の力。

この最果てで暮らし続けた俺たちが、始祖たちが、ついに手にすることのかなわなかった力が、ここで惜しみなく行使されていた。完全な意志の欠如が、その力を完全な無にむけて解き放っていた。

出力はいつまでもつづいた。なにでもないものが眼前に現れつづけ、消えつづけた。

母星の母は、創造の力によってすべてを破壊し、無化しつづけていた。


身体の震えを止められなかった。

それは単純な恐怖によるものではなく、いくつもの感情が重なりあって生じた複雑な共鳴が身体に出力されているような、奇妙な震えだった。

その震えが突き動かすままに自分の母をやみくもに飛び出させてしまいそうになり、寸前で踏みとどまる。

出力の領域はしだいに大きくなっているように見える。船はあまりにも近すぎる。なにか手を打たなければ——

〈もうすぐ行ける、待ってて〉と霧がいった。

一瞬ののち、霧は身体からふっと力を抜き、ふたたびなにかの構えに身を固めた。

始祖の船の向こうから、大きな物体が姿をみせた。

長さは五〇メートルほどある。

霧の大きな母だ。

ほとんどが生体組織でつくられたボディを、細かい三角形のパターンで組まれた骨組みが包んで支え、微妙な光沢をおびた薄膜が覆っている。急ごしらえの宇宙用装備だ。あちこちに機器がとびだし、大きなスラスターが一方の端からつきだしている。丸い推進剤タンクがいくつか、スラスターの根本に輪を描いて配置されている。

そして、たくさんの作業肢がある。皺の寄った膜に覆われて真空から守られているが、それらは基本的に人間の腕とおなじものだ。

大きな母が従えるたくさんの仔はどれも機械の外見をもち、作業肢の先には鋭い刃のようなものをつけている。高周波ブレードだろうか。

霧の大きな母は、仔と、その巨体そのものを使って、こそげとるように壁面の機器類を破壊していった。

残った機器の一部が壁から離れ、霧の大きな母へレーザーを撃ちこむ。外殻の一部がはじけ、ガスの雲が噴き出す。霧の仔がその機器へ飛びつき、一瞬ののち、ふたつが同時に炎の球になる。

メインドックの出口から、いくつもの機械が飛び込んできた。半分ほどはコロニーの仔だ。それらに加えて、まったく別な形をした、もっと敏捷な機器がある。

霧の仔が、そこへいっせいに突っ込んでいく。たちまちいくつかが火球に変わる。

〈遠隔通信か？　暗号化は？〉41が鋭く問う。

〈ちがう、アンテナは潰したよ。これは予備的な制御方式。大きい母が出すジェスチャーと発光パターン、あとは簡単な群本能。だから、仔が視覚器官をやられたら終わり。虹、急いで〉

俺はすでに動いていた。梁のひとつに母をくぐらせ、通信ケーブルのとりまわしを確保した。ケーブルの長さが十分にあることを確かめる。

姿勢制御モーターの最大噴射でいっきに飛び出し、霧が破壊を進めているあたりとそう遠くはない、反対側の壁へとびついた。勢いは強引に作業肢でうけとめる。通路の接続部へにじりより、取り外しを試みる。おそれていたとおり、操作パネルは反応しない。俺は接合部に近いあたりの蛇腹部分にレーザーの刃をすべらせ、切り開いた。通路の中から空気がはげしく吹き出す。その勢いを借りてさらに切り拡げ、通路を完全に切断する。

噴出がおさまるまで端をつかんで押さえたあと、船の裏側を伝い、サブドックの出口をめざす。ケーブルのとりまわしにてこずらされ、焦る。

霧の身体ごしに、針の身体が絶え間ない緊張と痙攣を伝える。針は、仔をあやつり、居住区に飛んできた母星の機械と戦っている。息づかいが苦戦を報せるが、状況をみる余裕はない。手の貸しようもない。たのむ、となかば声に出しながら、俺は自分の母を進める。

〈なんか出してるぞ、コロニーの中で！〉

そういって、針が息を呑む。〈――計算機か？〉

41が霧にきく。

〈長射程の武器は？〉

〈武器はない……けど、仔をミサイル代わりにする。標的はあれでしょ、あのどんどん増えてるところ……いい、撃つよ？〉

視界のすみで、霧の大きな母が、開口部の縁にとりついてボディをひねり、内部の空間へ先端を向けていた。その背面に、大きな機械が飛びつき、攻撃をくわえる。

撃て、と41がいう。

霧は深く息を吸い込んだ。

視線を転じると、俺の眼前に、居住区の丸い壁面がみるみる大きくなっていくところだった。太陽光に斜めから照らされた外壁はささくれだらけで、いたるところに大きな穴があき、内部の居住空間を真空に晒している。その一角で、機械と機械が組みあい、火花をちらしているのが見える。どちらがどちらのものか判然としない。

そこで減速の噴射が始まり、俺は自分の身体に引き戻された。たったいま母の目で眺めていた居住区の中こそが本来の物理的位置だということを、忘れてしまっていた。あわててバーにしがみつく。

〈駆除はできた、通路を繋げ、急げ〉

目を開くと、41がこちらを凝視している。

〈向こうは計算機を出力している。賢さが戻ればまたやられる〉

俺はメインドックの出口で自分の母を身構えさせるが、そこで41が鋭く付け加える。

〈まて、船に母を固定しろ、発進させる〉

あわてて船へむかってジャンプする。〈斜めの魚〉の先端近くにあるセンサーポッドのとりつけ支柱を握り、つぎの瞬間、船のスラスターが起動した。

〈斜めの魚〉が前進し、俺の母のカメラのなかで風景がいっきに変わる。コロニーの開口部が目の前にひらけてゆき、その縁にとりついた霧の大きな母が見える。そこまでが目に入ったあと、俺は前方へ視線を戻す。

減速する、と41がいい、俺は船をつかんでいた作業肢を開く。制動噴射が船の勢いを殺し、俺の母はそれまでの速度を保ったまま、通路の端を握って居住区へ飛んでいく。姿勢制御し、まわり、ぶつかる。エアロックのすぐ脇だ。作業肢が居住区表面の突起をつかみ、硬い衝撃が伝わる。

居住区のエアロックをふちどる接合部は、大きくねじまがり、一部がなくなっていた。

〈もうすぐ撃てるものがなくなる〉霧が切羽詰った声をあげた。

〈また出力が始まってるぞ！〉と針がいう。

「リンガ、ビューダペストからのことづてがおまえにあるぞ、聞きたくないか」キングストンが呼びかけた。

針の腹がこわばる。

〈無視しろ、そんなものはない〉41が早口にいう。

キングストンがさらに声をあげる。

「おい、本当だぞ、手遅れになるまえに返事をしろ、おまえはこれを聞かなきゃならん」

針はなにもいわない。霧がその身体を引き寄せ、つかみなおす。俺も針の胴体をいっそう強くかかえこむ。

気づけば、俺たち三人の身体はごちゃごちゃにからまっていた。針が俺と霧のあいだによじれた姿勢で挟まり、それが幾度も飛び出してしまいそうになるのを二人で押さえていた。

すぐそばの空間にいるはずの41を、ふと、このかたまりへ引き込みたくなった。突然の衝動は強烈だった。俺たち二世は身を寄せあうことができた。数は減ったが、これまでずっと、そうして生きてくることができた。あいつには誰もいない。あいつもここに加わるべきなんだ。そうしてやれなかったことが、ひどく不当な仕打ちであったように思えた。

だが、いまはそれ以上考える余裕もなく、俺は下位視界へ意識を向けなおし、接続作業を始める。自分の手を直接使う作業でなくてよかった。指先が震えてなにもまともにできなかっただろう。インターフェイスを通してですら、何度かしくじってしまった。

もってきた通路の端を扉にかぶせ、可塑素材を隙間に充塡する。金属の出力で結合したかったが、それができる作業肢は破壊されていた。固化するまでにすこし時間がかかる。使える作業肢をすべて押し付け、固定する。急げ、急げ、と心でくりかえす。

画面のなかでは、霧の大きな母に母星の出力物らしき機械がとりついた。まわりに霧の仔が群がり、破壊しようとする。母星の機械は、霧の大きな母に作業肢を突き立てた。霧が身体をひきつらせ、小さな声をあげる。

そこへ、光の筋が突き刺さった。

母星の機械が破片と火花を散らし、霧の大きな母も、あおりをくらって大きくひしゃげる。

〈――だめだ、もう撃てない。くそっ〉

俺の腕にかかえられた針の胸が息を絞り出す。

俺が母のカメラを向けた先で、たったいまレールガンを撃ち尽くした針の大きな母は、むき出しになり歪んだフレームにぼろぼろの外被をまとわせただけの姿になっていた。空になった兵器庫はハッチをすべて失い、その内壁にもたくさんの大穴がある。だが、スラスターのひとつはまだ生きているようだった。噴射口の角度を変えてベクトルを調整し、コロニーの開口部へ向かう。姿勢制御モーターはほとんど失われたらしい。コロニーの内部から大きな母の先端にレーザーが照射されるが、骨組みの一部が溶けただけで、深刻なダメージはないようだ。照射は断続的に続き、スラスターを狙おうとしているようだが、ちょうど死角にあり、届かない。

針の体に、もういちど力がみなぎる。針の大きな母からほんの数発、ミサイルらしきものが飛び出して、コロニーの中へ入っていく。すぐに爆炎がひらいた。撃墜されてしまったように思えたが、出力機構がまだ生きていたことに俺は驚いた。

針の大きな母は開口部の縁に接触し、破片と火花を散らし、なおも噴射をつづけて、円筒のなかへ突入した。先端にいくつも火花が散るが、そのまま飛んでいく。後部からは小さな仔らしき機体が離れていくのが見えた。針が操縦していたものか。

さきほどのレールガンの一撃で危機から脱した霧の大きな母は、腕を弱々しく振って、ボディにとりついた残骸を引きはがそうとする。相手の作業肢が深く突き刺さったところから、赤い泡がはげしく噴き出し、蒸発している。霧の足先が、俺の無事なほうの足首をきつく握っている。

そのとき、大きな爆発がコロニーの開口部を照らした。

衝撃をうけて細かい破片がいっせいに飛びちり、コロニーの輪郭をけぶらせる。

俺はあわてて自分の母の機体を固定し、接合部を強く押さえる。その直後、がん、と波がぶつかる。

目の前に仔がひとつ飛んでくる。通信ケーブルはない。母星の操るものだ。俺は、固定する作業肢を離さぬようにしながら、通路を守る位置へ自分の母をにじらせる。

〈出力は止まった？〉霧が41にきく。

〈出力物の破壊はした。……止まっている〉

すぐそばの壁面に、母星のあやつる仔は減速せぬまま激突した。破片を散らせながら跳ね返るその作業肢に動きはない。

「止まった！」針が声をあげた。

俺の母が固化の完了をしらせた。俺は目を開き、声をはりあげる。「通路を与圧しろ！」

41が俺へ目を向け、計画域のなかでそのプロセスが始まった。

通路が正しく接続されていないという警告が現れるが、41は強制的にそれを退け、実行させる。

空気循環機の唸りの向こうから、間違えようのない響きが伝わってくる。外側の気密扉が開く音、空気の注入が始まる音。

俺はエアロックへ向かおうとする。

宇宙服のことを思い出し、どこにある、と41にたずねようとする。

目の前で、41の身体が横ざまに吹っとんだ。

俺の身体にも何かがぶつかり、霧と針のするどい声が、俺の悲鳴に重なった。

押さえつけられている。

目のまえに、薄い笑みを浮かべた顔がある。

右半分は切り取られ、あちこちを切り開かれた頭蓋骨が露出している。

光沢の失せたポリマーの質感。

壁に飾られていた、人体デザインの出力模型のひとつが、俺の身体を壁とバーとの間に押し込み、身動きをとれなくしていた。

視線をめぐらせると、霧と針にも同じように全身像の人体プロトタイプがとりつき、押さえつけている。

41の身体は、大きな何かにつかまれていた。

四つの腕がある。

そのうちの二本が、41の身体を完全に押さえ込んでいる。

上半身だけの出力模型だ。

ずっと固定されているものと思い込んでいた関節は、表面の薄い覆いが破れ、サーボモーターを露わにしていた。その大きさが高トルクを想像させる。

ハノイの声がきこえた。

「確保した」

始祖たちがいっせいにどよめいた。

13

「馴致のしやすさは先天的形質だけで決まるといったろう。創造性ばかり重視して遺伝子を選ぶからこういうことになる」

手足のないハノイの身体から、声がきこえる。

「そんなことはない、正しい教化が必要なだけだ」とマーセイルがいう。

「だから、二世についても最初から遺伝子をいじるアプローチをとるべきだといったじゃないか」とシャンハイ。

早くわれわれを解放しろ、と始祖たちが騒ぎたてる。

41を腕にかかえこんだプロトタイプは太い噴出音とともにハノイの身体へ近づいていき、腕のひとつでつかむ。

ハノイの腹には、ちいさな光点がともっていた。

脳電位のスキャンか、と41が苦しげにつぶやく。頭は、プロトタイプの太い肘の内側にしっかりと押さえ込まれている。

「投射できるようになってたのかな、ケースの表面に。そこまで見る余裕がなかったよ……」

霧が舌打ちをした。

ハノイの脳ユニットが、プロトタイプの手で取り外され、胴体に収納された。あらかじめそのためのつくりになっているのがわかった。

「デッドマンズ・スイッチみたいなやつかよ」と針。

「おまえらにはそういう知恵がない」

プロトタイプがハノイの声でいった。

ハノイからの信号が一定時間のあいだ途絶えたら、作動するようになっていたということか。自動的にハノイを探し、身体の形状で識別して見つけだし、脳のパターンを読み取って作動した。おそらくそういうことなのだろう。

ハノイは、中央の籠にくくりつけられていた始祖たちの身体をはずし、行動ブロックを解除していった。

始祖たちの顔面パネルにつぎつぎと顔が表示される。

それぞれが、もどかしげに視覚機器に貼りつけられていた覆いをはがし、あたりに一斉にちらばった。

「コネクタをどうにかしないといかん、母はないのか」

「ひどい状態だな、われわれをもっと早く解放していればこんなことには——」

「全員コネクタを潰されてるのか、おい、だれか予備がないか？　ここの制御をどうする」

「おれが接続できる」とハノイが呼びかけた。

俺たちのコネクタが抜き取られ、計画域との接続が絶たれた。

「脱出船を確認してくれ、すぐに出られるか？」

「41と二世はどうする」

「生命維持装置に予備はあったはずだ、足りない分は産ませろ」

「ここに動く母はないのか？」

「船のほうにある、あれで出力できる」

俺たちの脳を取り出す相談なのだと気がついた。

あたしたちは置いてけよ、行かねえよ！　針が叫んだ。

「おまえたちはもちろん同行する」とキングストンがいう。

もう必要ないでしょ、と霧。

「不要なものなどない。すべてわれわれの資産だ。計画のリソースだ」

窓の外を見回していたシャンハイが顔をこちらへ向け、霧を昔の名で呼んだ。

「フォス！　おまえの持ってきた大型の母はどうした？　生体組織で出力されたやつだ。あの構造はとても興味深い。あれを持っていって、向こうで——」

こわれた、と霧は答えた。

「回収できるものがなにかあるはずだ！　脱出のまえにコロニーへ……」

とっとと逃げねえと本体が来るっつってんだよ、と針。

「地球へ戻るべきじゃないのか？」ヌエヴァ・リオが声をあげた。

「こうしてアステロイドへ出てきたということは、ついに地球が宇宙進出へ舵をとったということだ。われわれには大きなアドバンテージがある。交渉も可能なはずだ」

「二世は解放しろ、不要だ」41が声をしぼりだす。

「そうだな、41があればいいだろう」とコーペンハーゲン。

「いや、全員が必要だ」とシャンハイが主張する。

針が怒鳴る。41も置いていけよ、解放してやれよ！

「おれはリソースじゃない、人として扱え」41がコーペンハーゲンへ視線をむける。

「おまえはもちろん重要なリソースだ。それを私が忘れたことはないぞ」と相手はこたえる。

「おれが次世代の人類だ」と41がいう。

「おまえは失敗作だ」とハノイがいい、腕の締め付けを強める。

マーセイルがなだめるような声になり、

「ああ、そうだな、ボディプランとしては過渡期のものだといえるだろう。だがおまえの技術は――

――」

「おれは失敗作じゃない。おれの身体構成こそが正統だ」

「それは破棄された計画だ。われわれはもうその先へ進んでいる」とシャンハイ。

「そうだな、興味深い実験ではあった」とコーペンハーゲン。

41はいいつのる。

「ビューダペストはこのコンセプトを支持していたはずだ。細部に不備はあっても、基本コンセプトは――」

「違う、ビューダペストが失敗と認めて中止している。新世代は完全な見込み違いだった。単に出力ボディの構造だけの問題でなく、根本のコンセプトから間違っていた」

シャンハイの言葉に、そうだ、そうだった、と次々に声が上がった。

「おまえは嘘をついている」と41。

いや、嘘じゃない、と口ぐちに始祖たち。

マーセイルがいう。

「たしかに、おまえは失敗作だといえないこともない。だが、それを気に病む必要はないんだ。おまえも、かけがえのない礎のひとつなのだから。そして、その役目が終わったわけでもない。おまえがこの共同体に提供できる有用なデータはまだたくさんある」

「なにが共同体だよ。ただの気違い（きちが）いの寄せ集めだよ」針が吐き捨てる。

ハノイが41をつかんでいない側の腕を伸ばし、針を殴った。

「やめろ、ハノイ。脳を損傷するリスクは避けろ」マーセイルが声を強める。

「こんなところで時間を無駄にしてる場合じゃないよ」

霧の声には冷たい侮蔑がある。

「そうだ、脱出の窓はとても小さい。だから、ハノイに従え。それが合理的な判断だ」

マーセイルが落ち着いた声で答えた。

針の顔は、やや傾いだまま動かない。頬が赤いまだらになり、黒ずんでいく。もうひとつの顔が、静かに声をあげた。

「なにが一番ムカつくかってさ、おまえも、マーセイルも、ほんとに当たり前の、凡庸な、糞つまらねえ気違いだってことだよ。なんの閃きもねえじゃねえか」

殴られたほうの顔が、頬の内側にたまった血を飲み込み、言葉を継ぐ。

「こんなところまで脳みそひとつで飛んできた奴らの仲間なのに、その程度の狂いっぷりかよ。ちょっとは恥じろよ。おまえやマーセイルを一〇〇人集めたって、ビューダペストに比べりゃ一〇〇〇分の一の創造性もねえよ」

ハノイの脳を収めたプロトタイプが、身振りに優越感をあらわした。

「おまえには結局ビジョンがわからなかったということだ。ここで行われていた実験の意義をとうとう理解しなかった。その被検体であるにもかかわらずだ」

「だから、よりによっておまえがいうことじゃねえよ」と針がいう。

キングストンが声に威厳をこめる。

「おまえはつまらん細部にこだわりすぎる。構成員のそれぞれに個性があるのは当然だ。だが、われわれはひとつの理想のもとに結束した集団だ。理念はつねに共有されており、揺るがない」

始祖たちから同意の声がいくつもあがる。

針はあざわらう。

「頭をつぶされて、残った身体が痙攣してるってだけだろ？　ビューダペストがいたときはひとつのでっかい気違いだったかもしんねえけど、いまはバラバラのちっちゃい気違いだよ。どうすんだよ、母星に行くのか？　逃げんのか？」

始祖たちはいっせいに揺らぎ、喋りはじめた。脱出せねばならん、いや、交渉のチャンスを逃すな、ビューダペストの考えを外れてはいけない、脱出すべき、高次元への脱出を今こそ、ビューダペストなら母星への凱旋を望んだだろう――

「おれたちを解放しろ」41がいう。

「バカなことをいうな、おまえたちはわれわれの資産だ」

「おまえらの船でとっとと逃げろよ！　行くって決めてたんだろ、よその星系に？　いかれた計画にあたしらを巻き込むんじゃねえよ」

「おまえたちはわれわれに従う」キングストンが頭部のディスプレイに憤怒の表情を浮かべる。

「そのまえにどうするか決めろってんだよ」と針。

「もう俺たちは関係ないだろ、ぜんぶ、ぜんぶ失敗だったんだよ！」

俺も声をはりあげた。

「母星になんか戻れるわけない、せめて逃げるほうを選んでくれよ！」

いまもあの棘はこちらに接近し続けている。無関心で無慈悲な質量とテクノロジーの塊が。なぜ始祖たちがそれを気にせずにいられるのかわからない。——狂っているからだ、と頭のすみで小さな声がささやく。

「おまえの技術がなくても問題はない。あとはわれわれの力でどうにかできる。だが、おまえはわれわれの資産だ。同行するのはおまえの義務だ」

「いや、やはり41の技術力がなければ我々はたちゆかん」

「新しいボディ・プランを私はあたためてるんだ。今度こそおまえは超人になれるぞ、どうだ、いいだろう？」

41の身体が宙を舞った。

ハノイの腕が伸び、41の回転に新しいベクトルをあたえる。

ねじれた宙返りをみせながら、41の身体はふたつに分かれる。身体と、切り取られた右腕に。

41は逃げ切ることができなかった。いや、ハノイはこうするためにわざと逃がしたのかもしれない。

血はほとんど噴き出さなかった。41は大動脈というものを持っていない。かわりに、もっと細い、切れてもすぐに塞げる血管がいくつも通っていたはずだ。

もう一度ハノイは腕を振り、こんどは左足が41の身体を離れた。

「運びやすくしておくぞ」

ハノイが始祖たちにむかっていい、腕の先にあらわれた刃をひらめかせる。


——混沌が力をふるった。

始祖たちの言葉が空間に生じさせていた無数の亀裂が、いちどに弾けたかのように思えた。

限界に達していた事象の偏りをただすために、大きな手が宇宙をつかみ、大きくひと振りしたかのようでもあった。

グランド・セントラルの中にあったあらゆるものが、ばらばらになり、飛び散った。

壁に固定されていたプロトタイプの手足が、ちぎれ、割れ、砕けて、がらくたの渦となり、そのなかに始祖たちの身体、俺たちの身体、41の身体が混ぜ込まれ、ひとしく無力な物体になってぶつかりあい、回り、ねじれて、さらにばらばらになった。

それが、たったひとつの物理的衝撃によってもたらされた現象だったことを、永遠と思えるほど長く続いた混乱のあとで俺はようやく理解した。

室内には、大きな黒い棘が突き立っていた。

まだ生きていた室内ディスプレイが、残ったカメラからの映像をみせている。

棘は、コロニーの内部から長い円柱となって伸び出し、居住区に突き刺さったものの先端だった。

「わたしが交渉する！　ハノイ、おまえの身体を操作させろ」

「待て、おまえが条件を提示するな、われわれが求めているのは褒賞じゃない、対等な取引だ」

「これは〈門〉だ！　人間がくるぞ！」

棘とはまったく別の方向から、描画のはやさで、空間を一本の黒い棒がよこぎった。

棒は伸びていく途中で直角に曲がり、また直角に曲がり、浮遊するプロトタイプのひとつに突き当たり、先端が球のようにふくらみ、広がって黒い円盤になった。

円盤とプロトタイプのあいだをなにかがちらつき、プロトタイプは粉々になった。

同じような棒がまた別な角度から伸び、曲がり、ハノイの脳をおさめた四本腕のプロトタイプをばらばらに分解した。

音もなく部品が飛散し、脳のケースがくるくると回りながら漂いだす。

黒い棒は、先端にひろがった円盤で、両者の部品をいくつか吸い取った。円盤のどこにも穴は開いていないようだったが、なにかの界面を通り抜けるように部品は消えた。

ついで、マーセイルの身体が逃げる間もなく分解された。こんどはなぜか脳のケースも消え失せた。

噴射音がいっせいに響き、始祖たちが声もなく部屋の隅へと引き下がり、身体を騒々しくぶつけあいながらひとかたまりになる。

俺はまったく動けなかった。だれかが手をぐいとひっぱり、俺の後頭部が壁にぶつかる。俺たち三人もひとつの塊になった。

グランド・セントラルがたくさんの黒い線に貫かれていく。

棒はあらわれては消え、曲がり、あちこちに黒い円をひらめかせる。

散らばる部品を吸い取るように集め、黒い棒の群れはなにかの形をつくりあげた。

作られたものが動く。

黒い棒がそれを解体する。

ふたたびなにかの形がつくられる。

作られたものが動く。

黒い棒がそれを解体する。

さらになにかの形をつくる。

作られたものが動く。

黒い棒がそれを解体する。

霧の大きな母が、ドームの窓に激突した。

全身を砕くような衝撃波。破片が飛び散り、気密が失われ、噴出音がごうと響く。散った破片が窓の割れ目から吸い出されていく。

多面体のフレームをめりこませ、大きな母の先端をなす金属質の構造が、内側に向かってへこんだドームの中心に大きな穴をうがっていた。フレームからはみだすように柔軟な組織が中にはいりこみ、おそらくはそれが栓として働いたのだろう、空気の噴出音はすぐに小さくなり、ほとんど聞こえなくなった。

大きな母の先端が開き、膜につつまれたなにかを吐き出した。

長い指をもつ作業肢が伸び、膜の覆いを引きはがす。中から飛び出した液体がいくつもの大きな球になり、震えながら離れていく。身体をまるめた人間と見えるものがあらわれる。

でてきたものはゆっくりと身体をのばし、目を開いた。

作業肢が臍帯を切り離す。

俺の目は、それもまた〈母〉であると認識した。

人の形をした母は、ほとんど成人の大きさに育っていた。

腹は大きく膨らんでいる。中には丸くないものが入っているのがわかる。なにかの機械とおぼしき輪郭が、濡れた皮膚に角と直線を浮き立たせている。

足先は、改造するまえの二世のものと同じかたちをしている。

顔は、霧によく似ていた。

足先と腹の形をべつにすれば、この母の姿は十代のころの霧とほとんど同じだった。

横からみる後頭部は、白い籠のようになっていた。複雑な編み目の構造。再帰的な模様。

籠をとおして向こう側が見える。脳はなかった。

霧の姿をもつ母は、小さく澄んだ声で、はい、といった。

その母のまわりに黒い棒がつどい、いずれも先端に黒い円を開き、静止する。

みじかく鋭く、霧が口笛を吹く。

霧の顔をつけた母は、白い光を放った。

轟音が薄れかけていた意識をとりもどさせた。

棘も黒い棒もなくなっている。

轟音は空気の出ていく音だ。

棘が突きだしていたところに大きな穴がのこり、そこから真空へ逃げ出している。

大規模な減圧にトリガーされ、壁面の応急パネルがはじけて開き、漏出止めの自己展開シートが飛び出した。空気の流れにみちびかれて穴へ近づきながらひろがり、貼りつく。だが、穴の全体をふさぐことが出来ていない。

針が身体をのばし、目の前へ漂ってきた自分の母、銃の形をした母へ飛びつく。霧が悲鳴をあげてその腕をつかみ、霧の足を俺がつかんで引きもどす。

ふたたびバーにしがみつくひと塊にもどった俺たちのなかで、針は銃の母を自分に繋ぎなおし、始祖たちへ向けて構えた。

始祖たちは身を縮め、こわれた機械のようにめいめいの腕をふる。

「行け！　行け！」

「われわれの船は残していけ！　計画のために！」

俺たちは41の姿をさがした。

なかなか見つからない。呼ぶが、返事は聞こえてこない。

ようやく、穴のすぐそばに、なかば隠れてみつかった。

めくれあがった壁面にかろうじて引っかかり、吸い出されることを免れていた。

41はまったく動こうとしない。

俺たちは41を呼んだ。

応答はない。

針が母を向け、撃った。

ワイアが飛び出し、アンカーが41の身体のすぐわきに突きたった。

「それにつかまれ！」針がさけぶ。

だが、相手は動かない。

意識を失ってはいない。眼が動き、こちらをみた。

「行け」とその口が動いた。

身体は動かない。

俺たちはさらに呼びかけるが、返答はない。

顔には片目がない。腕も足もひとつずつしかない。腹の傷には血がにじんでいる。その中には脳が、41の心がある。心の中には、いま、なにもないかのように見える。

「こっちへ来い、おまえは我々と一緒に行くんだ」

キングストンが呼びかける。

「おまえには使命がある」

ヌエヴァ・リオが強い語調で呼ぶ。

なんの反応もない。

その顔にはなんの表情もない。ほんとうになんの表情もない。これまでの顔といまの顔は、表情のなさの度合いにおいて生者と死者ほどにへだたっていた。

41の心の、俺たちがつかみたかった場所、あることを期待していた突起は、どれも、腐って、折れて、すりへって、なくなってしまっているように思えた。

それでも俺たちは41を呼んだ。

手は届かなくても、言葉でつかんで引き寄せたかった。俺たちは叫んだ。どの言葉も41に届かない。どの言葉でも41をつかめない。霧はひとつの言葉だけを叫んだ。手をさしのべ、いちばん大きな声で、何度も叫んだ、きて、きて、きて、きて、きて、……**きて！**


独立した機械のように41の片腕だけが動き、ワイアをつかんだ。

針の全身に力がこもり、俺もあわてて針を支える。

巻き戻されるワイアに曳かれ、41がまっすぐこちらへ引き寄せられる。

三人の腕が身体をつかみ、たぐりよせる。

俺の耳元で、針の母が動作音をたてた。ウィン、ジーッ、カチッ。

母の低い声が状態を知らせる。「可能です」

それをにぎった針の腕が素早く伸び、出力口からふたたびアンカーが放たれた。

小さな噴射の光を放ちながら、ワイアを曳いた先端部が取りつく先を探し、小刻みに進路を変える。

離すなよ、と針が怒鳴る。

ぴんと張ったワイアが作る進路をなぞり、ひとかたまりになった俺たち四人が、一直線に飛び出した。

しがみつく俺たちの指が、針の体に強く食い込む。

「痛っ……てぇ！」

14

俺の肩を突くようにして勢いをつけ、針が〈斜めの魚〉の船内へ飛び込んでいく。中央のキャビンへつながる通路をまっすぐに飛び、小さくなる。後を追って通路を移動する俺の目の前で奥の壁にぶつかり、跳ね返りつつ壁にあるパネルを勢いよく開く。音をたててヒンジが折れ、蓋が飛んでいくのもかまわず針は指先をパネルの縁にひっかけ、身体を戻しつつパネルから通信ケーブルをひきだし、腰のコネクタに接続する。俺たちが通路を通り抜けてキャビンへ達した瞬間にメインスラスターが起動し、三人は体勢をととのえる間もなく後部隔壁にぶち当たり、そのままひとまとめに押しつけられる。そこへケーブルをひいたまま針が衝突する。

最大出力の噴射に船体がびりびりと震える。物資の巨塊に隔てられてもなお、轟音が骨をゆさぶる。針が自分の腰から通信ケーブルを引きだし、霧のコネクタに繋ぐ。霧からの二本が俺と41に繋がれる。

四人の視点がひとつの計画域に集う。船の計算機がつくる空間に、球形に切り取られた宇宙が浮かぶ。中心をつらぬく一本の白い線があり、小さな船の似姿がそれをたどって飛んでいる。

後部隔壁の半球に押しつけられながら、俺たちの手がお互いを探し、あらためて引き寄せ、抱えなおした。誰かの手が誰かの体を、あるいは手を、握りしめる。俺は目をつむり、肉体の感触にしがみつきながら、計画域に開いた航法コンソールの操作領域に精神をすべて投じる。

外部カメラがよこす映像のなかで、画像処理によって強調されたコロニーの輪郭がたちまち遠ざかり、小さくなる。だがその印象とは裏腹に、近傍空間のマップのなかでは、ふたつの小さな点がゆっくりと、じりじりと離れていく。あまりにも遅い。推力が足りない。まったく足りない。

もうひとつの視界のなかで、四つの見えない手が未来をまさぐる。

船の先端に結ばれてしなる光の曲線は、俺たちの想定航路だ。それを全員がつかみ、動かす。計画のなかで船の姿勢を変え、噴射の向きを変更する。想定される行き先が変わる。航法システムがこの船に積まれた推進剤をふたつに分け、加速と減速に割りあてて、到達しうる未来を描きだす。操作の権限は全員に渡されている。だれもそれを独占しようとしない。お互いへの信頼からか、自分ひとりが未来を決めてしまうことへのおそれからか。だれもがだれかの体に指を深く食いこませ、パラメータを操作する。

「ここじゃ駄目だ」

だれかがいい、噴射方向変更のポイントを、いまの時点から、進路上の未来へずらす。船はどんどん進んでいく。計画のなかで、〈いま〉がどんどん過去になる。迷えば迷うほど、未来の窓は小さくなる。


どこへ？

どこへ？


公転軌道の輪のなかを、ふらりふらりと航路は迷う。

線が惑星の軌道に近づくと、到達する時点の前後における惑星の位置が、半透明の球を軌道上に並べたシルエットで表示される。

船の航路が木星の将来位置にスナップした瞬間、線は重力にねじられ、フライバイの角度に大きく曲がる。

ガス・ジャイアントの質量が船に注ぎ足す速度が、ほんの一瞬、俺たちの心に焼けつくような希望を与える。だが、線の先はなにもない虚空へ放りだされている。その先で、もういちど進路変更が必要だ。どうする。どこへ行く。どこへ行ける。

計画のなかで、視野は近傍の星系にまで広がる。俺たちの誰かが、あるいは計画上でひとつになった俺たちみんなの精神が、外星系への脱出を模索する。

光る線が虚空を探る。近傍の恒星に近づくと、線は一瞬そこへ吸い付き、止まる。

数字が現れる。


ラランド二一一八五。　距離八・二一光年、所要時間一二二三六年。

ルイテン七二六―八。　八・五七光年／一二七七二年。

アルファ・セントール。　四・三二光年／六四三八年。

ウォルフ三五九。　七・八光年／一一六二五年。

ロス一五四。　九・六八光年／一四四二七年。


線は母星にも止まる。

青く輝く小さな点。

心にするどい恐怖がこみあげ、線をもぎはなす。

火星。金星。水星。

ほどなく、線の動きが止まる。

わずかに震え、迷い、また同じ行き先を示して静止する。

「土星だ」

「土星」

「土星」

答えは始めから決まっていた。とても遠い、だが近すぎる。すぐに追いつかれてしまう。それでもほかに行けるところはない。母を使えなければ生存できない。あそこなら、輪や衛星の資源を使うことができる。死なずにたどりつけるぎりぎりの遠さだ。

エンジンのひとつが息絶えた。

連続使用の限界に達し、自動的に噴射を停めてしまった。再起動を試みるが、反応しない。

土星への所要時間が無慈悲に引き伸ばされる。

予備をいま産ませてる、と誰かの苦しげな声がきこえる。

コロニーの近傍に、噴射の光をカメラが見つける。始祖たちだ。

細く鋭いガスの棘は、みている間にどんどん長さを増し、加速の大きさをものがたる。

計画域のなかに、小さな樹形図がある。

俺たちの船だ。白い線でつながれた、船そのものと、いくつもの母、仔。霧のなかの母。針の腰の母。

母がひとつ、出力中の掲示を出している。最大の速度で、危険ぎりぎりの粗さで、エンジンを産んでいる。

この樹形図のとなりに、船にないはずの要素がぽつりと現れ、船に白い線を結んだ。

見慣れぬ要素はわっと数を増し、あたらしい樹形図になって、俺たちの樹形図にたくさんの線を伸ばした。

この船のささやかなシステムに、なにかが操作を行おうとしている。

いくつかの母が活性化し、出力の準備を始める。レシピのデータをどこかから受け入れている。

「この船のどこかに、受信しているハードウェアがある。特定できない。切れるところはすべて切ってる」加速に押し殺された41の声。

距離によるタイムラグが乗っ取りを困難にしているはずだ。だが、こちらのシステムの深奥で、その尖兵として働くべき電子的な仔が着実に組み上げられていく。

計画域に現れた樹形図は、俺たちの〈巣〉だった。細部をみればそれが一目でわかる。どの要素の名前にも憶えがある。だが、その全体は、まったく見覚えのない異様な形に変容していた。

始祖たちがすでに崩していた序列や分類が、さらに変形され、明確な中心のない、しかし奇妙に偏りのある網のような構造になっている。

〈巣〉のシステムも、母星から来たものに乗っ取られていた。

ねじれ、もつれて、変転し続ける樹形図は、たちまち〈斜めの魚〉とその構成物をみずからの構造のなかに引き込んだ。いつか見た生物学のシミュレーションの、生命の最小単位である小さな分子のからくりが化学物質を取り込む様子を思い出させる。

加速に押し固められ、物理的には身動きできない俺たちのもうひとつの視界で、樹形ならざる樹形図が一切のくびきを離れて浮かび、この船のすべてを飲み込んでばらばらに解体しようとする。

船に搭載された母が、くりかえし何かを産もうとする。

41がそれを阻む。権限の行使をはねのけ、暗号で覆い、不可侵の領域に俺たちの船を逃がそうとする。巨大な樹形図のなかを、俺たちの小さな樹がでたらめにめぐる。

そのとき、針の手が計画域で動き、ほんの一瞬だけ、制御画面を開くことに成功した。

〈巣〉に残され、まだ資源に変えられていなかった母のいくつかにアクセスできたのだ。

この船の電子的なはらわたに食らいついた仔のなかには、〈巣〉のシステムへの経路がある。そこへ41が見えない手をねじこみ、こちらから向こうへの通路をこじあけていた。針はそれを逃さず飛び込み、命令を叩き込んだ。

俺たちの身体に重なって押し付けられたふたつの身体が、加速に抗して弓なりになる。

俺の腕をつかんだ指に力がこもる。

数光秒の距離を渡って、巣から届いた二進数の小さな符号が、計画域に静かな声をつくった。

「起爆します」

接続が途絶え、制御画面が消える。

数瞬ののち、内破するように〈巣〉の樹形図が枝を失った。

構成要素の大半を失い、単純に書き直された枝の群れが、新しい構造を再建しようとするように揺れ動く。だがそれが間に合わぬうちに、みるみる数を減らしていく。

そして、すべてが消えうせた。

こちらのシステムに寄生し、〈巣〉へのつなぎ役をはたしていた電子的な仔が、参照先を失い、機能停止に追い込まれ、削除される。

あとには小さな樹だけが残った。そこにあるのは俺たちの船とその構成物だけだ。ほんとうにそうだろうか？　俺は何度も視点位置を変え、表示を切り替え、見落としたものがないか確かめようとする。傍らで41がおなじことをやっているのがわかる。

「接続を切った……？」霧が声を絞り出す。

「切れた。だがわからん」41が身じろぎする。

追加のエンジンに火が入り、俺たちの身体はさらに強く隔壁に押し付けられた。航法表示に描き出された船の似姿が、横腹に小さな付属物を生やしている。細い噴射炎が新たなベクトルを加え、船はやや斜めにかしいで加速を続ける。

後方を見据えるカメラのなかで、始祖たちの船があったはずの場所に、まばゆい爆発の光が広がる。

針が震えるように息を吐きだし、俺の身体にしがみつく。ひとつの口が俺の内腿に嚙みつき、もうひとつの口が、いやだ、と叫んだ。加速に引き伸ばされるように叫びは長く尾を引いた。それが何度もくりかえされた。

15

加速が切れた。

身をこわばらせ、ひとかたまりによじれたまま、俺たちは最後尾の隔壁からわずかに前方へ漂い出した。四つの身体に少しずつ分かれていきながら、お互いを見つめる。どの顔にも理解の欠如だけがある。

システムに異常はみつからない。

樹形図は小さいままだ。

ただ、エンジンの噴射がとまっている。

俺たちは言葉もなくウィンドウを手当たり次第に開き、手がかりを探す。

そのとき、なくなった足首のほうから、つい、と足のなかを何かが通り抜ける感触があった。

筋肉がひきつる。

痛みではないが破壊的な異物感が膨れ上がるように足全体を満たしながら進み、下腹部に飛び込んで何かにぶつかり、硬い衝撃が鈍い痛みに変わる。

俺は言葉にならない声をあげた。

三人は俺の腹を凝視する。

へその斜め下あたりで、皮膚の裏からなにかの形が突き出し始めている。

輪がひとつ浮きだし、その内側に小さい輪があらわれる。

多角形が中心と周辺にいくつも突き出し、いくつかは線状の隆起で結ばれる。

その全体を包むように、三角形の小片が組み合わさり、特徴的な曲面をつくりだす。

母星の機械のデザインだ。


母がひとつ、船の樹形図に予約登録された。〈出力中〉の表示がうかぶ。

足音をつつんでいたギプスが、ジジジ、ジジジ、と音を立てる。

中でなにかが動いているように見える。

ギプスの一カ所にぽつりと穴があき、みるみる広がる。中は空洞になっていた。小さな資源回収ヘッドらしきものが、ギプスの材料を齧(かじ)り、吸い取っていた。ギプスの中に小さな機械があった。モニタ用の機器だったのか？

それが閃光とともに飛び散る。痛みよりも熱さを感じ、レーザーで撃たれたのだと知る。

針が母をかまえていた。

同じ熱さが、俺の腹に炸裂した。

小さい爆発がはじけ、一度にぜんぶの内臓を蹴られたような痛みが走る。

「見せろ！」

針が、腹をかばう俺の両手をどけようとする。理由を察することはできたが、身体がいうことをきかない。針は、俺の両手を片手でつかみ、両足をもう一方の両手でつかみ、拡げ、覗き込み、もう一度撃つ。ふたたびの爆発。絶叫の形に喉が開くが、はらわたを潰されたようになって、声が出ない。

激痛が視界に黒い星を散らせるが、俺はどうにか樹形図に意識を向けた。さっきの母に付されたラベルは〈物理的構造喪失〉。

樹形図にもうひとつ母が現れた。それは、霧の胎内にある母の先へ、線で結ばれていた。

針が息を呑み、母を霧の腹へむける。

霧がその母の先端を足先でつかみ、自分の足のあいだへ引き寄せた。銃口がぴたりと股間へ当てられる。

口をあけて針が霧をみる。

霧は素早く首をふり、いう。

「焼かないで」

ひとさし指を鉤にして、ぐいと引く仕草。

「刺して、引っこ抜いて!」

チャキッ、チャキッ、と針の母が出力方式変更の音をたてる。

霧は二の腕の袖を嚙み、針にうなずいてみせる。

針が撃ち、ワイアがぴんと張る。

俺は痛みに精神が麻痺したまま茫然と眺め、霧の叫びを聞いた。

41が針に手を貸し、二人の力でいっきに引きずり出した。

中空にカーブを描くワイアの先から、なにかが放り出される。

41が俺の身体を引き、針は霧の身体を引き離す。

後部の隔壁にはりつきながら、針は正面に母をかまえた。

目の前の空間には、赤い球が群れをなすなかに、赤いものに覆われ、ひしゃげた機械の筐体がある。その中から、黒い角がいくつも飛び出した。

途中の記憶を消されたかのように、つぎに現れたものはそこまでの光景とのつながりを欠いていた。

キャビンの中心に黒い円があった。

一瞬、視覚を乗っ取られたのかと思う。

円はあまりにも精確で、均一に黒く、奥行きがない。

どんどん大きくなり、キャビンを輪切りにする形で完全にふさぐほどの直径になった。

照明が隠され、俺たちのわだかまる船尾が薄暗くなる。

平面なのか立体なのかも判然としなかった。大きな黒い球のようにも見えた。どこか母星の似姿であるようにも思えた。

黒い円のなかに動きが生まれた。

それは、まるで統制の感じられない、奇妙なせめぎあいだった。なにかの形が生まれようとしては、ほかの形にさえぎられ、崩れて消える。

円の全体に、建物の下部構造を思わせる複雑な格子の重なりが浮かんだかと思うと、その一角に黒い鏡面をぎらつかせて大きな多面体が飛び出し、周囲にちいさな円筒の群れを散らす。その表面が並行な溝にえぐられ、溝は内側に母星の樹木のような茂みを育てながら広がり、深まり、多面体を食い尽くす。茂みのなかから鋭い棘が数百本ほども突きだし、その先端は見えない平面に突き当たって平らな円になり、広がって融合しつつ大波となって円の縁までをきれいに均し、その中にはまたなにかの形が浮かび上がり……。

そういった動きがひとしきり続いたあと、円は唐突に静まった。

平面にもどった黒い円から、ゆっくりと浸み出すように現れたのは、ひとりの人間だった。

やはり母星の母は〈門〉になっていたのだ、と思った。

これからここへ母星の人々がやってくる。そう考えると、希望と恐怖がいちどに押し寄せた。

現れた人物には、はっきりした性別のしるしがなかった。

あたりに強い血の臭いがたちこめ、この人物がそれをまとっているかのように感じられる。

特徴のない衣服は、〈友だち〉とおなじように、足先のほうへ引きつけられている。つまり、重力を模している。

顔には、なんの感情も現れていない。

人ではなかった。

目の前で人の形をなしているのは、細胞ではなかった。それよりもはるかに微細で、複雑で、破壊的なもの。細胞よりもずっと小さい機能単位の集まりが、皮膚の角質という粗くて不揃いな構造をていねいに模倣している。

その精度の高さ。

人間とおなじ形をしているようなのに、始祖たちよりもはるかに奇妙な顔をつけていた。

ただ無表情なのではない。懐疑のようでもあり、おだやかな非難のようにも見える、形は変わらないのにどこまでもとらえがたく、めまぐるしく印象の変転しつづける顔貌。

あまりにも不自然に左右対称で、それが、ある瞬間に、あまりにも不自然な非対称へと崩れ込む。そしてそれがまた、なんの前触れもなく左右対称に戻り、凍りつく。

実際にはまったく変化していないのに、そういう印象をこちらが勝手に受け取っているだけなのかもしれない。だが、目の前でそれは激しく流動していた。同時に、すべての原子が静止しているようにも見えた。

あらゆる表情を内包しているかのようでありながら、そこに友好の気配だけがなかった。

その口が開くと、声は唇の動きにぴったりと沿った。

「この尋答界面は暫定的な構築物であり、折衷的な指針の連合です。人格ではありません。入力に対し、時間によって変動する七〇〇〇から八〇〇〇の運営体から提示される要求に基づき作成した判断機序に則って応答を出力します。各運営体の重みづけが変化するため、応答内容の通時的な一貫性については低期待値であることを予め警告します」

針の腰がギュッと鳴った。

「——こいつら、ひとつじゃないってことか。まだあの中で、国だか企業だか文化圏だかに分かれてゴチャゴチャやってんだ！　そうだろ？」

霧がかすれた声でたずねる。

「運営体っていうのは、〈国家〉のことなの？　どういう集団？」

「固有消費クラスターです」

「プロファイルで分断してるのかよ！　汚ねえ！」

針は、人類が意図的に小集団に分けられていると受け取ったらしい。

もしそうだとしたら、母星の人間はまだ、始祖たちがいうようには均質化されていないのかもしれない。かつて見た都市の印象もそれを裏付けているように思えた。

「アステロイドをどうするの」

霧がさらに訊き、苦しげに息をもらす。

「資源化します」

「何に使うの、資源を」

「使途は運営体によって異なります」

「あたしたちをどうすんだよ？」と針が訊く。

「現存の障害に含まれる、六三パーセントの確度で人類と認めうる自律的活動群については、撤去のスコープ内において人道的に処断します。人道性の定義は運営体の間で吸収困難な差異があるため流動的ですが、執行時点での暫定的な総意に従うものとします。この処理に運営体の承認は不要です」

「ふざけんな」と針。

俺は41をみた。

41は、ただわずかに首を横にふった。

「おい、人間が出てこいよ！」

針が怒鳴る。

「見てんだろ、その裏で？　タイムラグがあったって、もう届いてるだろ！　火星にいるやつでもなんでも、顔だせよ！　本物の人間が前に出てきてなんかいえよ！」

どこにも主体はないんだ、と気がついた。

代表者はいない。ひとつのまとまった意思は存在しない。施策、方針、そういったものはない。つねに無数の欲望がせめぎあい、混ざり合って、母がそのすべてを実現する。

母星では、母がなにもかも呑みこんでしまった。

俺は壁を蹴り、人の形をしたものに近づいていった。腹の傷には火を埋め込まれたような激痛がある。

霧の悲鳴がきこえる。

俺は手を差し伸べた。

どうしても触りたかったのだ。母星の人々に。あそこで生きている生身の人間に。

ここにあるのがそのためのインターフェイスであってほしかった。人の姿をもっているから、それが出来ると思わずにいられなかった。

俺の眼前で、その頭部だけが、元から繋がってなどいなかったかのように体を離れ、すっと後ろへ退いた。

表情はいっさい変わらぬまま、どこまでも、ありえないほど遠くへ、離れていく。だが、そう感じたのは眼の錯覚で、遠ざかっているのではなかった。どんどん小さくなっていた。

小さくなっていきながら、顔面の起伏がめちゃくちゃになり、あちこちの方向に引き延ばされる。

つぎの瞬間、そこまでの動きとまったく繋がりなく、計画上でオブジェクトを差し替えたかのように、黒い矩形（くけい）に替わった。

矩形は小さな矩形の群れになり、それらが縮んで、小さく黒い立方体になる。

息を殺して立方体の群れを凝視した。

時間がすぎていく。

なんの変化もおこらない。

突然、あることに気づいた。

ごくごくわずかに、立方体の位置が変わっている。

整然とグリッド状に並んでいたものが、ほんのすこしだけ配置をゆがめている。

それを知った俺の吐き出した息が、すこしの間をおいて届き、立方体たちがゆっくりと吹き散らされた。回転しながら、空気の流れに乗って漂っていく。

針が近づき、そっと手を伸ばし、ひとつをつまむ。

立方体は崩れ、針の指に黒い粉を残した。

3　それとも

「あなたが僕くらいの齢だった頃のことを僕に話して」

「私はなんにも理解できなかった」僕の父がいった。「誰に訊ねればいいのかも判らなかった。どう訊ねればいいのかも判らなかった。訊ねなかった。ただ待っていた。ちょうど私は眠っていたようなものさ。不思議な、そして素晴らしい夢を見ながらね。そう、私はいつも思ったものさ、僕は賭けてもいい、今になにもかも良くなるんだ、って」

――W・サローヤン「パパ・ユーア　クレイジー」

伊丹十三訳

1

窓がほしい、といったのは針だった。

俺たちはそんなもの要らないといった。

けっきょく、進行方向に直径二〇センチほどの透明素材を出力し、俺たちは数年ぶりにむき出しの宇宙空間と対面することになった。

小さく切り抜かれたその宇宙は、ほとんどが土星に占められていた。細い斜めの楕円をなす環を窓のふちに接して、俺たちの到着を待っている。

環はとても美しかった。目を凝らせば、無数の細い筋にどこまでもこまかく分かれていく。どれだけ拡大しても細部がある。

ガスの塊である惑星そのものは、環の鋭い輪郭とは奇妙につり合わない、ぼんやりとぼやけた球体だった。水平に走る筋は、環とおなじように細かくありながら、底知れぬ曖昧さにとけこんでいく。

目に見えないほどの速さで回転しているような印象と、すべてが静止しているような印象が同居している。

環の美しさとは裏腹に、惑星そのものの茫漠たる巨大さは、直視できないほどに怖かった。母星よりもはるかに大きな天体が、顔のない顔となって、こちらを見据えている。

それは、動かすことのできないものだった。計画域の星図でみる天体は、いくらでも角度を変え、大きさを変えて眺めまわすことができる。ほんとうの天体は、視差のまったく生じないその平板な見え方から、わずかなりとも動くことがない。

この動かしようのなさが、なによりも恐ろしかった。シミュレーションではない、決定した、変えようのない未来がそこに据わっている。小惑星とは比べ物にならない、地球すら矮小に感じさせるほどの巨大な質量、重力が、たったひとつの固定された軌道に俺たちをつかみ、逃げるすべを奪っている。

計画域の小さなウィンドウに開いた映像のほうが、安心して眺めることができた。

針も同じように感じたのだろう、気がつくと窓には蓋がかぶせられていた。

みんな、ほとんど星を見ずに育ち、暮らしてきた。人生の大半を、宇宙空間よりも計画域の背景色を眺めて過ごしてきたのではないかと思う。宇宙は広すぎ、コロニーはあまりにも小さすぎた。

脱出から一週間がたったところで、おそるおそる集光パネルをひろげてみた。効率よりも隠密性を重視した素材構成だが、少しずつ広げていき、けっきょく直径三キロほどの円になったそれから注がれたエネルギーが、俺たちにようやく息をつく余裕を与えてくれた。太陽風を受ける帆として、追加の加速を提供してくれもした。

それから、母が壊された。

俺は最後まで抵抗したけれど、多数決をうけいれるしかなかった。

船に残っていた三つのうち一番大きな母が解体され、資源回収のための内部機構が、生命維持装置の一部として船体に組み込まれた。母自体の部品を使ったほうが、新しく産ませるよりも効率がずっと高いからだ。

「いままでなかったよね、自分たちの出したものがこんなにすぐに口に入ることって」

そういって霧は笑った。

いま、この小さな船だけが唯一の生存環境だ。そして、ここには小さな母が二つしかない。自分たちのまわりに広がっている空間がどれほど虚ろであるかを考えると、不安で気が狂いそうになる。

だが、当面の資源はどうにか足りていた。太陽からのエネルギーも四人が生きるのには十分だった。身を縮めて寄せ合っていた俺たちも次第に気をゆるめ、おたがいに不平を述べはじめ、諍いになり、41が俺の前歯と頬骨を折った。

みな、ほとんどの時間をそれぞれの部屋にひきこもって過ごすようになり、土星圏への到着を待った。

あのあと、母星からの干渉は一度もなかった。

なぜなのかを話し合ったが、答えが見つかるはずもない。管轄の領域から出てしまったからではないかと俺は思っていた。針は、次の一手が来るに違いないと信じ、武装の出力を主張した。観測によって、アステロイドベルトの全域でなんらかの活動が進行しているらしいことがわかった。

核爆発らしい光もあちこちでひらめいた。加速の光と思えるものも見えた。資源を火星や母星へ運んでいるのかもしれない。

土星についてからどうするか、まだ四人の意見はまとまっていなかった。まずは資源をあつめ、生存環境を整える。そこまでは同意がなされたが、どこに拠点をおくかで意見が合わない。衛星の中心部に住もうぜと針はいい、またあれが来たときにすぐに逃げられないような場所はいやだ、と霧は反対した。

俺を計画に含めるな、と41はいいだし、ハードウェアが足りないのに住むところを分けるのは許さない、と針がいきりたった。

人をさがしたいと霧はいった。そのことは以前から考えていたのだという。宇宙へでてきた人間のグループがほかにもいるはず。それを探して、合流する。今すぐじゃなくていい、土星に安定した居住環境をつくれたら、探索をはじめよう。

俺にはまだまとまった考えがなかった。

土星についてから自分がどうしたいか、よくわからなかった。

しばらくは、生存環境の構築で忙殺されるだろう。諍いがおこらないわけはないと思え、不安がつのる。だが、しばらくはそのことだけを考えていればいい。

それが済んだら、どうするか。

また都市の計画に没頭しようという気にはなれない。かといって、母になる、という考えはいっそうぼんやりと焦点を失っている。

いつかは始祖と和解し、コロニーへ戻れると思っていた。意識の表層へ触れさせぬまま、可能性の検証もなく、ただずっとその信念を抱えて暮らしていたのだった。どれほど本気でそれを信じていたか、いかにその思い込みが空しいものだったか、ふりかえると途方に暮れる。

その思い込みがあったからこそ、あれほど無為に過ごしてこられたのだ。未来へどうつなげていくかに真剣な考えを費やすことなく、ただ計画とだけたわむれていた。

呼び戻されることを待ちながら、時間を潰していたのだ。

母の精度へのこだわりも、実現へのあこがれも、ふりかえってみればただ滑稽だった。

土星はあまりにも遠い。

考えがまとまらぬまま、ながい時間が過ぎた。

あるとき、だれかと話したくなり、あてもなく通路へ漂いだした。

霧の居室の入り口をみると、ファスナーがすこし開いていた。受け入れられているように感じ、近寄って中をのぞく。

霧は、なにか白いものを抱えて部屋の中央に漂っていた。

素材は灯りに透けて、中空であることがわかる。プロトタイプだ。

実物大の人間の頭部を出力したものだった。

——誰の頭か、すぐにわかった。

こちらを横目に見た霧のまなざしに、そのまま何もいわず引き返す。

拒絶があったわけではない。そのまま入っていって話すこともできただろう。

だが、できなかった。

目の前にふっと影がかかり、41がいた。

一瞬、こちらに目を合わせ、そのまますれ違う。

霧の部屋の入口にとまり、わずかに顔を差し入れる。

俺は、止めようかと思い、結局そうはしなかった。

部屋のなかからは霧の穏やかな声が聞こえ、そのまま、41は中へ入っていった。

ファスナーが閉じられると、通路はリサイクラーの静かな稼働音のほかにはなにも聞こえない。

共有空間へ行こうとした俺の視界のすみに、動くものがあった。

針の部屋だった。半開きのファスナーからふたつの右手がさしだされ、招く動きをした。


部屋のなかはひどい散らかりようだった。

壁には、銃の形をしたあの母が固定されていた。

針は、灰色のプロトタイプをもてあそんでいる。

「なにこれ」

「質量投擲砲（マスドライバー）」

見当はついていたが、やっぱり兵器だった。俺はげんなりした。

「早く重金属を集めたいんだよ。環をぜんぶあさって、使える資源をまとめておこうぜ。衛星の掘削（くっさく）も一緒に始めるからな。あとさ、土星本体のガスを使って、でかい発電プラントつくりたいんだよ。で、大口径のレーザーをぐるっと配置して防衛面にする。着いたら、防衛システムの構築が最優先だからな。忘れんなよ。あいつら、すぐ追ってくるぞ」

俺はあいまいな返事しかできなかった。戦争の準備をしなければいけないということが、まだいまひとつ納得できていないのだ。

「早く足なおせよ」と針が指さす。

あとでいいよ、と俺は答えた。不便ではあったけれど、今わざわざ出すほどのものでもない。41は簡単な機械式の手足を出力して使っていた。目はまだそのままだ。

「――あのさ」

針の顔から威勢の良さがすこし引っ込んだ。

「頼みがあるんだけど」

腰がゆるりとまわり、もうひとつの半身もこちらに向きをそろえる。物騒なプロトタイプは手から離れていった。

「なに?」

「霧がいってたけどさ、虹も母になるつもりなんだろ?」

「ああ……」

まだそのつもりが自分にあるといえるだろうか。

「腹に母を入れたら、あたしの母になってよ。ていうか、あたしの母にもなってくれよ」

「えっ?」

「あたしの母になるって約束してよ。べつに、あとで約束を破ってもいいからさ」

俺はその意味をくみとれなかった。

「そんな、人を物みたいに……」

母とは、そういうものだっただろうか。

「霧とおんなじだよ。自分を母にするなら、あたしのためになんか産んでくれってことだよ」

「なんかって、何？」

「わかんない。でも、なんか、あたしのを出力してほしい。あたしが思いついたときに」

いかにも針らしい勝手ないいぐさに、俺の声にも棘が立ちはじめる。

「なんでそんなに図々しいことを要求できるんだよ。おまえはいつも勝手なことばっかり……」

「べつにいますぐってわけじゃないんだから、いいだろ？　それに破ってもいいんだって」

「破っていい、ってどういうことだよ？　約束しても、後で破るんじゃぜんぜん意味ないだろ？」

「だから、いまは、『絶対に約束を守る』って誓うんだよ！　で、それを後で破ってもいいっていってんだよ！　いまはとにかく約束しろ、本気で！　破ったらあたしに殺されてもいい、とかいえよ！」

ひとつの顔で憤然とまくしたて、後ろにひかえたもうひとつの顔も、同じような憤りを額にかかげて口をとがらせている。

ちいさなころの針を思い出させる顔だった。まだひとつの身体しかなかったころ、針はいろんなものを欲しがり、いろんなことをして欲しがった。むちゃな願いをきいてやるのは、たいてい雲だった。いつもその姿の近くにあった珠の笑顔も、あざやかによみがえった。

ふと、刺すような寂しさがこみあげる。

「……俺じゃないとだめなの？」

「ほかに頼めるやつなんていないだろ？　いまここに何人いると思ってんだよ」

「なんで霧に頼まないんだよ」

「あいつは駄目だよ！」

針はそう断言し、

「霧はきっと41の母にもなるから、あたしの母までやる余裕ないよ。41は自分を母にはしない。あいつは絶対それはやらない」

「そうか……？」

「そうだよ」

41はXXじゃなかったっけ、と俺は思いだして口にした。霧がそういっていたのだったか。

「身体はべつに作ってるんだから、関係ないじゃん。あいつはならないよ」と針。

そういえば、奴は始祖と同様に、腹に脳があるのだった。

「べつに、腹に子宮を入れられないなら頭でもどこでもいいと思うけどさ、あいつはやらない」

針がなにを根拠にそう断言しているのかはわからなかったが、それなりに腑に落ちるところはあった。奴には奴なりの道具の使い方がある。

「あたしは母を入れとく場所がないからさ」

俺はふたつの腹に目をむけた。あれをしまってあるのはどちらなのだろう、とふと思う。

「針だって、形成不良をなおせば……」

「あたしはこれでいいんだよ。だから、そうじゃないんだって。あたしは自分の体をそういう容れ物にはしない。霧がそれをやるのはいい。あたしはやらない。おまえは、母になることにしたんだろ？

子宮を入れて、霧みたいにそん中に母を入れるんだろ？　じゃあいいじゃん」

「……おまえ、ほんとに勝手だよなあ」

針がとがらせているふたつの口を交互にみて、俺はため息をついた。

「俺が出したいものはどうなるんだよ？」

「それは出せよ、もちろん。おまえが産みたいもの優先でいいよ。あたりまえだろ」

「そうか」

「だから、とにかく、約束してくれっていってんだよ。あたしの母になるって。……いえよ！　たのむから！」

身体を前後にならべて、唇をぎゅっと結び、目のないふたつの顔がこちらを睨み据える。こちらから見て手前のほうにある身体が斜め下に伸ばした手は、うしろの身体の両手とそれぞれ硬く握り合わされている。

うしろの顔がわずかに揺らぎ、泣き顔にくずれていきそうな気配をみせる。

俺は手を伸ばし、それを迎えて差しだされた針の手をつかんで、引き寄せた。反作用でどちらの体も前に進み、中間地点でひとつになる。

ふたつの体をならべた針が、それぞれの片手を俺の背中にまわす。

それから、のこりの二本を、こちらの首の両側に巻きつけた。

両方ぎゅっとして、と針がいい、俺はふたつの体を押しつけあうように力を込めた。

こちらの顎の両側に、ふたつの額が、なめらかな眼窩のあとが、ごりごりと押しつけられる。束ねた髪が目の前で揺れる。見えない目にはいまなにが見えているのだろう。

どちらの頭からも、かすかに人の脂の臭いがした。つくりもののほうも細胞でできていることを、久しぶりに思い出した。

四つの掌が落ち着きどころを探してぎこちなく動くのを感じながら、自分にもまだ四つの手があったらよかったのにと思う。

「腕を切らなきゃよかったかな」

「いいよ、あんなの無くても」

右の耳元で小さな声がいう。

反対側でもうひとつの声がする。

「あれじゃ配置が悪すぎて、使い物になんないだろ」

両耳に笑い声が吹きかけられる。

俺も笑ってしまった。ほんとにそうだったのだ。あれはぜんぜん便利じゃなかった。普段はただ邪魔なだけで、新世代の連中との格闘でも役立たずだった。

「――約束する？」ひとつの口がたずねる。

「約束する」と俺は答える。

「いつ頼むかわかんないけど」

「いいよ。……いつでもいいよ。思いついたらいいなよ」

「すっげえでかいのを頼むかもしんないけど」

「でかいのは無理だな……」

「なんでだよ！　産めよ！」

ひとつの拳が俺の肩をたたいた。

〈巣〉にきてからは、みんなで性交することはなくなっていた。するたびに二人の不在を耐えがたく感じるようになったからだろう。そこについては、三人ともおなじ気持ちだったように思う。

今までどうしてた、人形を使ってた？　と針がきき、そういうときもあった、と答えた。

針のその場所を目にするのは、ほとんど初めてのように思える。扉の先で道は閉じられている。あるいは、唇の奥に口がない。子宮をどうしたのかはわからないが、そこへの通路がいまはない。いつかの時点で、針がそういう形に変えたのだ。

〈小舟〉にたとえる呼び方を、むかし教えられた。それにならっていうなら、底のふさがれたその舳先には、いまもなにかを待つような顔で、ちいさな少女が座っている。

そのようにたとえて呼ぶことを、『ほんとうの』小舟のうえで教えてくれたのは、ある〈友だち〉だった。もうすこしでその顔を思いだせそうな気がする。みんなでするものだと思っていたことを、一人の相手だけと分かち合うことの特別さも、この〈友だち〉が教えてくれた。

熱中しすぎて、いつのまにかオールが流されてしまい、シチュエーションを初期化しなければいけなかったことも思いだした。

あの〈友だち〉に再会したような気持ちで、ふたつの小舟にひとりずつ乗る少女に挨拶をおくる。

針も、届かない場所にいるだれかを呼ぶような声でこたえる。

──あたしを産みなおしてよ、と針がいった。

まどろみかけていた俺は、目を見開いて針の顔をみた。

「あたしがなんかヘマをやったらさ、一から産みなおして、やり直させてほしい。そういう母になってくれよ」そう針はいい、こちらの首をふたつ額で挟む。

それは……無理だよ、と俺は答えた。

「だからさ、いいんだよ、無理でも約束してくれよ」針は俺の肩をたたいた。

自分が身体に母を持ちたいのかどうか、やはり確信はもてなかった。

ただ、針のほしいものを出力してやるという約束は、俺の心を温めた。未来へむかって一本の線がひかれたように思えた。

2

我々は長射程の熱核兵器を含む広範囲の武装を有しており、極めて不本意ではあるが、何らかの敵対的行動を貴君らが行った場合は、即時に自衛のための反撃を行う準備がある。

しかし、もし貴君らが友好の意思を表し、構成人数、生産の規模、武装の有無・威力などを明示し、資源および施設の一部を共有することに同意し、我々が構成する平和的な同盟へ参入の意思を表明するならば、我々は貴君らの参入を歓迎する。

我々は地球から独立した集団である。土星圏に拠点を置き、多数の構成員を擁している。現在までに、小惑星帯に拠点を置いていた一七の小規模なコミュニティを亡命者として収容している。貴君らの想定進路や、直近に小惑星帯で観測された事象から、貴君らも同様の集団であると推測し、この通信を送るものである。

地球の勢力圏拡大をうけ、太陽系内に散在するコミュニティが抱える多くの困難を我々も共有している。少しでも多くの力を結集し、生存の道を探っていくことが急務であると考える。我々は自己複製デバイスによる生成システムを有しており、完全に自給自足の環境を維持しているが、より高度なテクノロジーの提供を歓迎する。我々は手を携えての生存と繁栄を心から望んでいる。

繰り返すことによって以下を強調する。
我々は手を携えての生存と繁栄を心から望んでいる。
返答を待つ。

3

「こんなの、ぜんぶ嘘だろ」

黙っているほうの針の両手は、俺の腰をきつくつかんでいた。

送られてきたメッセージは、平文だった。同じ文章が五つの言語で書かれ、並べられていた。

先頭に置かれたものは辞書が翻訳できず、不明な言語、とだけ表示された。これが、向こうの連中が使っている言語なのだろうか。

進行方向からやってきたひとつの信号が、船の警戒システムをつつき、目覚めさせていた。

土星圏に存在する哨戒線に達したらしい。

——つまり、あそこには先客がいるのだ。

針は、母星に先回りされたのではないかと恐れた。

俺たちは、もしそうだとしたらこういうアプローチはとらないはずだと、針を説得した。

相談のすえ、俺たちは通信を開いた。

4

「ありがとう。こうしてくれたほうが、きみらも安心できると思うよ」

白い顔が眉をもちあげ、口元に深い皺をよせて歯をみせ、視線を俺たちひとりひとりにめぐらせ、まばたきする。さきほどまで硬い物体だったものの中に〈人間〉がすべりこみ、俺たちに満面の笑顔をみせた。

皺が多すぎるように思えたが、元々のレシピがそうなのか、それともこちらの出力がどこか間違っているのかは判然としない。

向こうが提示した通信データの規格は、音声チャンネルと筋運動チャンネルに分かれていて、映像はなかった。あわせて送られてきたレシピに従い、生体素材で人間の頭部を出力した。調整は必要だったが、一応ここの母でも出力できる構成だった。こちらからの送信は音声と映像だけでもいいということになった。

電子的な知覚共有は、侵襲性が高すぎるという理由で先方が断ったのだった。こちらとしてもそれに文句はない。

担当者は俺たちとおなじ言葉で話した。

〈斜めの魚〉がその近傍を通過しつつある前哨基地から通信しているという。

「ちょうど、わたしがいる場所からならほとんどタイムラグなしで話せるからね、対応をひきうけたんだよ。ちょっとお喋りをしよう。話の中身はべつになんでもいい。どうせまだまだ長旅になる。でも、なるべく正直に話すつもりだよ。きみらが土星に到着してからの苦痛をすこしでも減らすためにね」

「苦痛があると思ってるの？」と霧。

「そう大げさにとらないでほしいけれど、あとからこのコミュニティに加わった人間は、みんな単なる戸惑い以上のつらさを感じるらしいんだよ。そんなにひどいところというわけじゃないけど、まあ、かなり違うからね」

「そっちは何人いる？」針がたずねる。

「それはまだ明かせない。この会話がおわるころにはどこかから許可がおりてることを祈ろう」

「結局、知りたいことなんか全然教えてくれないんじゃないのかよ」

「きみらが知っておいたほうがよさそうなことも教えるよ。たとえば、母星がいまどんな動きをみせているか」

「どんな？」針の声が鋭くなり、俺の心臓が鼓動を早める。

「いまのところは、小惑星体を占拠するだけで満足しているらしい。火星への植民はいよいよ本格化したように見える。木星軌道付近からの観測だから、あまりはっきりとは分からないけれど」

「こっちにくる可能性は？」と霧。

「警戒を解いてはいないけれど、その気配はまだない」

担当者は目のまわりに懸念の皺をよせ、説明する。

「地球は、こちらからの呼びかけにはいっさい応えていない。なんらかの政体と見なせるものがぜんぜん表面に現れてこないんだ。でも、そういうものが無くなってしまったわけじゃないと思ってる。向こうの連中は、たぶん、『システムの制御不能な暴走』という建前のうしろに隠れて、地球外の人間を蹂躙しているんだよ。このやりくちがいかにも姑息で人間くさいとは思うだろ？　そもそも、自律機械だってふつうはあそこまで馬鹿じゃないよ。

　あの向こうにはまだ人間がいるはずだと、わたしたちは考えている。裏で物事を決めているやつがちゃんといるはずなんだ。ここにたくさんの〈人間〉がいると知ったら、こんな暴挙を許すべきでないと考える人間だって、地球にはたくさんいるはずだと思うんだよ。

　あの厚い壁をどうやって穿孔するかが課題だ。われわれの一部はその準備を進めてる」

「やんのか……」針がいい、もうひとつの口から息を深く吐きだした。その加速をうけて身体がまわりだす。

「上層部はすぐにきみらを動員しようとするだろうと思う。でも、これはわたし個人の意見だが、いやなら応じる必要はない。ここに集まった人々はみんな、防衛のために結束しつつ、それぞれの企み（デバイス）に没頭することも、〈合意〉によって認められている。いっとき、身を休める場所だと思って滞在すればいい。それから、自分の人生を見つけるんだ」

　そこで担当者の表情がアイロニーを帯び、

「正直にいえば、ここもほかと同じ地獄だ。でもね、仲間がいるのが大きな救いだよ。きみらは、ぜんぶで二ダースもいなかったんだろう？　仮構人格を含めても五〇人に満たない。それで、四半世紀以上だろ。……それはね、断言するけど、人間にはとてもつらいことなんだよ。きみらはよく持ちこたえたと思う」

「持ちこたえたんだと思う？」と霧がたずねる。目を伏せた顔には皮肉な笑みがある。

「もちろん。まだ息をしてるだろ？」

担当者は口元を引き締めて笑いに似た形をつくり、

「構成員がみんな死んでしまった居住施設をいくつも見つけたよ。人間が少なすぎると、いくらハードウェアがしっかりしていても負けちゃうんだ。きみらのグループが脱出してから一〇年後あたりが地球外脱出のピークだった。そして、その後五年ほどの間に、そうやって出てきたコミュニティの半数が、なんらかの形で存続不能に陥ったと推測されてる」

担当者は針に視線をむけた。

「きみは素敵なスタイルを選んだね。こっちにも個性的な連中がたくさんいるから、きっと気に入ると思うよ」

「身体がふたつの奴、いる？」

挑むように針がたずねる。

「私が知る限りでは、いないな。きみはほんとうに創造的だよ」

担当者は41をみる。

「きみの手足は片方ずつ応急処置なんだね。でも、身体全体が独自に設計されている。かなり凝ったデザインだね。よく練られている」

41は黙っている。担当者は小さくうなずく動作をし、

「ここにいる人間が地球から出てきた理由はさまざまだけれど、おおむね、地球では禁じられていたことをやる、そして、人間以上のなにかになることを目指したことでは共通している。——後者につ

いては、ほぼ全員が成功しなかった」

言葉を切り、口をむすんで、四人ひとりひとりの顔をじっとみつめる。

「私たちはまだ人間なんだ、残念ながら。でもね、それはけっして悪いことじゃないと、私は思ってるよ」

「じゃあ、そっちにはいるんだ、人間が」と霧。

「そう、みんな人間だよ。それを忘れないでほしいな」

「あいつらは人間じゃなかったぜ、あたしらを出力したやつらは」

「そうか」と担当者は針にうなずく。

「俺は人間じゃない」

そういった41に担当者は顔をむけた。

「そうか、きみは特別なんだな」

ひとつ間をおいて、担当者は大きな笑みをうかべた。

「きみらを迎えられるのが嬉しいよ。できればゆっくり滞在して、話をきかせてくれ。実際にはなかなか〈窓〉が合わないだろうけど、それでも、そのうちには」

ああ、そうだ、と担当者はなにかを思いだした顔になり、たずねた。

「きみらは信仰をもってる?」

持ってない、と針が即答した。

ボストンは持っていた、と思いだした。俺たちはそれを不合理な信念、始祖の狂気のひとつとみなしていた。

「ここのメンバーのうち、三割くらいが持ってる。種類は八つくらいかな、たしか。地球になかったものもある。いちおう気に留めておいてくれ。じつをいうと、わたしも持ってる」

「どんなの？」と針がたずねる。

「いいものだよ」と担当者は答える。

「たぶん、きみらはとてもひどい目にあってきたんじゃないかな。こういう場所に生まれたというだけで、十分につらい目にあってることをさておいても。小さくて孤立したコミュニティはとにかくむごいことになりがちだから」

じゃあここはどうかというと――と担当者は言葉をよどませ、

「それなりにつらい思いをするはずだ。これからきみらが迎え入れられるのは、軋轢の絶えない社会だよ。地球の脅威だけが、かろうじてそれをまとめてる。そのことを心にとめておいてくれ。それでも、きみらにはこれが必要なはずだ」

針が低い声で答える。

「そうだよ。それが欲しかったんだよ。社会が。そっちにはあんの？　でっかいやつが？」

「正直にいえば、たいしてでかくはない。もっと正直にいうと、とても小さい」

担当者はそういって笑い、

「でも、あるよ。それに、きみらにとってはこれでも十分に大きいはずだよ」

5

俺たちはそこに放り込まれた。

土星コミュニティの公共空間は、視覚情報のるつぼだった。

空間の隅から隅まで、いろんなレベルの掲示が隙間なく充填されている。その中を移動すると、自分との距離に応じて表示は変化し、その流動のめまぐるしさにとても追いつけない。どの情報を拾い、どの情報を無視すればいいのか、教えてもらえなければ見当がつかないのだ。だが、いきなり体験させて慣れさせる、というのが向こうの考えであるらしかった。

ただのんきに、たくさんの人間がいるとしか想像していなかった俺は、ひたすら面食らい、あてもなく情報の混沌にもまれつづけた。

それは、〈友だち〉の空間で体験した母星社会の小さな模型とも、まったく別のものだった。ただ情報が多いだけではなく、ひとつひとつの細部が、まるで異質なのだ。

母星にのっとられたコロニーで見た出力の混沌を思い出させられ、恐怖すら感じた。

計画空間が現実の空間にあらわれたような印象もあった。

人体の神経系への電子的な接続や、知覚の共有はいっさい許されていない。情報はすべて現実の空間に投影されるか、物体として出力され、不要になると即座に回収された。

わずか数秒のやりとりのためにも、大きな出力が飛び出す。

現実の物体によって、有無をいわさず不可侵の個人的領域を宣言しているようでもあった。相手に暴力をふるえないように監視しているとしか思えない、片面だけの檻じみた物体も登場した。対話するどちらに対してもそれは穏やかな威圧をあらわしていた。

たぶん人であるはずのものは、なかなか姿をみせてくれなかった。浮遊して移動する物体のいくつかが、投影情報や物理的な殻で身を隠した〈個人〉であることに気づくには、かなりの時間が必要だった。

たくさんの問い合わせと承認を経てようやく、物理的かつ電子的に何重にも個人占有領域の殻をまとっている相手とのあいだに、対話のチャンネルが開くのだ。そうしたうえで、さらに言葉のへだたりが無視できない障害になった。

音声での会話には自動翻訳がつくが、翻訳困難なニュアンスをもつ言葉が話されると、警告のアイコンがひらめく。文化的な差異によってあなたの気持ちを害するおそれがあります、とそれがいう。

それぞれの人物が、〈合意〉と呼ばれる実質的な法律の求める範囲に加え、自分が開示してもいいと考える範囲で、自分の出自、物理的属性、属する文化圏や小コミュニティ、個人的な信条などを明かし、こちらにも、それらをすべて把握することが求められる。それらすべてへの〈敬意〉をきちんと表すことができるかを、やりとりのなかでつねに意識させられる。自分と相手との差異をつねに認識し、衝突を回避しながらコミュニケーションすることが求められている。そうする能力をもっていることが認められないと、やりとりをすることができないのだ。

自分たちと同じ言葉を話す人々は、なかなか見つけられなかった。はじめにやりとりしたあの人物が流暢に話していたのは、いったいなんだったのだろう。環境への順応をうながすために、わざと言葉の通じにくい人々と繋いでいるのかもしれないとすら思った。

そして、だれもが歓迎よりも警戒をこちらとの界面にひろげて対話した。

土星の社会は、あの担当者の気さくさを裏切るように、冷たく、固かった。それでも俺たちは、絡まって大きな玉になってしまったケーブルを少しずつほどいていくように、コミュニケーションの方法やコミュニティの構成を学んでいった。

知るほどに、とても気の長い人間でなければこの方法でやりとりを続けることはできないように思え、要するに、ここに暮らす人間にとって時間はいくらでもあるということなのかもしれない、これ自体がひまつぶしのゲームなのかもしれない、と思いもした。

針はこのまわりくどさにかんしゃくをおこし、とっとと人間をだせ、と警告アイコンのなかで腕をふりまわした。ところが、はじめてから数時間が経つと、なにかをつかんだらしく、意味不明な記号のなかに嬉々として飛び込んでいくようになった。

41はこういう社会のしくみにはっきりと侮蔑をあらわし、セッションに参加しなくなった。システムに情報を統制されるのが気に入らないというのだ。コミュニティに要請され、霧にもなだめられ、しぶしぶ戻ったが、侵犯をくりかえしては警告をうけていた。

個人と個人をへだてるものの大きさをいやというほど思い知らせる仕組みがあるだけに、心が通じたと感じられる瞬間の喜びは、大きかった。

初めてだれかが——腕だけをこちらに見せて——握手を許してくれたときには、涙で前が見えなくなった。
「おまえ、気をつけろよ。あの向こうにいるのは、きっと始祖みたいな奴ばっかりだぞ」あとで四人だけになったとき、針がそういって俺をこづいた。
「みんな気違いかもね、ほんとは」と霧は笑った。

投影が消え、デバイスが引き下がると、あとには真っ白な球状の空間が残った。直径は一〇〇メートルほどもある。

俺たちの船に新しく増設された空間だ。土星が、社会適応のためにシミュレーションを体験することを求めたのだ。

タイムラグがあるので、俺たちとやりとりをする相手は、まだ本当の人間ではないのだという。それぞれが、実際に土星圏に住む人物のプロファイルを反映した疑似人格だ。船がもっと土星に近づき、タイムラグが問題にならなくなったら、疑似人格の向こうにいる本人との直接の対話に切り替わるらしい。

これは、移入の準備を優先した例外的な措置であるとのことだった。土星社会では、本来はこういった疑似人格を公共の場においてコミュニケートすることは〈合意〉が認めていない。本人の意思が十分に反映されないことから起こるトラブルを避けるためだ。

生身の人間になかなか出会えないことはもどかしかった。本人との対話ができるようになったらこのへだたりの感覚も薄れるのではないか、と俺は淡い期待を抱いたが、きっと同じだよ、と霧は一笑に付した。

俺たちの船は、まだ土星まで数カ月の距離にある。だが、シミュレーションを通じて、土星の社会は俺たちの世界にどんどん流れ込んできていた。


土星の人々とのやりとりのなかで、気が付くと、俺は母を探していた。

土星圏にはどんな機能をもつ母があるのか、俺たちの母に比べてどれくらい優れているのか。俺にもそれを使う機会はめぐってくるのか——

〈母〉という言葉を知っている人物は一人だけ見つかった。意味は知らないという。出力をする機械、生成システムについては当然ながら誰もが知っていた。だがそれを〈母〉と呼ぶ習慣はないようだった。そういう機械に名前をつけてはいないようなのだ。

俺は、自分にとっての〈母〉を説明しなければいけなかった。それは機械（デバイス）で、出力の機能があって、生存を支えていて——

ああ、そういうテクノロジーはもちろん知っている、生存の要だ。我々も地球からそれを持ってきた、ここにだってそれはある。そう相手は答えてくれる。しかし、それは機能（ファンクション）であって、それを備えた機械なり人間なりに呼び名を与えることはない。その必要がない。

呼び名がない、という説明は俺に大きな衝撃をあたえた。

なぜ、そういう機能を備えた機械に呼び名がなければいけないのか？

そう問われても、自分にとってはあまりにも当たり前なことで、どう説明したらいいかわからなかった。母は母なのだから、それになんらかの呼び名がなかったら、運用のしようもない。

ある人物は、それはあなたの信仰ですか、とたずねた。あなたも、信仰をもつ人なのではありませんか。その発言が社会的界面に作るさざなみがたくさんのアイコンとして視界にあらわれる。

俺は、ちがう、と即答しようとした。すると、それも、この社会では沢山の手続きを経なければ返せない、むずかしい答えなのだと思い知らされた。重要な価値観の相違にかかわる返答です、と警告があらわれ、確認事項がつぎつぎと突き出される。

侮辱の意図はあるか？　……なし（あるわけがない！）。

冗談として？　……いや、もちろん真面目な答えとして。

本心を伝えているか、それとも、関係に軋轢を生じさせないために便宜的に伝える非真実か？　……そんなの、本心に決まってるだろ！

ようやく答えを渡すと、相手は、わかりました、とだけ答えた。アイコンにあらわれる了承、会話を切り上げることの提案、そして謝意。

俺のほうは、本当にちがうのかどうか、確信が持てなくなっていることに気がついた。

これは、ボストンが抱えていたような不合理な信念なのだろうか。そもそも、信仰とは不合理な信念なのだろうか。

――それはあなたの信仰ですか。

質問はいつまでも俺の記憶にとどまった。

土星圏は、コミュニティ移入の準備手続きとして、シミュレータのほかにも、いくつかの改造を俺たちの船に求めた。

船の制御システムを上書きすることへの心理的抵抗は大きかった。俺たちは旧システムをいつでも差し替えられるように残しておくことで合意した。俺は新しいインターフェイスを見慣れた計画域のデザインに近づけようとして、かなりの時間を浪費した。

母をばらして作った急ごしらえの環境維持システムは、土星の居住区で使われているものと同規格の構造になり、エアロックや係留機構も同様に向こうと接続可能な形になった。

その改造に使われたのは、俺たちの母とはかなりコンセプトの異なる生成システムだった。たくさんの小さなデバイスが、用途によって組み合わされ、作業がおわるとただちに解体する。きまった形はない。出力機構はその中に溶け込むように組み込まれていて、単体でとりだせるようなものではないらしい。

小デバイスのうち、はじめのいくつかは船内に残っていた二つの母から出力され、あとはみずからが出力して数を増やしていった。精度の問題は生じていないようだった。

作業のなかばで、俺たちの母ふたつはいつのまにか完全に解体されていた。

改造後の船は、目につかない場所にすべての機能がしまいこまれ、出力機構がどこにあるかを意識させないつくりになっていた。俺たちが使っていた仔にあたるものは、必要なときだけあらわれ、終わればすぐに壁のなかへ消えていく。

こうして、この船には母がなくなってしまった。

出力するものであること、なにかを産むものであることが母の本質だと思っていた。

いま、出力の機構はいたるところにあるが、俺はどうしてもそれを〈母〉とは認められない。かといって、船そのものが〈母〉になったとも思えない。船はやはり、居住空間と推進機構からなる、〈船〉としか呼びようのない機械だった。

独立した機械であること、独立した〈存在〉であることが、自分にとっての〈母〉の不可欠な前提なのだ。

そんなことが重要だったなんて、まったく気づいていなかった。

だが、たしかに、俺の心のなかでは、母とはいつも、居住空間のなか、あるいは空気中、それとも宇宙空間に浮かぶ、独立した機械なのだった。

その姿を心に浮かべると、かつて感じていたような憧れがこみあげ、喪失感が胸を焼いた。


土星についたらどうするかについて、みんな、すこしずつ心のなかにイメージを育てているようだった。

誰もが、ほかの三人とは分かち合うことのない人間関係をすこしずつ築きはじめている。針はそれを教えてくれるが、すべてを説明するだけの時間はないし、こちらにもそこまでの根気はない。

意外だったのは、針が兵器のことをきれいに忘れてしまったらしいことだ。母星との戦争のことをもうまったく口にしなくなった。いま夢中になっているのは、ある住民グループのなかで人気があるという、遠心力を発生させる環境でするスポーツだ。競技場は内側が大きな球面になっていて、少しずつ回転軸の位置を変えながらまわり、その中でラートと呼ばれるリング状の装具につかまって、コリオリ力に翻弄されつつ回転移動して球をゴールに入れる、というチーム競技らしい。針はたしかに活躍できそうだ。はやくやりたい、とはしゃいでいる。

フロアから三秒以上離れたらペナルティがつくんだよ、ゴールは三つずつあって――

楽しそうにいつまでもそのことを話しつづけた。

シミュレーションの最中に、ほかの三人の姿をみることはほとんどなかった。それぞれが別な世界に入り込んでいることのあらわれであるようにも思えた。

針はいつまで俺といっしょにいるだろうか、と考えた。

船は狭すぎて、離れていることが難しいから、こうして身を寄せ合うしかなかったのだとわかってはいた。みんな、ひとりで暮らしていた時間が長すぎたということもあるだろう。

土星で暮らし始めたとたんに、針は一直線にどこかへ飛んで行ってしまうような気がした。

いまはひとつにまとまっている土星のコミュニティ群がまたばらばらになることがもしあるとしたら、そのとき、四人はべつべつのコミュニティに離れて生きていくように思えてならない。

セッションのあと、白い球体のなかで、ようやく姿を見つけることのできた三人は、それぞれが表情すら読めないほど遠くに、ぽつぽつと佇んでいた。

だが、それほど遠くにいても針の姿は見間違えようがない。

土星の人間がどんな姿をしていようと、針を見失うことはないと思いたかった。

ふたつの身体が四本の手を力いっぱい振り、俺も手を振りかえした。

6

おれだ。ビューダペストだ。

死んだと思ったか？


いっただろう、おれたちはつねに裏をかく。

おれたちのしぶとさを過小評価してもらっちゃ困る。

おれたちはビジョンそのものだ。どんな形でも蘇ることができる。


おまえらもどうにかして逃げおおせただろう。そうして、これをどこかで聞いているだろう。おれには十分な確信がある。海に瓶を流すのに比べりゃずっと確実なはずだ。

おれたちがどこにいるか、どこを目指しているか、もうわかってるな。

いま出発の準備を進めているところだ。失くしたものはあれこれあるが、首尾は上々だ。

ビジョンが死ぬことはないんだぜ。

おれたちには千年後が見えている。一万年後が見えている。

おまえらにはおれの声が聞こえてるはずだ。ここにおれがいるのを感じられるはずだ。それは、おれの精神の核が、ここにちゃんと置かれているからだ。おれのビジョンが。おれたちの思想がな。

まだ出発までには時間がある。そのあいだにおまえらが追いつくかもしれんと思ってるんだ。わざわざ待つことはせんが、もし一緒に行きたいなら、おまえらの席を作ってやる。近くまで来たら大声で叫べ。

もちろん、あとから来たっていい。おれたちのビジョンを共有するつもりがあるなら、百年後だろうが、千年後だろうが、おまえらを喜んで迎えてやる。

ひょっとすると、敵として会うことになるのかもしれんな。そのつもりだとしたら、覚悟しておいたほうがいいぞ。おれたちは簡単には斃(たお)されんからな。べつな星系を行き先にするのが賢明だろう。

おまえらには、おれの与えた強力なテクノロジーがある。おれたちに加わるにせよ、自分たちだけでやっていくにせよ、それを使ってどうにかしろ。

忘れるな。おまえらはおれたちの出力物だ。

おまえらも、おれたちのビジョンの担い手なんだ。

ボン・ボヤージュ!

7

無造作にふりだされた霧の腕が、すぐ脇にいた仔を弾き飛ばした。

仔の持っていたキャニスターが中身を飛び散らせ、空気が飲み物の香りに染まる。針があわてて体をのばし、うすい紫色の表面を波立てて漂う液体のいちばん大きな玉を両手でからめとりながら、バカ、もったいねえだろ、と霧を叱った。

霧はまだ大笑いの余波に飲まれていて、体をよじり、針の胴体にぶつかるようにしがみついた。運動エネルギーが針のふたつの腰骨を渡ってもう一方の身体に流れ込み、その先の両手がまとめようとしていた飲み物へ届いて、無数の小さい球にはじけさせる。針が小さく悲鳴をあげ、それもすぐに笑いに変わる。

部屋は低い唸りに包まれていた。

〈斜めの魚〉のキャビンで、てのひらほどの大きさの仔が、一万と数千あまり、群れになって羽ばたきながら渦を巻いている。

ぶつかりそうな近さで部屋の中央に密集し、球と立方体のあいだぐらいの輪郭をもつ陣形をとり、その中でいくつもの層をなしてぐるぐると巡っている。

そこへ歓声をあげて霧が飛び込むと、その手足が押しのけたところから細かい運動が始まり、群れ全体にねじれた触手を伸ばすように伝わり、広がっていく。運動はどんどん複雑さを増し、局所的な渦に細かく分かれていって、混沌そのものになろうとするところでふと逆転し、また大きなうねりにかえっていく。それを突き破るように、笑いで顔をくしゃくしゃにした霧が飛び出してきた。そのまま壁に向かって飛んでいき、ぶつかる寸前で身体をひねって両足から壁にあたり、勢いをうけとめ、力いっぱい蹴り出す。戻ってくると、すれちがいざま針の両手をつかみ、群れのなかへ一緒に突っ込んでいく。歓声をあげて引き込まれていきながら、針はもういっぽうの両手で俺の両足をつかみ、道連れにする。

うわっ、と声をあげる俺の耳の周りを、がさがさと騒々しく仔が飛びすぎていく。仔のはばたきが顔や手足に当たると、けっこう痛かった。

誕生日を祝うのに何が必要かということについて、霧と針のあいだでちょっと揉めた。そもそも、本当に全員の誕生日を祝おうとすると、二世の分については二日から五日をおいて立て続けに五回やらなければいけなくなる。それからおよそ二カ月後、こんどは一週間おきに新世代が五人分。

ほかにすることもないのだからやったらいいじゃないか、と霧はいったが、さすがにエネルギーの無駄遣いだろうといって、皆がやめさせた。

みんなの分を一度でやろう、ということになった。

おまえの分もだよ、と針が41に恩着せがましくいい、41は針を無視した。

アステリスクの形をした仔を、たくさん出力した。いやがる針にかまわず、41のレシピに霧がすこし手を加えたのだ。羽ばたきの機能だけを活かして、自分のつくった行動プログラムを適用した。色は半透明の白だが、変えられるようになっていて、たくさん集合させれば立体のディスプレイとしても使える。

そこへ、いろんな映像を映し出した。

羽ばたく群れのなかに、解像度という言葉すら意味をなさないような、ぼやけたイメージが浮かび上がる。みんながまだコロニーで暮らしていたころに記録した動画や静止画だ。

こういう形で表示させれば、つらい記憶をよびおこす細部が除かれ、思い出のなかから幸せのエッセンスだけを抽出できる、と霧は考えたのだ。

実際のところ、いくつかの断片は、それがなんなのか、いつなのかを思いだした瞬間に、胸郭を切り開かれるような痛みをもたらした。

俺たち二世は二九年、41はほぼ二二年、生き続けてきたことになる。『年』という単位があらためて不思議なものに思えてくる。

あの塵の輪で暮らしながら、ずっと母星の位置を基準にして人生に区切りを刻んできたというのは、考えればとても奇妙なことだ。

遠い異界の時間は、〈友だち〉との日々を思いだす縁(よすが)でもあった。

土星では、別の計時システムが使われている。

部屋がいよいよ窮屈になってきた。こころなしか暑くなってきたような気もする。

壁のジェネレータはまだ出力をやめない。霧がやめさせてくれないのだ。

もういいんじゃねえの、という針の声は、そろそろこの仕掛けに飽きてきたといっている。

「まだ！」霧は両腕で盛大にアスタリスクをかきまわす。

始祖たちが二人を殺したという確かな証拠がほしかった。あるいは、ただの事故だったという証拠が。

本当のところがわからないために、俺の気持ちは、いつになっても収まるべきところを見つけられない。

コロニーに戻って始祖たちと研究を始め、密かにシステムの権限を手に入れたあと、41は彼らの記録をかなり深いところまであさったという。だが、なにも見つけられなかった。それこそが殺人の証拠だと、針はいきりたった。なにもかも抹消して隠滅したのだと。

霧は、どちらでも大した違いはない、ろくでなしはろくでなしだ、といった。

霧が、群れのなかへ41も引き込もうとする。41は、やめろという。

俺も一緒になって41の足をひっぱる。

41は本気で俺を殴った。

こちらもわかっているので素早くよけたが、それでも拳の端が顎に当たり、一瞬気が遠くなった。

針が笑い、俺も大笑いした。

ビューダペストの声に、作り物めいたところはなかった。

それは、かつてコロニーや〈巣〉で使われていた音声メッセージと同じ符号化方式をもち、同じ識別子を頭につけて、〈斜めの魚〉の警戒システムに拾われた。発信源は太陽系の外縁あたりであるようだった。

メッセージを送ってきたのは、始祖たちが以前にオールト雲へ送り出した機械に搭載されている疑似人格かもしれない。

あるいは、なんらかの形で始祖たちも生き延びたのかもしれない。

声の主とカイパーベルトで合流するのは、不可能ではないとしても、とてつもない時間を必要とすることだろう。遠くもあるし、広さと希薄さはアステロイドベルトの比ではない。始祖たちがほんとうに計画どおりに他星系へ旅立つのだとしても、必要なだけの資源をかき集めるのにだって、何年かかるかわからない。

ビューダペストの声を聞いたあと、五つの顔を突き合わせた。

みんな同じことを考えているのがわかった。道はもう分かれたのだ。

「いま何になってるのか知らねえけど、あいかわらず気違いだな」と針。

「本当に出会うことがあるかもしれないよね、遠い未来に。あたしたちが出力するものの子孫と、始祖たちが出力するものの子孫が」霧はそう語った。

「人間が、ってこと？」

針にきかれ、霧は眉を上げた。

「――そうだね、それは人間かもね。両方ともじゃないかもしれないけど」

ふたたび霧がアステリスクの群れからとびだし、41に真正面から飛びついた。直線運動が、しがみついた相手の身体を軸にした円運動に変わる。面倒くさそうに空気を噴射して姿勢を制御する41のうしろに回ると、腰を両足ではさみ、顔をふちどるように両腕をまわした。

「歴史の背景に埋もれて生きていく覚悟はできた？」ときく。

41は変わらぬ顔で答える。

「土星からは別の歴史が始まる。俺たちがその起点になる」

「おまえが、っていいたいんだろ」

針が投げた食べ物を、41が無造作に弾き返す。

「そうだ」

「気を使ってくれたんだ、あたしたちに？」

笑い交じりに霧がいい、41の顔を両手ではさみこんで、その鼻に唇をつけた。

41は、間に合わせのものだった腕と脚を出力しなおしていた。精細な感圧メッシュに覆われた機械式のものだ。

自分の身体を自分でデザインしたのは、これが初めてらしい。本人がそんなことを明かすはずもなく、霧がこっそり教えてくれたのだが。自分の身体をぜんぶ一から出力しなおせばいい、と霧はけしかけたが、それは頑なに拒んだという。

いまも、その顔には表情がない。だが、そこにかすかな変化が現れているような気がする。渇望のようなものが育ちつつあると思えることがある。

針の不平をあびつつも、いまは計算資源のかなり大きな領域を41が独占している。始祖のもとで続けてきた脳の出力に関する研究を、すこしずつ進めている。出力したダミーの脳で実験してもいる。

ボストンは自分の脳を使った実験に志願し、そのあと死亡したのだという。因果関係があるとは断言できない、と41は説明した。始祖のなかでは最年長でもあった。ビューダペストは41が呼び戻される以前に死んでいて、死因はわからず、記録も残っていなかった。

「あいつらが考えているほど簡単じゃない。やっとその入り口にたどり着いただけだ」

「できんの？」

「出来る」

針の問いに、あっさりと答えた。

「母星や始祖より先に、俺が〈門〉を作れるはずだ」

霧が静かにたずねた。

「どうするの、できたら。始祖に教える？　どうやるのかは知らないけど」

41はしばし無言になり、それから答えた。

「中心はここにある。あそこにはない」

「新しいアプローチでやってみるよ。一緒にやろうっていってくれる人もみつけた」

霧の顔にはまったく迷いがなかった。

遺伝子レベルからの生体デザインを学び直すのだという。

いま、その腹にふくらみはない。しばらくお休みにする、自分の身体を使うのは、といって笑った。

「そんなに好きでもなかったから、あの機械のことは。ほかの道具を使えるなら、そのほうがいい」

土星の生存環境は、やはり脆弱で、出力システムに頼りすぎている。できることは色々ある、という。

耳の後ろには、例の薬の注入機が戻っていた。それは母じゃないのか、と俺がきくと、母ではない、という。量は減らしてるんだよ、と眉をひそめる針に語った。手と足でそれぞれ針の髪をなでながら。

「これも必要なくなるよ、近いうちに」


やっぱり、母星にもう人間はいないんじゃねえの、と針はいった。

母星じゃなくて地球か、と、土星圏で使われている呼び名でいい直した。

一番最初に説明してくれた土星の担当者が話したことは、信用していないという。あいつは、向こうにまだ話のできる相手がいると思い込んでるけど、それはあの出力を見てないからだ。

人間がいなかったらいいなっていう気持ちが、ちょっとだけあるんだよ。そういって、針は身体をくるくると回転させる。

だって、もしそうなら、もう地球のことは気にしなくていい。あの場所には、自分の欲しいものはなんにもないって、安心していられる。

——でも、まだあそこに人間がいるなら、いつかは行ってみたい。

〈友だち〉とあの小さい偽物の町があったころ、いつも「これの〈本物〉が欲しい」って思ってた。

ずっとそう願い続けていた昔の自分に、贈り物をしてやりたい。

俺はたずねた。「それは、地球で暮らしたいってこと？」

ちがう、と針は即座に答えた。それはもちろん無理だから。ただ、行ってみたい。見てみたい。

そういって、針にしか出来ない宙返りをきめたあと、こちらの腕のあいだに飛び込んできた。

部屋の壁には、まだあの銃の母がある。


——あなたは出力をしたいのか、構想ではなく、と相手はたずねた。

俺はすぐに答えを返すことができなかった。実現性のなさを見透かされたと思ったからだ。それから、相手はなんの含みもなくただ質問しているだけなのだと気づいた。もちろんそうしたい、と答えた。

セッションのたびに探しつづけて、ようやく、たったひとり、『都市』という言葉の通じる人物を見つけることができたのだ。『都市』という言葉に、なんらかの意味を見出している人間の、すくなくとも疑似人格を。

——あなたのしたいことはわかる、だがいまでは『都市』という言葉は使われていない。

そう相手は語った。

——それは、わたしが地球をあとにした時点ですでになくなってしまっていたものだ。

一時的な人間や施設の集中が生じることはあった。だが、それはすぐに解消されるべき偏りであって、持続を歓迎されるものではなかった。わたしがいまとは別の人生を歩んでいたころの地球では。

現在の土星圏に見られる居住区画の集中は、恒久的な施設として計画されたものではない。もっとたくさんの人間が暮らすようになったら、このような集中はやはり忌避されるだろう。

いまのこの場所は、極めて不安定で一時的な調停の重ねあわせによって、かろうじてひとつの集団として成立している。これから土星圏の人口が増える可能性があるとしても、ひとつの安定したコミュニティを築けるほど十分にプロファイルの一致する人間の集団が、かつて『都市』と呼ばれたものと同じような規模の集積を生じさせるほどの人口を得るとは考えにくい。

だから、あなたがいまそれを計画（デザイン）する意義、必要性、それによってあなたが利益や精神の充足を得られる可能性は、ほとんどない。

だが、あなたの、大規模な構築物における流動的・循環的要素の効率的な配置の計画など、いくつかのアイデアには応用の価値があるように思う。

あなたのしてきたことに興味を持ちそうな、あるいは、あなたが学びを得ることのできそうな集団をわたしは知っている——

群れの中から、アステリスクでないほうの仔がくるくると回りながら飛び出してきた。

不思議なことだ。母はもうないのに、俺たちはまだそれを仔と呼んでいる。

あわてて仔を受け止めると、あとから飛び出してきた針は、ふたつの身体をむかい合わせて、そのあいだになにかを抱え込んでいる。身体をぱっと開くと、たくさんのアステリスクが俺を目がけておそいかかった。

ひとつが口のなかに飛び込み、はげしく震えて、俺におかしな声を出させる。針がふたつの額をつきあわせて大笑いした。その身体が大きな輪になって、ゆっくりと回る。

羽ばたく仔の群れのなかに、だれかの姿がうかびあがる。

まわりながら手を振っている。

俺もそれにむかって手を振る。

霧は小さく名前を呼ぶ。

針は、ばいばいという。


あたたかい覆いのなかで頭を三つ並べているとき、針に、眼のことを話したくなった。

針の顔がまだひとつしかなかったころ、あの二つの眼が、どんなにきれいな色をしていたか。

きっと、死ぬまで話さないだろう。

針との約束が心に浮かぶ。

〈巣〉も始祖のコロニーもなくなり、〈母〉と呼ばれるべき機械はもうどこにもない。

この先、身体のなかに出力の機械をもつことがあるとしても、俺がそれを母と呼ぶことはないだろう。


それでも、針の母になるという約束だけは、ずっと忘れずにいたかった。その言葉がもたらした希望のぬくもりを、いつまでも冷まさずにしまっておきたかった。

この先、針が遠くへ行ってしまうとしても、この約束だけはかならず果たそうと思う。

どういう形で果たされるのかも、まだわからない。それは出力ではないかもしれない。

そのとき俺にできるのは、とても小さなことでしかないかもしれない。針も、約束のことを忘れてしまっているかもしれない。でも、その時がきたら俺は〈母〉になる。その時に自分がすることを〈母〉とよぶ。どうにかそれまでは生きのびる。

多くの人に使われ、大きな意味を担っていたこの言葉は、いま、二人の間でしか使いみちのないものになった。

ハードウェアも身体も持たない、ただの小さなしるしになった。

いつか、針の母になる。

いつか、針に母をする。

そのときになにをするかで、もはや誰も使わないはずの、この小さな言葉の意味が決まる。

想像のなかで、針は、自分の前にまっすぐ伸びた白い線をたどって飛んでいく。とても速く、その軌跡に迷いはない。

俺の前にも白い線は伸びている。俺もそれを精いっぱいの速さでたどる。もし、約束の引力が十分に大きければ、それがふたつの線にカーブをあたえ、未来のどこかで線は交差する。

針は眠っている。

首がわずかにかしぎ、呼吸はゆっくりと深く、規則正しい。

どちらが本物の頭か、いまはすぐにわかるようになった。

本物のほうへ顔をよせ、薄明りのなかで小さく口を開いたその顔を眺めていると、とつぜん額が波立ち、唇が疑問のかたちに寄せられた。

それから、額がほどけ、安堵が顔じゅうに広がっていく。

口元が小さく笑みを作り、つぶやいた。

「たのしい」

本書は、第二回ハヤカワＳＦコンテスト最終候補作『母になる、石の礫で』を、単行本化にあたり加筆修正したものです。

J

HAYAKAWA SF SERIES J-COLLECTION

ハヤカワSFシリーズ Jコレクション

母になる、石の礫で

はは　　　　　　　　　　　　つぶて

2015年3月20日　初版印刷
2015年3月25日　初版発行

著　者　倉田タカシ　クラタ　タカシ
発行者　早川　浩
発行所　株式会社　早川書房
郵便番号　101-0046
東京都千代田区神田多町2-2
電話　03-3252-3111（大代表）
振替　00160-3-47799
http://www.hayakawa-online.co.jp
印刷所　株式会社亨有堂印刷所
製本所　大口製本印刷株式会社
定価はカバーに表示してあります

ISBN978-4-15-209520-6　C0093
乱丁・落丁本は小社制作部宛お送り下さい。
送料小社負担にてお取りかえいたします。